맛있는 소설

# 맛있는 소설

이용재

우리의 상상력 속에서 빛을 발하는
소설 속 음식 이야기!

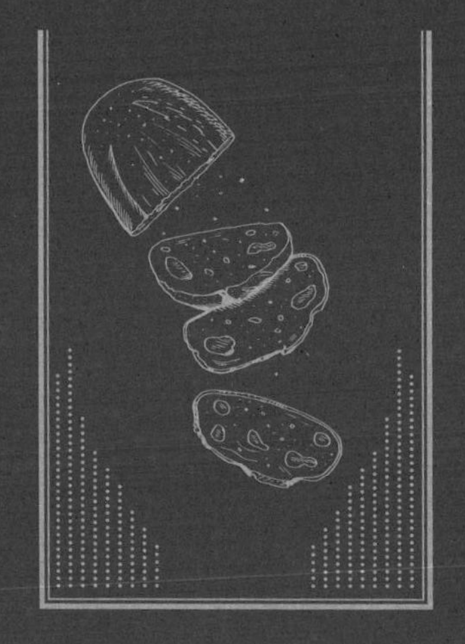

민음사

# 차례

# I

*Chapter 1*

# 『작은 아씨들』과 절인 레몬의 진실

어떤 궁금증은 해결하는 데 아주 긴 세월이 걸린다. 이삼십 년이라면 충분히 긴 세월 아닐까. 『작은 아씨들』의 '절인 라임' 이야기다. 네 자매의 막내 에이미가 학교에서 몰래 먹다가 꾸지람을 들었던 바로 그 라임. 초등학교 5학년이었던 1986년에 『작은 아씨들』을 읽으며 처음 접하고 궁금해 했던 기억이 아직도 선하다. 당시 책에는 분명히 절인 '레몬'이라고 돼 있었다. 그때의 내가 레몬을 먹어본 적이 있는지도 확실치 않지만, 그래도 어쩐 일인지 매우 짜고 실 것 같다는 사실만은 어렴풋이 알고 있었다. 그 몇 년 전부터 열심히 읽었던 어머니의 요리책 덕분에 선행학습이 돼 있었는지도 모르겠다.

어쨌든 궁금했다. 아이들은 무슨 맛으로 이걸 학교에서 먹는 걸까? 왜 먹었다고 혼이 나는 걸까? 1980년대에 제대로 실체를 접한 적도 없는 레몬이 이미 미국에서는 1860년대에 절임으로 절찬리에 유행이었다는 점도 신기하게 느껴졌다. 바나나도 귀했던 시절의 한국에선 — 믿기는가? — 레몬이라니 언감생심이었고, 나는 호기심과 강렬한 인상만 품은 채 더 알아볼 생각 없이 그냥 잊었다. 그리고 참으로 오랜 세월이 지나서야 절인 레몬의 실체를 확인할 수 있었다. 이럴 수가. 그것은 심지어 레몬도 아니고 라임이었다. 한국어 완역본은 물론, 2018년 출간된 원서의 150주년 기념판에도 '절인 라임*pickled lime*'이라고 분명히 언급돼 있다. 아아, 그게 그거였구나. 이미 레몬이든 라임이든 소금에 절여서 생선회 등에 곁들여 먹은 지 오래 지난 시점이라서 놀라우면서도 놀랍지 않았다. 기억을 더듬어 보니 『작은 아씨들』을 처음 읽었던 시점에도 탄산음료 세븐업을 통해 라임의 존재와 향 — 물론 가짜지만 — 에 대해 알고 있었던 것 같다.

다만 실체를 정확히 알게 되자 연유가 궁금해졌다. 『작은 아씨들』의 시대적 배경은 미국 남북전쟁이 한창이었던 1860년대다. 당시에, 그것도 미 북부 맨 꼭대기인 뉴잉글랜드 지역에서 라임을 먹었다고? 최남단부이자 아열대 기후 지역인 키웨스트 제도 같은 곳이라면 모를까, 아무리 헤아려 봐도 이것이 미국산이라 생각하기가 어려웠다. 그리고 당연히 아니었다. 일설에 의하면 이 절인 라임은 인도의 양념인 처트니*Chutney*에서 유래했다고 한다. 사실 나도 예전에 절인 레몬에 대해 글을 쓰며 그렇게 한 줄 집어넣었지만 이후 좀 더 찾아보니 이건 사실이 아닌 것 같다. 처트니는 재료를 깍둑썰거나 잘게 다지고 간 뒤 끓여서 만들지만, 절인 라임은 과일을 통째로 쓴다. 라임 처트니가 분명 존재하긴 하지만 조리법만 놓고 보면 잼에 더 가깝고, 사실은 처트니라는 음식 자체가 원래 그렇다. 따라서 절임과 처트니는 비슷한 구성은 있지만 쓰임새가 다른 별개의 음식이라고 여겨야 맞겠다.

실제로 두 음식은 발생지도 다르다. 『작은 아씨들』의 절인 라임에 대해서는 이미 활발한 연구가 이뤄져 있다. 요리 연구가 린다 지드리치가 쓴 『절임의 즐거움(*The Joy of Pickling*)』에 의하면, 에이미가 푹 빠진 절인 라임은 서인도 제도, 즉 카리브해에서 건너온 것이다. 카리브해라면 인도에 비해 미국과의 거리가 가깝다는 점에서 좀 더 신빙성 있게 들린다. 저장식품이라는 데서 알 수 있듯 라임은 아예 현지에서 소금물, 그도 아니면 바닷물에 절여 나무통*barrel*에 담긴 채로 수입되었다고 한다. 그 과정에서 너무도 쉽게 예상할 수 있듯이 노예 노동력이 동원되었다는 점이 좀 아이러니하다. 에이미를 포함한 네 아씨들의 아버지가 바로 노예 해방을 위해 남군과 싸우다 부상을 입고 후송되기까지 했기 때문이다. 이렇게 수입된 절인 라임은 사탕 가게의 유리병에 담겨 계산대에서 낱개로 팔렸고, 아예 나무통 단위로 구입하는 가정도 있었다.

라임은 소금에 절여졌으니 당연히 생과일로 분류되지 않았고, 관세가 낮게 매겨져 가격도 쌌다. 덕분에 절인 라임은 어린 에이미도 한꺼번에 두 다스, 즉 스물네 개나 살 수 있을 만큼 쌌다. 미 국회에서는 생과일로 분류해서 높은 관세를 매기고 싶어했지만, 이를 시도할 때마다 저항에 부딪히곤 했다. 윌리엄 브렉스낙스라는 수입업자는 절인 라임을 아예 이도 저도 아닌 별도의 범주로 분류하자고 청원을 내기도 했다. 미국 전역을 놓고 보면 일부에 지나지 않는 보스턴과 그 일대의 뉴잉글랜드 지방에서만, 그것도 어린 여자아이들을 중심으로 인기가 많으니 어차피 생 라임의 수요엔 영향을 미치지 않을 것이라는 논리였다. 그런 논의가 진행되는 가운데, 아무것도 모르는 아이들은 절인 라임을 무시로 씹고 핥아대서 골칫거리였다고 한다. 그래서 에이미의 라임도 발각 — 이라고 하기엔 책상 위에 너무 버젓이 올려놓았지만 — 되어 창밖으로 내던져졌고, 결국 에이미가 학교를 그만두는 원인이 돼 버렸다.

이렇게 오랜 세월이 흐른 후에 절인 레몬의 궁금증을 해결하고 나니 허탈한 한편 가벼운 분노가 솟았다. 왜 라임이 아니고 레몬이라고 번역한 거죠? 일견 이해가 가는 구석도 있다. 레몬조차도 익숙하지 않은 시대였으니 라임은 더더욱 멀게 느껴질 수 있다. 번역자마저 그게 뭔지 잘 몰랐을 가능성도 있다. 아니면 동화 「꼬마 검둥이 삼보」처럼 중역을 하면서 원전이 일본에서 한 번 현지화를 거쳤을 수도 있다. 하지만 레몬과 라임은 엄연히 다르다. 무엇보다 라임은 레몬에 비해 당 함유량이 좀 더 높아서 덜 시고, 향도 훨씬 더 화사하고 달콤하다. 그래서 대체적으로 둘은 호환 가능한 식재료가 아니다. 음식 평론가 입장에서는 당연히 둘 다 너무나도 사랑스러운 시트러스류이자 냉장고 안의 붙박이인데, 정말 하나만 골라야 한다면 라임의 손을 들고 싶다.

이는 레몬에 비해 국내 진입이 너무 늦어 버린 라임의 기구한 팔자도 고려한 결정이다. 나의 『작은 아씨들』 시대인 1980년대 이후, 레몬은 한식인 해파리냉채에 쓰일 정도로 확실히 자리를 잡았다. 동네

마트에서도 살 수 있을 정도로 대중화되었다. 하지만 라임은 병충해 우려 탓에 무려 2013년경이 돼서야 생과일로 수입이 가능해졌다. 참으로 오랜 세월 기다린 끝에 레몬의 뒤를 따르게 된 셈이다. 그리고 우리는 그 세월 동안 그냥 레몬이나, 생생한 맛과 향은 다 날아가고 없는 라임즙 등으로 만든 모히토나 모스코뮬 같은 칵테일을 마셔야만 했다.

이런 형편이니 라임으로 맛을 내는 제과제빵 또한 엄두도 내지 못했고, 현실은 아직 크게 다르다고 말하기 어렵다. 가끔 시중에서 '키 라임*Key Lime* 파이'라는 걸 볼 때마다 머리가 복잡해진다. 키 라임은 수입도 안 되는데 무슨 수로 파이를 만드셨어요? 뭐, 답은 안다. 그냥 라임을 쓰고 입을 닦는 수로 만들었겠지. 키 라임은 일반적인 페르시안 라임에 비해 크기는 작되 향과 신맛은 더 강해서 엄밀히 말하면 대체 가능한 재료가 아니다. 다만 키 라임이 원체 그리 일반적이지는 않기에 많은 이들이 페르시안 라임으로 만들고 그냥 키 라임 파이라고 부르는 게 현실이리라.

작가 헤밍웨이가 살았던 걸로 유명한 키웨스트 제도 같은 데서 자란 라임으로 만든 키 라임 파이는 그곳의 명물이기도 하다(하지만 거기서도 사실은 브라질산 키 라임을 써서 파이를 만든다). 달고 진한 연유와 계란 노른자, 라임즙과 과일에서 갈아낸 겉껍질*zest*을 써서 파이를 만들고, 계란 흰자를 거품기로 휘저은 머랭을 듬뿍 올린 뒤 토치로 지져 맛을 내 완성한다. 이렇게 토치로 머랭을 지지면 표면에 물방울이 송글송글 맺히는데, 이를 '눈물'이라 일컫는다.

그래서 절인 라임은 대체 어떤 맛인가? 글쎄, 시트러스류를 소금에 절였으니 상당히 예측 가능한 맛이다. 한마디로 시고 짜다. 나의 다른 책 『오늘 브로콜리 싱싱한가요?』에서 집에서 만들어 먹는 라임(혹은 레몬) 절임 레시피를 소개한 바 있다. 동어반복을 피하기 위해 이번엔 『작은 아씨들』과 동시대인 1800년대 중반 이후의 레시피를 살펴보자. 데비 콜먼*Debbie Coleman*의 『요리책 1권(*Cookbook: 1st Volume*)』에 실린 1855년의 것이다.

## 절인 라임 만들기

라임을 칼로 4등분 하되 끝을 완전히 잘라내지 않고 남긴다. 소금을 솔솔 뿌리고 껍질 색이 변할 때까지 햇볕에 말린다. 썬 호스래디시와 겨자씨, 마늘과 작은 서인도제도 고추 또는 카이엔 고추를 함께 버무려 양념을 만든다. 단지의 바닥에 라임과 버무린 양념을 한 켜씩, 단지가 가득 찰 때까지 담는다. 식초를 붓고 마개를 단단히 닫는다. 식초가 걸쭉해지면 먹을 수 있다.

이렇게 소개는 하지만 실제 라임 절임은 이렇게 복잡하게 만들 필요도 없다. 라임을 저 레시피와 똑같이 썰어서는 벌려 소금을 잔뜩 채우고 병이나 단지에 담은 뒤 냉장고에 둔다. 4주면 먹을 수 있고 3~4개월 두면 완전히 익는다. 먹을 때는 라임을 꺼내 과육을 발라내고 껍질만 쓴다. 서양 요리에서는 스튜나 샐러드드레싱 등에 쓰지만, 한식에서는 생선회, 특히 숙성한 것에 아주 잘 어울린다. 물론 라임이 없다면 레몬으로 만들어도 그만이다.

*Chapter 2*

# 『나를 운디드니에 묻어주오』와 피 묻은 추수감사절

명백한 운명!
그리스도의 손에 더 많은 피를 묻히고
자신들을 기독교인이라 일컫지
그리고 권리를 자임하지
선교사의 가면을 썼지만
사실 금을 좇는 이들
그 탓에 많은 인디언이 죽었지
정확히 얼마인지 밝혀지지도 않았지
_*D.R.I.(Dirty Rotten Imbecilles)*, 「명백한 운명」

1890년 12월 29일, 미국 사우스다코다주 운디드니*Wounded Knee* 샛강 근처에서 미군이 미국 원주민을 처참하게 학살했다. 전말은 이렇다. 전날인 12월 28일, 새뮤얼 *M.* 위트사이드 준장이 지휘하는 미 육군 제7 기병대의 분대가 포큐파인 벗에서 점박이 엘크 추장의 미니콘주*Miniconjou* 라코타족과 38명의 헝크파파*Hunkpapa* 라코타족을 체포했다. 이들은 체포한 미국 원주민을 근처 운디드니 샛강으로 이송하고 야영했다. 뒤이어 제임스 *W.* 포사이스 대령이 이끄는 기병대 본대 병력이 합류해 포위해 합류했다. 기병대는 490명 병력으로 120명이었던 원주민에 비해 우세했음은 물론, 당시로서는 치명적인 중화기였던 호치키스 산악포 네 대로 무장하고 있었다.

다음날인 12월 29일 아침, 라코타족의 무장해제를 위해 기병대가 출동했다. 일설에 의하면 무장 해제 과정에서 라코타족 중 한 사람인, 귀가 잘 들리지 않았던 인물 검정 코요테가 자신이 돈을 주고 산 총이라면서 요구에 응하지 않았다고 한다. 미군 기병대와 검은 코요테가 실랑이를 벌이는 가운데 라코타족 노인 하나가 교령交靈 춤을 추기 시작했다. 그러다가 검은 코요테의 총이 발사되자 미군은 원주민들에게 발포했다. 라코타족은 반격을 시도했지만 상당수가 이미 무장 해제를 당한 판국이니 맞설 수 없었다. 총격이 멈춘 뒤, 250명이 넘는 라코타족 남녀노소가 살해되었고 51명이 부상을 당했다. 일설에 의하면 사망자는 300명에 이른다고도 한다. 한편 기병대는 25명이 죽고 39명이 부상당했는데, 그 가운데 20명이 명예훈장을 받았다.

바로 이 운디드니 학살이 『나를 운디드니에 묻어주오』의 마지막 장이자 백인 미국의 원주민 침탈 역사의 절정이다. 마지막 장을 뺀 18개의 장에 걸쳐 침탈의 역사가 서술되는데, 줄거리는 단 한 단락으로 요약할 수 있다. 요약 자체가 원전에 대한 결례 아니냐고? 다른 책은 모르지만 적어도 이 책에는 아닐 것 같다. 읽을 가치가 없으니 줄거리 요약으로 끝이라는 말이 아니다. 정반대로, 줄거리를 알면 이 책을 더 읽고 싶어질 것이다. 무엇보다 원주민 침탈의 세부 사항은 줄거리를 요약한 몇 단락 속에 절대로 담을 수 없기 때문이다.

그래서 요약하자면 이렇다. 백인들이 미국 원주민과 유명무실한 조약을 맺어 땅을 일부 빼앗는다. 말 그대로 원주민, 원래 살던 이들의 땅이었지만 그들은 거의 아무 대가도 얻지 못한다. 그나마도 백인들은 조약을 지키지 않고 점점 더 많은 땅을 빼앗는다. 원주민들은 삶의 터전을 떠나 농사도 목축도 어려운 척박한 땅으로 먼 걸음을 걸어 강제 이주 당하고, 그 과정에서 피로와 굶주림, 추위 등으로 죽어간다. 골드러시가 일어나자 더 많은 백인들이 서부로 밀려들기 시작한다. 그래도 조약이라는 걸 맺었건만 그들은 지키지 않았고 원주민 거주 지역으로 밀고 들어와 압박한다. 그렇게 원주민들은 모든 것을 잃는다.

19장, 591쪽에 이르는 내용이 이런 과정의 소름 끼칠 정도로 상세한 기록이다. 침탈, 살육, 상실. 침탈, 살육, 상실. 읽고 있노라면 '헹구고 되풀이하기'라는 영어 표현이 떠오른다. 샴푸병에 쓰인 사용법 '바르고 헹구기를 되풀이하시오*lather, rinse, repeat*'에서 온 것으로, 거듭된 반복(!)이 필요한 상황을 묘사하는 데 쓴다. 대체로 가볍게, 농담처럼 쓰지만 『나를 운디드니에 묻어주오』에서 서술하는 상황에 너무나도 잘 맞아떨어진다. 원주민의 땅에 탐욕을 발라*lather* 피로 헹궈내며*rinse* 약탈하기를 되풀이*repeat*한달까.

이런 사정을 알고 나면 추수감사절이라는 명절과 거대한 칠면조로 한 상 떡 벌어지게 차리는 식사가 영 마뜩잖게 여겨진다. 원주민은 지치고 굶주린 백인들에게 음식을 나눠 주는 선의를 베풀었지만 철저하게 배신당했다. 은혜를 원수로 갚았으니 배은망덕이라는 사자성어가 이보다 더 잘 어울리는 상황이 없다.

그런 추수감사절 저녁 식사에 딱 한 번 초대 받은 적 있다. 세 번도 두 번도 아니고 딱 한 번인 이유는, 이후엔 내가 알아서 초대의 가능성을 원천 봉쇄했기 때문이다. 그게 유일하게 초대받은 그 식사 탓이었느냐고? 영향이 없었다고 말하기는 어렵지만, 정확히 그것 때문만은 아니었다. 음식 때문이라기보다 그런 시기에는 사람들 사이에 있는 게 더 외로울 수 있겠다고 새삼 깨달았기 때문이다. 한 번 경험했으면 충분했다.

미국의 추수감사절 식사를 맛보니 그들도 명절에는 우리와 크게 다르지 않았다. 딱히 크게 맛있지 않은 음식을 단지 명절이라는 이유만으로 먹는 것. 물론 먹어 보기 전까지는 호기심이 없지 않았다. 미국 생활 첫 해였던 2002년 가을, 나는 설계 스튜디오의 급우들에게 물어보았다. 나 옛날부터 추수감사절 칠면조 맛이 정말 궁금했는데, 어때? 한 명이 심드렁하게 답해주었다. 닭고기 있잖아, 그거보다 더 퍽퍽해.

아, 뭔지 알겠다. 먹어 보지도 않았는데 호기심이 충족되고 동시에 입맛은 사라지는, 깨달음의 일석이조 같은 순간이었다.

칠면조는 지방이 아주 적어서 퍽퍽하다. 7~10킬로그램으로 무거우면서도 체내 지방 비율이 2퍼센트 수준에 지나지 않는 탓이다. 2004년 배우 배용준이 사진집을 냈을 당시 체지방률이 3.3퍼센트였다고 그랬던가. 칠면조는 아무것도 하지 않고 그저 꾸룩거리면서 모이나 주워 먹었을 뿐인데도 체지방은 인간이 뼈와 살을 깎는 노력으로 일궈낸 수치의 60퍼센트 수준이다. 게다가 외모지상주의의 잣대를 들이대면 미안하지만, 칠면조는 정말 못생겼다. 이런 새가 맛있기를 바라는 건 과욕이다 싶을 정도로.

내가 초대 받았던 식탁에 놓인 칠면조도 그랬다. 가슴살은 정말 이루 말할 수 없을 정도로 퍽퍽하고 다릿살은 미안하지만 아예 손이 가지도 않았다. 태생적으로 못생기고 맛도 없는 식재료인데 설상가상으로 먹는 관습도 도움이 안 된다. 1년에 딱 한 번, 추수감사절에만 먹으니 대부분의 칠면조는 그날만 기다리며 냉동실에서 대기한다. 정말 돌덩어리처럼 무거운 걸 해동시키는 것도 큰일이지만, 지방의 비율이 적다 보니 냉동에 썩 잘 버티지도 못한다. 그래서 살은 한층 더 퍽퍽해진다.

조리도 퍽퍽함을 증폭시키는 방향으로 할 수밖에 없다. 부피도 큰데 상징성을 깰 수 없으므로 반드시 통째로 익혀야만 하니, 웬만한 가정이라면 오븐 말고는 답이 없다. 요즘은 우리네 시장 통닭과 비슷하게 칠면조를 통째로 튀기는 게 유행이기는 하다. 집도 마당도 큰 미국에서나 가능한 조리법인데, 그나마도 해동이 안 된 칠면조를 냅다 끓는 기름에 담가서 폭발하는 사고가 왕왕 벌어진다. 차가운 칠면조 탓에 기름이 끓어 올라 화로의 불길이 걷잡을 수 없이 커지는 것이다. 유튜브에서 '칠면조 폭발*turkey explosion*'으로 검색하면 (튀르키예에서 벌어진 폭발 사고와 더불어) 많은 영상을 찾을 수 있다.

말하자면 위의 방법은 절대 안전하지 않은 조리법이니까 그냥 오븐에 굽는다 치자. 붉은 고기라 시간이 좀 더 걸리는 다릿살까지 익도록 160℃의 오븐에서 세 시간쯤 구우면 몇 겹의 의도적인 노력 끝에 퍽퍽함의 최고봉이 완성된다. 닭가슴살도 지긋지긋할 정도로 퍽퍽하지만 칠면조와 비교하면 정말 양반이다. 적어도 손으로 쥐고 먹을 수 있을 만큼의 크기니까. 칠면조의 가슴살은 써는 것*slicing*도 아니고 깎아내서*carving* 먹어야 할 정도로 큰 데다, 속속들이 퍽퍽함이 가득하다.

이처럼 기본으로 깔고 들어가는 단점에, 최악의 경우 식품 위생 및 안전의 문제도 도사리고 있다. 칠면조도 전통 조리법을 따르자면 우리의 삼계탕처럼 속을 채워 굽는다. 채우는 거라 말 그대로 '스터핑*stuffing*'이라 부르는데, 깍둑썬 빵에 계란을 더하고 양파, 셀러리 등으로 맛을, 타임이나 세이지 같은 허브로 향을 더해 만든다. 빵이니 탄수화물이고 우리네 밥처럼 고기에 곁들여 먹는다. '백숙에 채운 속과 비슷하다면 문제없겠네?'라고 생각할 수 있지만 칠면조는 닭이 아니다. 그리고 오븐구이와 물에 끓이는 백숙은 다르다. 거대한 칠면조의 몸통이 단열재 역할을 하는 바람에 열기가 잘 스며들지 않고, 오븐은 국물처럼 완만하면서도 효율적으로 열에너지를 전달해 주지 못한다. 따라서 스터핑 자체가 잘 익지 않는 가운데, 칠면조가 익으면서 수분이 이동해 배어들 수밖에 없다. 그 결과 자칫 잘못하면 스터핑에 살모넬라균이 담뿍 담기는 불상사가 벌어질 수 있다.

그래서 앨턴 브라운 같은 셀레브리티 셰프가 십 년도 훨씬 넘게

'스터핑은 제발 따로 익히라'고 캠페인을 벌여 왔지만, 우리가 명절 음식 조리법을 쉽게 바꾸지 않듯 그네들의 칠면조 문화도 단숨에 변하지 않는다. 다만 애초에 따로 익혀 먹는 스터핑도 있는데, 이건 드레싱*dressing*이라 일컫는다. 지역마다 재료가 조금씩 달라서 바다를 면한 지역에서는 드물게 굴을 써서 만들기도 한다.

*

오늘날 미국 원주민의 삶은 운디드니의 시절과 크게 다르지 않다. 대부분이 정체성을 빼앗겼고, 그렇지 않은 경우엔 당시 밀려났던 척박한 땅에서 어렵게 산다. 미국 전역에 대략 326군데의 원주민 거주 지역이 있는데 삶의 환경은 앞다투다시피 열악하다. 땅은 있되 개인 소유는 인정하지 않기 때문에 임대주택에 살고, 수돗물도 제대로 공급되지 않는 곳이 허다하다. 원주민의 자치권은 인정하여 같은 종족 출신의 경찰*tribal police*이 치안을 책임지지만, 별도의 입법 대표자를 뽑을 권한은 없는 등 시스템이 모순적이다. 정부에서 승인한 운영권으로 카지노를 설립해 부를 누리는 경우도 종종 있지만 개별 원주민의 삶을 풍족하게 바꿔주지는 못한다. 그래서 마약 등의 범죄를 저지르다가 감옥에 간다. 말하자면 사회적 문제다.

이해를 돕고자 영화 한 편을 소환해 보자. 테일러 셰리던 감독의 영화 〈윈드 리버〉(2017)다. 미국에서도 인구 밀도가 가장 낮은 주인 와이오밍주의 윈드 리버 거주 지역에서 미국 야생 동물 및 어류 보호 요원인 코리(제레미 레너)가 얼어죽은 열여덟 살 소녀의 시체를 발견한다. 원주민 거주 지역은 미 연방정부 관할이므로 신참 *FBI* 요원 제인(엘리자베스 올슨)이 조사차 파견된다. 코리는 3년 전 벌어졌던, 누구도 아닌 자신의 딸이 살해된 사건과 유사점을 발견하고 제인의 수사를 돕는다. 그리고 두 사람은 소녀의 죽음이 원주민 거주 지역으로 파견 온 백인들과 관련 있다는 사실에 접근한다.

마블 시네마틱 유니버스(*MCU*)의 등장인물 두 사람(호크아이와 스칼렛 위치)이 공교롭게도 함께 출연해서 이입하는 데 방해가 될 수도 있겠다 싶지만, 의외로 눈 덮인 와이오밍의 산골짜기에서 벌어지는 사건의 참혹한 아름다움이 장관이다. 정황을 볼 때 소녀는 결국 살해당했다고 볼 수밖에 없지만, 사인만 규명해야 하는 부검 소견은 추위로 인한 폐출혈이라 기록할 수밖에 없다. 제인은 주 하나 면적만큼 방대한 지역을 고작 여섯 명의 부족 경찰 보안관이 관할하는 현실을 잘 알고 있지만, 사건이 살인으로 분류되지 못하는 탓에 *FBI*의 추가 지원을 받을 수 없다.

영화의 참혹함이 너무 가까이 느껴진다면, 이 작품이 실화를 바탕으로 만들었기 때문이리라. 원주민 거주 지역의 젊은이들은 고등교육을 받아도 미래가 없고, 여성의 실종은 통계자료조차 존재하지 않는다. 한때 땅의 주인이었던 그들은 쫓겨나 초라하게 연명하는 신세로 전락했다. 식탁의 사정도 그들의 현실과 다르지 않다. 그들을 쫓아내고 자리 잡은 보통의 미국인들의 식탁에 거대한 칠면조가 올라간다면, 쫓겨난 원주민들의 식탁은 초라하다. 각 지역과 부족에서는 나름의 전통을 지켜가고 있겠으나, 원주민의 음식 세계는 전 세계는커녕 미국 내에서도 널리 알려져 있는 편이 아니다. 대표성을 지닌 음식이라고 해봐야 튀김빵*frybread*과 서코태시*succotash* 두 가지 정도를 꼽을 수 있다. 그나마도 애리조나와 뉴멕시코 같은, 전통적으로 원주민이 거주했던 주에서나 찾아볼 수 있다.

전자는 이름처럼 발효 반죽을 손으로 둥글 넙적하게 늘려 기름에 튀긴 빵이다. 후자는 원주민들의 주식이었던 옥수수를 필두로 리마콩, 오크라 등을 끓인 스튜의 일종인데, 공교롭게도 필라델피아를 비롯한 미대륙의 첫 개척지의 추수감사절 전통 음식이다. 원주민의 전통 음식이 백인 미국인들의 추수감사절을 기리는 음식으로 자리 잡다니, 백인들은 정말 많은 것을 빼앗아 갔다. 운디드니 학살 100주년인 1990년, 미국의 상하원 모두 학살에 깊은 유감을 표하는 결의안을 채택했다. 그리고 2001년에는 미국 인디언 의회에서 두 편의 결의안을 채택했다. 각각 운디드니 학살을 규탄하며 미군에게 수훈한 훈장을 회수하라는 내용이었다.

*Chapter 3*

# 『컬러 퍼플』과 비스킷, 그리고 소울 푸드

그렇지, 남부라면 비스킷이지. 햄, 그리츠, 달걀에 비스킷이지. 주인공인 셀리가 비스킷 이야기를 꺼내자 옛 추억이 떠올랐다. 따뜻하고 폭신한 딥 사우스* 비스킷의 추억이다. 그렇게 소설에 빠져들려는데 다음 쪽에서 갑자기 격변이 일어난다. 갑자기 멀쩡하던 비스킷이 스콘으로 바뀌는 게 아닌가.

뭐라고? 충격에 몰입이 확 깨져 버린다. 스콘이라니? 스콘이라니! 앞쪽에서 비스킷이 등장했는데 왜 갑자기 다음 쪽에서는 스콘이 된 걸까. 아무리 생각해도 앞뒤가 맞지 않았다. 미국, 그것도 딥 사우스라면 스콘일 수가 없다. 시간적 배경은 20세기 초이고 등장인물이 흑인이라면 더더욱 비스킷일 수밖에 없다. 절대, 절대 다른 음식일 리 없다. 그것도 애초에 처음부터 스콘이었다면 모르겠다. 앞쪽에서는 비스킷이었는데 다음 쪽에서는 뜬금없이 스콘이라니. 갑작스럽고 앞뒤가 안 맞는 메뉴 변경을 도저히 이해할 수 없어 최후의 수단

* Deep South, 조지아와 앨라배마, 미시시피, 루이지애나 등 미국 남부 주들.

으로 원문 대조를 해보았다. 원서에서는 시작부터 끝까지 초지일관 비스킷이었다. 나는 그제야 안도의 한숨을 쉬었다. 그러면 그렇지. 딥 사우스의 흑인 식탁에 스콘이라니, 용납할 수 없는 일이었다.

아니, 그게 뭔 대수라고 그래? 스콘이나 비스킷이나 그게 그거 아냐? 여러분은 이렇게 반응할지도 모르겠다. 절대 그렇지 않다. 특히 『컬러 퍼플』처럼 딥 사우스 흑인의 삶을 그린 기념비적 소설이라면 더더욱 그렇다. 번역가가 임의로 원작을 훼손시킨 것이나 다름없는 선택을 했대도 지나친 말이 아니다.

그렇다, 기념비적 소설이라고 했다. 『컬러 퍼플』은 20세기 초 미국 조지아주 — 따라서 딥 사우스 — 의 흑인 소녀 셀리의 이야기이다. 정확한 시간적 배경을 밝히진 않지만, '큰 전쟁' 이야기가 나오는 걸로 보아 1910년대나 1940년대일 것이다. 열네 살 어린 소녀 셀리의 삶은 당시의 기준으로 보아도 불우하다. 정식 교육을 받지 못하고 그저 노동력으로 취급되는 수준에서 그치지 않는다. 의붓아버지에게 강간을 당해 낳은 아이들은 행방을 모른다. 그가 데려다가 어디론가 넘겨버린 것이다. 으으. 영화를 보다가 스티븐 스필버그 감독 특유의 낙천적인 분위기가 싫어서 접었는데, 그게 차라리 나았다는 생각이 들 정도로 소설의 초반부는 우울하다. 하지만 셀리는 불우함 속에서도 특유의 낙천적인 태도를 잃지 않고 이를 하느님에게 쓰는 편지에서 조금씩 풀어낸다. 그런 태도 덕분일까. 나이 많은 남자 집에 팔려 가 명목상으로는 아내지만 보모와 식모 노릇을 하던 셀리의 삶에서 조금씩 먹구름이 걷혀간다.

셸리의 삶이 풀리는 걸 보며 초반에 느꼈었던 우울함이 차차 가셨지만, 스콘은 책을 끝까지 다 읽을 때까지 머릿속에서 맴돌며 나를 괴롭혔다. 한편, 이런 걸로 이렇게 괴로워하는 사람이 어쩌면 한국 독자 중엔 나 한 사람뿐일지도 모른다는 생각을 하자 외로워지기까지 했다. 싫다, 싫어. 하지만 잘못된 건 잘못된 것이다. 스콘과 비스킷은 같은 뿌리에서 나온, 비슷한 빵이다. 둘 다 버터를 밀가루에 비벼 넣어서 단백질인 글루텐의 사슬을 지방으로 짧게 잘라 특유의 포슬포슬하고 부드러운 질감을 자아낸다. 그래서 쇼트브레드*Shortbread*로 분류되는 한편, 발효를 거치지 않고 베이킹파우더와 소다로 부풀리는 즉석빵(퀵브레드)이다. 이처럼 공통점이 많지만 미국, 특히 20세기 초 딥 사우스의 흑인 세계라면 둘은 절대 호환될 수 없다. 비스킷은 비스킷이어야만 한다.

대체 무엇이 다르기에? 간단히 말해 스콘은 영국 음식, 비스킷은 미국 음식이다. 하지만 미국에도 스콘이 있지 않나? 물론 있고, 스타벅스 같은 프랜차이즈 카페에서 저질 먹거리의 대표 메뉴로 오늘도 잘 팔리고 있다. 하지만 미국에서 비스킷과 스콘은 굉장히 다른 음식이다. 스콘은 단맛이 두드러져서 페이스트리에 가깝고, 스타벅스에서 잘 팔린다고 언급했듯이 커피나 차에 곁들이는 음식 혹은 간식이다. 영국의 스콘 또한 크림 티*cream tea*에 곁들이는 대표적인 '티푸드*tea food*'다.

반면 비스킷은 미국, 특히 남부에서는 식사빵이다. 단맛이 스콘만큼 두드러지지 않고 주식에 곁들이거나 소시지 패티 등을 끼워 샌드위치로 먹는다. 형태도 확연히 달라서 스콘은 쐐기*Wedge* 모양이고 비스킷은 둥글다. 별 차이 아닌 것 같지만, 아무도 쐐기 모양으로 구운 쇼트브레드를 비스킷이라 부르지 않고, 스콘을 구워 놓고 비스킷이라 우기지 않는다. 그렇기에 이 번역의 의사 결정은 정말 어안이 벙벙했다. 생각해 보라. 비스킷을 스콘이라 부르는 바람에, 삶에 찌들어 살던 20세기 초 딥 사우스 흑인이 갑자기 영국 음식을 먹게 돼 버렸다. 사소하다고도 여길 수 있는 음식 하나 때문에 번역된 소설에 감정 이입이 힘들어질 수 있다. 적어도 나는 그랬다.

게다가 셀리의 동생 네티의 행방이 밝혀지는 소설 중간에는 영국의 식민 지배에 대한 비판도 만만치 않게 등장한다. 집에서 도망쳐 나온 네티는 영국을 거쳐 아프리카로 선교 활동을 떠나게 되었는데, 아프리카인의 삶을 짓밟은 영국인들에 대한 이야기가 자매가 주고받는 편지를 통해 적나라하게 드러난다. 소설 속 흑인들이 불우한 삶을 사는 데 결정적인 역할을 한 노예 제도에 관한 우회적 비판이다. 그런 가운데 네티는 영국에서 크림 티를 먹은 경험을 '영국 사람들이 집 안에서 하는 소풍 같은 것'이라고 셀리에게 설명하는데, 혹시 이 대목이 비스킷이 스콘으로 둔갑하는 데 영향을 미쳤는지도 모르겠다.

더군다나 쇼트브레드이자 퀵브레드인 비스킷과 스콘이 혼용돼서는 안 되는 데는 재료의 결정적인 차이도 있다. 바로 계란의 사용 유무다. 앞서 살짝 언급했듯 만드는 방식은 둘이 거의 똑같다. 밀가루에 버터를 비벼 넣어 글루텐을 짧게 자른 뒤에 (‘*shorten*’, 따라서 ‘쇼트브레드’다) 우유나 크림, 버터밀크 같은 유제품을 더해 한데 아울러 반죽을 만든다. 비스킷의 경우 크림이나 버터밀크, 스콘의 경우 우유를 쓰지만, 그보다 후자엔 계란을 쓴다는 사실이 더 중요하다. 계란 노른자에도 지방이 풍부하므로 영국식 스콘의 조직은 케이크와 더 비슷하고 따라서 커피나 차와 함께 먹기에 좋다.

사실 비스킷과 스콘의 세계에 혼동의 여지가 있긴 하다. 스콘이 영국과 미국에서 서로 조금 다른 음식으로 존재한다면, 비스킷은 미국 남부와 세계의 나머지에서 사뭇 다른 음식으로 존재한다. 우리에게도 다이제스티브(영국)나 로터스(벨기에)로 잘 알려진, 마르고 딱딱한 과자 비스킷 얘기다. 영국의 비스킷은 밀가루 대비 수분 함유량의 비율이 적기도 하지만, 팽창제를 쓰지 않는 경우가 많아 특유의 질감을 지니게 된다. 역사를 거슬러 올라가면 14세기 경, 두 번에 걸쳐 구웠기 때문에 라틴어로 ‘*bis*(두 번)+*coquere*/*coctus*(조리하다/조리한)’라는 조어가 등장했다고 한다. 이탈리아 토스카나의 과자 비스코티*biscotti*가 이런 이름에 가장 충실한 과자로, 반죽을 큰 덩어리로 한 번, 어슷어슷 길게 썰어 한 번 더 단단하게 구워낸다. 좀 너무한가 싶을 정도로 단단하지만, 덕분에 커피에 담가 먹기에 좋다.

특히 스콘의 나라 영국에서 비스킷은 이가 빠질 만큼 딱딱하고 퍼석하게 구워서 해상 식량으로 쓰였다(자세한 내용은 『모비 딕』 편

참조). 한편 영국 외의 세계, 특히 미국에서는 이런 과자가 쿠키나 크래커로 통하는 경우가 더 흔하다. 물론 쿠키에는 팽창제인 베이킹소다나 파우더를 쓰기도 하니까 이거 좀 헷갈린다 싶은데, 안타깝게도 이게 끝이 아니다. 디저트와 페이스트리의 세계에서는 반죽을 얇게 펴 담아 사각형으로 구운 스펀지케이크 또한 프랑스식으로 비스퀴*biscuit*라 일컫는다. 말하자면 같은 이름으로 적어도 세 가지의 음식이 존재하는 셈이다.

그렇다면 비스킷은 어떻게 미국 남부에서만 이런 음식이 되었을까? 여러 갈래로 퍼져 있는 이야기를 모으면 대략 이렇다. 비스킷이 유럽에서 미국으로 처음 건너왔을 때는 원래 영국의 그것처럼 딱딱한 음식이었다. 그마저도 남북전쟁 이전의 미국 남부에서는 백인, 그 가운데서도 부유한 지주들이나 먹을 수 있었다. 일단 밀이 남부의 작물이 아니었던 데다가 적절한 제분 시설이 없었고, 베이킹소다나 파우더 같은 팽창제가 없었기 때문이다.

이를 뒤집어 생각해 보면 적절한 밀과 제분 시설, 팽창제의 세 요인이 오늘날의 남부 비스킷 탄생에 결정적 역할을 했다고 볼 수 있다. 원래 미국의 주류 밀은 북부에서 나는 단단한 겨울 밀이었는데, 남부에서는 차츰 자체 경작한, 무른 겨울 밀을 쓰기 시작했다. 오늘날에도 남부 비스킷을 상징적인 음식으로 떠받드는 이들은 테네시주에서 생산하는 '화이트 릴리*White Lily*' 상표의 밀가루로 만든 것만이 진짜라고 주장한다. 특유의 포실포실하고도 부드러운 질감은 다른 밀가루로는 자아낼 수 없는 것이라 믿는다고 한다.

남부 밀에 팽창제를 첨가하게 되면서 이전에는 흑인 노예나 가정부가 몇 시간 동안 반죽을 치대고 포개어 켜를 만들었던 비스킷 조리가 엄청나게 간단해졌다. 여기에 1877년 전용 자르개*cutter*가 등장하면서 좀 더 예쁘고 편하게 비스킷을 구울 수 있게 되었고, 차츰 상징적인 남부 음식으로서 위상을 더하며 오늘날까지 전해 내려온 것이다. 미국 남부에서 비스킷의 상징성은 프랑스의 바게트가 누리는 수준이라 해도 지나치지 않다. 다만 바게트가 사 먹는 빵으로서 위상을 누린다면, 비스킷은 가정 요리의 지분이 상당하다. 이탈리아 할머니가 자기만의 파스타를 가지고 있듯이, 미국 남부 할머니만의 비스킷도 존재한다.

## 햄 소스와 그레이비, 미국의 소울 푸드

나는 이런 비스킷에 단맛을 더하는 걸 선호한다. 갓 구워 딱 한김 식힌 비스킷을 반 갈라 차가운 버터와 딸기잼을 듬뿍 발라 먹는다. 막 녹기 시작하는 버터의 풍성함 및 고소함과 딸기잼의 단맛, 그리고 따뜻함과 차가움이 맞물리는 경험은 각별하다. 결국은 빵이므로 비스킷은 어떻게 먹어도 좋지만, 그런 가운데서도 정통이라 꼽히는 방법이 있는데, 바로 그레이비를 끼얹어 먹는 것이다. 영어에서 '단짝'을 표현하는 말로 '브레드 앤드 버터*bread and butter*'가 있고, 하나의 음식일 경우엔 단수로 표현하는 '비스킷 앤드 그레이비*Biscuit and*

*Gravy*'도 그렇다. (나 개인적으론 동의하지 않지만) 한국에서는 활어회에 초고추장을 찍어 먹듯, 비스킷이라면 그레이비를 끼얹어야 한다.

그런 그레이비가 이 책에서 보이지 않는다고? 그건 감춰져 있기 때문이다. 책 문장에서 등장하는 '햄 소스'가 바로 그레이비다. 그렇다, 비스킷이 스콘으로 탈바꿈한 것과 흡사하게 그레이비는 햄 소스가 되었다. 과연 어떤 연유일까? 그레이비는 기름에 밀가루를 볶은 뒤 물이나 육수, 우유, 크림 등을 부어 걸쭉하게 끓이는 소스다. 파스타에 쓰이는 크림소스와 맛과 질감 면에서 흡사하다고 보면 무리가 없다. 프랑스 요리에서 흔히 쓰는 루*Roux*의 변종인데, 다만 햄이나 베이컨 등에서 녹아 나온 기름을 지방으로 쓴다는 게 핵심이다. 미국 남부에는 프로슈토(이탈리아)나 하몽(스페인)과 흡사한 시골햄*Country Ham*이 있다. 유럽의 두 햄처럼 돼지 뒷다리를 통으로 소금에 절인 뒤 자연 건조해서 만드는데, 아무래도 그냥 먹기에는 느끼한 자투리, 특히 비

번역에 대한 이야기는 길게 하지 않고 싶지만 너무나도 명백하게 놓친 지점이 있다. 『컬러 퍼플』은 제대로 교육을 받지 못한 흑인 여성이 쓴 서간문으로, 원작자는 이를 의도적인 철자나 문법의 오류로 표현했다. 이를테면 '물었다(asked)'를 'ast'라 표기한 것이다. 그런데 번역에는 이게 하나도 반영돼 있지 않다. 번역자는 해설에서 이를 옮기는 것이 마치 불가능한 일인 듯 의견을 표명하고 있지만 동의하기 어렵다. 번역가 안정효는 이미 25년 전인 1997년 책 『영어 길들이기-번역편』에서 이에 대한 의견을 밝히고 있다. 『바람과 함께 사라지다』를 예로 들며, 『컬러 퍼플』에서 셀리가 쓰는 것과 흡사하게 의도적으로 오기된 흑인 노예들의 말투를 투박한 한국어로 옮기는 방안이었다. 물론 이게 유일한 예도 아니다. 만화에서 일본 간사이 지역의 사투리, 즉 간사이벤을 경상도 사투리(미국에서는 텍사스 사투리로 옮긴다고 하니 참고하자)로 옮기는 경우가

> 있다. 한편 한국계 미국인이 원작자인 미국 만화 『위 베어 베어스』에서는 한국인 가정이 영어 환경 속에서 사투리를 쓰는데, 이를 더빙한 한국판에서는 모든 등장인물이 한국어를 쓰니까 대안으로 원래 한국어를 쓰는 가족들이 제주도 사투리를 쓴다. 물론 이런 방법론을 반드시 답습해야 한다는 말은 아니다. 하지만 작품의 핵심 정체성을 품고 있는 게 분명한 책의 특징이 사라지면 역서를 읽는 경험은 어딘가 미흡해질 수 있다. 또한 의도적으로 틀린 철자 등은 한국어로도 얼마든지 재현할 수 있지 않을까? 그럴 만한 역량이 한국어에 있다고 믿는다.

계가 나올 수밖에 없다. 이를 낭비 없이 쓰기 위해 약한 불에 볶아 비계를 녹이고 거기에 밀가루를 볶아 소스인 그레이비를 만든다. 물론 반드시 햄을 써야 하는 건 아니고 육류, 특히 돼지 지방이라면 호환이 가능하다. 따라서 베이컨이나 소시지로도 만들 수 있다.

이런 그레이비가 번역서에선 햄 소스가 되어 버렸다. 더 하고 싶은 이야기가 있지만 번역가를 비판하고 싶지는 않으니 여기까지. 나의 역할은 음식과 식문화 비판으로도 충분하다.

## 한국의 스콘

스콘과 비스킷이 미국과 영국에서 서로 다른 음식으로 존재한다는 사실을 지금까지 살펴봤는데, 놀랍게도 한국에서는 또 다른 음식이 되어 이제 거의 완전히 뿌리를 내렸다. 이름은 스콘이지만 미국의 비스킷에 더 가까운 음식이면서도 사실은 완성도가 매우 떨어진다는 슬픈 이유로 독자적인 음식이 돼 버렸다. 어떻게 된 걸까. 미국식 비스킷을 만드는 방식은 하나가 아니다. 일반적으로는 반죽을 만든 뒤 평평하게 밀고 틀로 둥글게 따내어 굽지만, 그 단계를 아예 건너뛸 수도 있다. 버터를 비벼 넣은 밀가루 반죽에 액체를 더해 아우르기만 한 상태에서 계량컵 등으로 푹푹 떠서 제과제빵 팬에 올려 굽는다. 이렇게 만든 비스킷을 반죽을 떠서 팬에 떨어트려 담았다고 해서 드롭 비스킷*drop biscuit*이라 일컫는다.

드롭 비스킷은 일반 비스킷에 비해 품이 훨씬 적게 들기에 늘 유혹에 빠지게 된다. 비스킷 반죽은 축축하고 끈적해서 밀어 따내는 과정이 다소 번거롭고, 따라서 건너뛰고 싶어진다. 하지만 음식 특유의 정체성을 만들어 내는 과정을 통째로 생략하면 결과물도 느낌이 사뭇 다르다. 비스킷의 매력은 사실 크루아상과도 흡사한 '켜'인데, 이 켜가 없다면 그냥 평범한 밀가루 덩어리가 될 가능성이 높다. 그래서 사실 거의 진짜로 치지 않는 드롭 비스킷이 한국에서는 단맛을 업고 스콘으로 둔갑해 절찬리에 팔리고 있다. 이 스콘도 비스킷도 아닌 것을 처음 보았을 때 굉장히 놀랐다. 어쩌자고 이런 걸 만들었을까? 본고장인 미국 남부에서 오래 살았고 나름 많이 구워 먹기도 했기에 비스킷의 상징성 및 정통성에 민감해서, 음식 평론가로서 이 음식의 논리가 궁금했다.

열심히 먹어보고자 했으나 쉽지 않았다. 무엇보다 대체로 먹기가 힘들 정도로 엄청나게 딱딱하고 뻑뻑했다. 비스킷은 몇 안 되는, 갓 구워냈을 때 맛있는 빵이므로 한편으로는 이해가 안 가는 것은 아니지만, 그래도 이해할 수 없을 정도로 딱딱했다. 드롭 비스킷도 본격적인 비스킷의 연습용으로 만만치 않게 구워 봐서 웬만해서는 그렇게 딱딱해지지 않는다는 걸 잘 안다. 아무래도 반죽을 너무 많이 치대서 글루텐 발달이 상당히 진행된 결과라고밖에 볼 수가 없었다. 게다가 완전한 한국식 디저트가 되어 버린 '뚱카롱'처럼 양, 즉 크기를 강조해서 엄청나게 크다. 미국에서는 '고양이 대가리 비스킷*Cat's head biscuit*'이라 일컫는 별도의 큰 비스킷이 있는데, 그것보다 더 크다. 결국 다른 열화된 서양 음식처럼 조리 과정에서 가장 어려운 단계를 극복, 혹은 이해하지 않으려는 나태함의 결과라고밖에 볼 수 없었다.

이해를 돕기 위해 다시 정리해 보자. 미국 남부식으로 따지자면 드롭 비스킷이라는 음식은 존재한다. 한데 아우른 반죽을 계량컵 등으로 푹푹 떠서 제과제빵 팬에 올려 굽는다. 하지만 스콘이라면 미국식이든 영국식이든 이런 방식으로 만들지 않고 반드시 반죽을 편 다음 칼로 자르거나 자르개로 따내서 구워 만든다. 드롭 스콘*Drop Scone*이라는 영국 음식이 있기는 한데, 대체로 팬케이크를 일컫는다. 드롭 비스킷이든 스콘이든 만들 수는 있지만, 아무래도 반죽을 펴서 따내어 구운 것보다 완성도, 더 나아가 음식을 먹는 즐거움이 떨어진다. 그렇기에 사실 요즘 서양에선 비스킷과 스콘의 레시피가 예전에 비해 더 복잡해졌다. 크루아상 레시피를 응용해 반죽을 접고 펴기를 여러 차례 되풀이하며 좀 더 많은 켜를 불어 넣기도 한다. 세계적으로 흐름이 이런데, 성의 없이 구운 돌덩어리처럼 딱딱한 드롭 스콘이라니, 그저 서글플 따름이다.

비스킷과 그레이비는 소울 푸드의 일환이다. 따라서 둘만 맛보고 넘어가면 섭섭하다. 요즘은 소울 푸드라는 용어가 다소 남용되어서, 각자의 마음속에 있는 음식을 의미하는 경향이 있다. 그렇지만 엄격하게 따지면 소울 푸드는 미국 남부, 즉 딥 사우스의 흑인 음식을 의미한다. 미 남북전쟁 이전까지, 그러니까 노예 제도가 한창일 때 아프리카에서 건너와 자리를 잡은 음식이다. 이런 아픔의 역사가 있기에, 우리의 마음이나 추억 속의 음식이라고 해서 소울 푸드라는 딱지를 붙이고 싶을 때는 잠시 다시 생각을 해보는 게 바람직하다.

소울 푸드의 생성에 미친 영향은 크게 두 갈래로 생각해 볼 수 있다. 첫 번째는 식문화적 유산이다. 미국으로 끌려 온 노예들의 고향이었던 서아프리카와 미국의 본령인 유럽의 문화, 그리고 아메리카 대륙 원주민의 식문화가 한데 만난 것이다. 두 번째 갈래는 기후 등 환경의 영향을 반영한 식재료의 현실이다. 원래 먹던 음식을 식재료의 현실에 맞게 다듬어서 소울 푸드가 탄생했다는 말이다. 노예들의 주식은 대체로 콘밀, 즉 옥수수 가루와 돼지고기였으니 여기에서 콘브레드와 돼지갈비 바비큐, 곱창 수프*Chitterling* 등이 비롯되었고, 역시 남부에서 흔한 민물고기인 메기가 튀김이나 지짐의 형식으로 주식에 합류했다. 한편 근대, 케일, 민들레, 비트, 고구마 같은 채소 또한 이들의 주식으로 자리를 잡았다.

극심한 착취 노동으로 고열량의 식사가 필요했기에 소울 푸드에서는 튀김이 두드러지는 조리 형식이다. 이제는 고추장과 케첩 양념의 힘을 입어 한국 음식으로 각인된 치킨의 원류가 사실은 소울 푸드다. 또한 여기에 앞서 언급한 채소들이 조림의 형태로 합류하고, 콘브레드나 마카로니 앤드 치즈 등이 탄수화물로 추가돼 열량의 구색을 완전히 갖춘다.

이런 소울 푸드가 미국에서 본격적으로 가시화된 건 1960년대이다. 흑인 권력 운동*Black Power Movement*이 본격적으로 벌어지면서 흑인, 즉 아프리카계 미국인의 문화를 상징하는 접두어로 '소울'이 쓰이기 시작했다. 그리하여 1965년 출간된 『말콤 엑스 자서전』에서 '소울 푸드'라는 용어가 등장했고, 극작가 아미리 바라카가 소울 푸드라는 제목의 기사를 씀으로서 흑인의 정체성에서 음식이 중요한 역할을 맡게 되었다. 이렇게 정립된 소울 푸드라는 개념은 1970년대까지 벌어진 아프리카계 미국인의 대이주*Great Migration*에서도 제 몫을 톡톡히 했다. 미국 남부에서 더 나은 경제적 여건과 평등을 찾아 북부, 서부, 중부로 퍼져나간 흑인들이 소울 푸드를 만들어 먹으며 자신들의 정체성을 다졌던 것이다.

특히나 나눔의 미학을 강조하는 소울 푸드를 셀리와 네티는 다시 만나 함께 먹었을까? 종내에는 아프리카 선교 활동을 마친 네티가 삼십 년 만에 고향으로 돌아오려 하는데, 셀리는 네티가 탄 배가 지브롤터 해협을 건너다가 격침되었다는 소식을 듣는다. 그리하여 셀리는 전전긍긍하지만, 하나님이 도운 덕분인지 네티는 남편, 그리고 의붓자식 남매 및 며느리와 함께 무사히 돌아온다. 그 오랜 시간 동안 두 자매는 많은 편지를 주고받았고, 그러던 와중에 부모님의 비밀도 알게 된다. 셀리를 강간했었던 아버지가 사실은 생부가 아니었다는 사실이었다. 모든 갈등이 해결된 뒤 셀리는 마지막으로 하느님에게 편지를 써서 감사의 인사를 한다. 『컬러 퍼플』은 여기에서 끝나지만, 두 자매, 그리고 딸린 모든 식구가 한데 모여 소울 푸드를 거나하게 한 상 차려 나눠 먹었으리라는 데는 의심의 여지가 전혀 없다.

*Chapter 4*

# 『채식주의자』와 생각보다 멀지 않은 채식의 시대

아이고, 답답해. 『채식주의자』를 읽으며 가슴을 팡팡 쳤다. 세상에 기껏 고기 따위를 놓고 이렇게 끔찍한 갈등을 벌일 수 있다니. 아내를 자기보다 열등한 인간 취급하는 남자가 있다. 그저 출근할 때 아침이나 차려주고 살림이나 해 주는, 가정부 수준으로 여기는 남자다. 그런 기대를 깔끔하게 충족시켜 주던 여자는 어느 날 갑자기 골칫거리로 변모한다. 일련의 꿈을 꾼 이후 고기를 더 이상 먹지 않겠다고 선언한 것이다. 작중에서 여자가 이야기하듯이, 사실 고기를 안 먹더라도 남자에게 크게 영향이 갈 일은 없다. 어차피 그는 점심과 저녁을 밖에서 해결하니까 아침까지 굳이 고기를 찾아서 먹어야 할 필요는 없는 것이다.

그러나 남자는 필요 이상으로 과민하게 반응한다. 육식을 끊음으로써 손상될 수 있는 아내의 건강을 염려하는 것도 아니다. 그저 육식이라는 사회적 통념을 아내가 거부했을 때 자신에게 미칠 나쁜 영향만 놓고 전전긍긍한다. 이를테면 회사 대표의 초대를 받은 부부동반 식사 자리에서 육식을 거부하는 아내를 보며 자신의 앞길을 망치고 있다고 개탄한다. 남자는 아내의 안녕에는 아무런 관심이 없다. 그저 육식을 하지 않고, 그래서인지 자꾸만 말라가는 아내가 못마땅하고 부끄러울 뿐이다.

그렇게 사랑은 고사하고 함께 가정을 꾸리고 사는 사람으로서 아내에게 동료애조차 품지 않는 남편은 문제를 자기 선에서 해결하지도 못한다. 여자의 육식 중단 사실은 친정까지 퍼져가고, 급기야 가족의 식사 자리에서 여자의 아버지가 억지로 고기를 먹이려 하다가 실패하여 여자를 구타하는 사태까지 벌어진다. 그러는 동안 남자는 거의 아무것도 하지 않는다. 구타로 병원 신세를 지는 여자에게 어머니는 흑염소를 달여와 억지로 먹임으로써 또다른 가해를 가한다.

『채식주의자』는 길지 않지만 끝까지 읽기 쉽지 않은 소설이다. 반드시, 죽어도 고기를 먹어야만 하는 걸까? 어떠한 이유에서든 안 먹겠다는 사람을 굳이 억지로 먹여야만 하는 걸까? 어찌하여 먹는 사람은 먹지 않는 행위를 문제라 여겨 폭력적으로 문제에 접근하고, 또 강권할까? 이 자체만으로도 문제지만 채식이 일종의 결핍된 식생활이라고 덮어놓고 폄훼하는 것도 이젠 구시대의 산물이다. 여기까지 쓰고 책을 들춰보니 『채식주의자』는 2007년에 출간된 소설이었다. 어쩐지. 15년 전의 이야기이니까 등장인물들의 무지함이 조금은 이해가 갔다. 대체육도 없었던 시절이니까. 하지만 그렇다고 해서 채식 전반을 향한 무지한 시선이 용서되는 것은 절대 아니다.

채식은 더 이상 정말 문자 그대로의 의미에 충실하게 풀만 먹는 식습관이 아니다. 일단 단백질이 풍부한 식물성 식재료인 콩이나 버섯류가 있다. 조리법을 조금만 익히면 균형 잡힌 식탁을 꾸밀 수 있다. 게다가 신선 식재료에만 의존해서 채식을 하는 시대는 지났다. 최신 식재료인 대체육의 시대가 도래했지만, 그보다 더 고전적인 식물성 단백질도 오랫동안 자리를 지켜왔다. 대표적인 예가 세이탄*seitan*과 템페*tempe*다. 세이탄은 밀의 주요 단백질인 수화 글루텐을 가공한 식재료로, 맛이 중립적이라서 고기와 거의 똑같이 조리할 수 있다. 단어가 좀 낯설지만 사실 라면에서 빠지면 섭섭한 건더기의 원료인 콩단백과 크게 다를 게 없다.

한편 템페는 청국장과 흡사하다. 콩 알갱이가 뭉쳐져 있는 형태라 썰어서 구워 먹어도 되고 튀기거나 볶는 등, 크게 방식에 구애받지 않고 조리해 먹을 수 있다. 2021년 여름, 채식 장려 다큐멘터리에 출연했을 때 나도 맛을 보았는데 워낙 청국장을 좋아하는지라 맛있게 먹었다. 수입품만 있는 세이탄과 달리 템페의 경우 국내 생산되어 쉽게 구할 수 있다는 장점도 있다.

환경에 미치는 악영향을 감안하면 소설 속 여자의 채식 선택은 현명한 처사다. 육류는 정말 환경에 부담이 많이 가는 식재료다. 옥스퍼드와 암스테르담대학의 공동연구에 의하면 가축을 키워 고기 1톤을 생산하는 데 필요한 에너지는 26~33GJ 수준이다. 물은 367~521$m^2$, 토지도190~230$m^2$가 필요하다. 이산화탄소 발생량도 무려 1.9~2.24톤에 달한다. 이처럼 육식이 환경에 큰 부담을 안기는데도 습관이 무섭다는 말이 있듯이 줄이기가 쉽지 않다. 그래서 식물성 단백질이나 배양육 등을 활용한 대체 육류의 중요성이 점차 커지고 있다.

이제 해외에서는 대체육이 맥도날드나 버거킹 같은 패스트푸드점에서도 먹을 수 있을 정도 대중화되었다. 국내에도 주요 제품군은 이미 수입되고 있다. 실제 고기와 매우 흡사하게 느낄 정도로 품질도 향상되고 있다. 더군다나 육류만이 대체 식품의 전부가 아니라는 점에서도 미래가 밝다. 대체품 계란부터 버터, 치즈, 마요네즈, 심지어 해산물까지, 생각할 수 있는 거의 모든 식재료가 채식용으로 존재한다.

대체육 시장의 선두 주자는 비욘드 미트*Beyond Meat*와 임파서블 푸드*Impossible Food*다. 비욘드 미트는 2009년 이선 브라운이 설립했다. 기후 변화에 맞서기 위해 미주리 대학의 푸훙셰와 해럴드 허프의 기술을 라이센스로 받아왔고, 2012년 홀푸드를 통해 대체육 치킨 스트립을 출시했다. 주요 제품군으로는 비욘드 소시지, 비욘드 비프, 비욘드 비프 크럼블(간 고기), 비욘드 저키(육포) 등이 있다. 경쟁업체인 임파서블 푸드의 제품보다 맛이 낫다는 게 일반적인 평가다.

임파서블 푸드는 2011년 미국 스탠퍼드대 생화학과 교수 패트릭 브라운이 창립한 대체육 제조 기업이다. 고기, 유제품, 생선 등 다양한 동물성 식품을 식물성으로 대체하고자 제품을 개발하고 있다. 임파서블 푸드는 콩 뿌리에서 추출한 레그헤모글로빈 유전자로 헴*heme*을 생산한 뒤 맛과 향을 가미해 대체육을 만든다. 치킨 너깃을 제외한 모든 제품에 헴이 쓰인다. 2016년 버거킹과 함께 임파서블 버거를 출시한 이래 임파서블 소시지, 임파서블 치킨 너깃, 임파서블 미트볼, 임파서블 포크 등을 생산하고 있다.

한국에는 식물성 대체 식재료를 연구하는 기업 더 플랜잇이 있다. 2017년 3월 설립된 푸드테크 스타트업으로, 슬로건 'Eat Plants, For The Planet(지구를 위해서 식물을 먹자)'에서 사명을 따왔다. 머신 러닝을 활용해 지금까지 계란을 쓰지 않은 마요네즈와 크래커, 대체육을 쓴 간편식 비빔밥 등의 대체 식품을 선보이고 있다.

콩이나 쌀 등, 식물을 활용하는 대체육 다음 세대로는 공기에서 추출하는 단백질이 개발 중이다. 스타트업 키버디*Kiverdi*는 공기 중의 미생물을 이용해 '에어 프로테인'이라는 단백질로 전환하는 데 성공했다. 물리학 박사이자 키버디의 소장인 리사 다이슨이 산화수소체를 발효해 단백질을 생산하는 기술을 개발했다. 공기를 이루는 성분(이산화탄소 및 산소, 질소)에 재생에너지를 공급해 동물성 단백질과 동일한 아미노산 조성의 '에어 프로테인'을 생성한다. 에어 프로테인은 수직 공간만 마련되면 햇빛, 온도, 계절에 구애받지 않고 생산할 수 있다. 이산화탄소를 원료로 단백질을 생산하므로 환경 오염으로부터도 자유롭다. 이것을 가공해 대체육류품은 물론 파스타, 시리얼, 셰이크 같은 다양한 식품으로 활용할 수 있다. 현재 키버디의 자회사가 식품을 개발 중이다.

핀란드 헬싱키의 스타트업 솔라푸드의 솔레인*Solein* 역시 에어 프로테인처럼 미생물을 통해 생산하는 단백질이다. 재료는 공기와 재생 전기가 전부다. 재생 전기로 공기중의 물을 수소 및 산소로 분리한 뒤 단세포 미생물에 이산화탄소와 산소, 미네랄을 공급하고, 미생물이 이를 섭취하고 아미노산, 탄수화물, 지질, 비타민을 생산한다. 여기에서 수분을 걷어내고 고운 단백질 가루로 가공하면 솔레인이 된다.

핀란드 라펜란타대학의 부교수이자 솔라 푸드의 최고경영자 파시 바이니카는 솔레인의 개념이 1960년대 우주 산업을 위해 개발된 것이라고 밝혔다. 육류 생산과 비교하면 고작 1% 수준의 탄소를 배출하는 솔레인은 중립적인 맛을 띠며 대두단백과 흡사해 어떤 음식의 단백질도 대체할 수 있다고 그는 주장한다.

비단 고기뿐 아니라 계란도 식물성 대체품을 쓸 수 있는 시대다. 샌프란시스코의 잇 저스트*Eat Just*는 녹두에서 추출한 단백질에 강황의 노란색을 더해 계란과 비슷한 색과 질감을 구현했다. 주요 제품은 '저스트에그 폴디드'로 흰자와 노른자를 섞어 놓은 듯한, 즉 전란액을 닮은 제형으로 스크램블드에그에 최적화되어 있다.

*

솔직히 처음에는 식물성 대체 식재료에 회의를 느꼈다. 채식이 필요하다면 그저 식물성 식재료를 잘 조리해 먹으면 되는 것 아닐까? 그러나 대체 식재료들을 직접 써 보면서 생각이 바뀌기 시작했다.

아직도 최선은 잘 조리한 식물성 식재료라고 믿지만, 그것만으로는 채워지지 않는 욕구가 있다. 집밥을 계속 먹다 보면 가끔은 분위기 전환을 위해 외식이 필요한 것처럼, 식물성 식재료 위주의 식생활에서도 동물성 식재료를 먹는 것과 흡사한 경험이 필요할 수도 있다. 그럴 때 대체 식재료가 이런 경험까지 한데 아울러 식물성으로 바꿔준다는 차원에서 의미가 있다.

또한 대체 식재료는 채식 위주의 식생활을 꾸려나가는 이들만을 위한 게 아닐 수도 있다. 중간지대에 놓인, 즉 엄청나게 육식에 의존하지는 않지만 그렇다고 채식에 적극적이지도 않은 다수에게 대체 식재료는 매우 유용할 수 있다. 앞서 살펴보았듯 네발짐승의 고기 생산이 환경에 미치는 영향은 지대하다. 대체 식재료의 저변이 넓어지면 넓어질 수록 중간지대에 놓인 이들에게 선택의 폭이 넓어지고, 그 결과 십시일반 하듯이 환경 부담도 줄일 수 있다.

모두에게 이롭도록 대체육의 세계가 얼른 확장되면 좋겠지만 인류가 당면한 현실이 대개 그렇듯 온통 장밋빛은 아니다. 우리의 현실에서 식물성 대체 식재료의 아쉬운 점은 다음과 같다. 첫째, 현재 유통되고 있는 대체육의 대부분이 수입산이다. 국내 생산 식품도 있긴 하지만 핵심 원료인 콩분리 단백질 등은 수입산이다. 아무래도 국산 콩이나 밀, 완두의 국내 생산량이 적다 보니 단백질을 분리하는 설비의 투자 및 대량 생산이 쉽지 않다. 따라서 장기적으로는 전지대두, 쌀겨에서 분리한 쌀단백질, 참깨나 곤충 단백질을 활용할 방안이 마련돼야 한다.

둘째, 가격이 높다. 현재 가장 대중화된 비욘드 미트 버거는 패티 227그램 두 장이 13000원(100그램당 5720원)이다. 투플러스 한우 등심과 비슷한 가격대이니 진입 장벽이 꽤 높은 셈이다. 결국 경제적 여유가 있어야 환경친화적인 소비가 가능하다는 뜻이다. 셋째, 탄소 발자국 문제로부터 자유롭지 않다. 대체육은 완제품이 아니라면 주원료가 수입산이므로, 장거리 운송으로 인한 탄소 발자국의 크기 및 영향을 면밀히 따져보아야 한다.

마지막으로 대부분의 식재료가 서양 요리용이다. 대체육 패티와 소시지부터 마요네즈, 치즈 등이 대체로 서양 식생활을 위한 식재료이다 보니 한식 위주의 식생활을 꾸려 나가는 이들에겐 거리감이 느껴질 수 있다. 다행히 불고기나 제육볶음을 위한, 썬 고기 형태의 대체육은 쉽게 찾을 수 있으니, 이제 한식의 큰 비중을 차지하는 국이나 조림 등 국물 음식을 위한 대체육도 개발되어야 한다. 그래야 『채식주의자』에서 벌어지는 것 같은 폭력과 비극을 막을 수 있다.

# 2



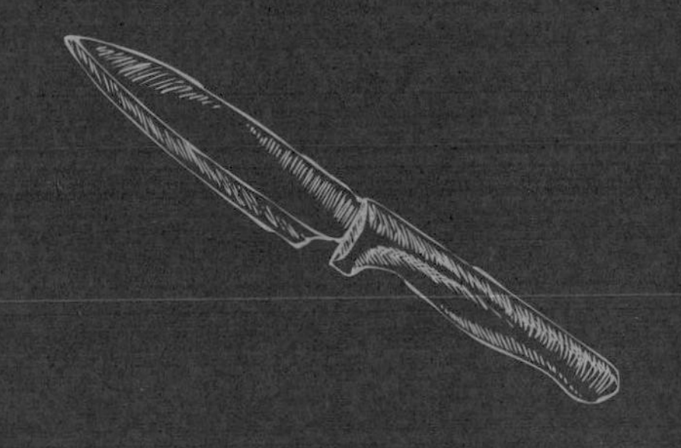

*Chapter 5*

# 『영원한 이방인』과 황색의 위험

음? '황화'라고? 책장을 넘기다 말고 주춤했다. 또 다른 '아사삭 대장'인가? 고 이윤기 선생이 번역한 어느 소설이었던 걸로 기억한다. '캡틴 크런치 *Captain Crunch*'라는 나름 유명한 시리얼의 이름을 완전히 풀어서 이렇게 번역해 놓은 부분이 있었다. 이건 고유명사인데. 나는 선생을 2000년대 중반까지 가장 좋아했던 작가 및 번역가 세 사람 가운데 하나로 꼽았다. 번역에는 정답이 없기는 하다. 하지만 나 또한 번역으로 일부 먹고사는 입장에서 '아사삭 대장'이 적합한 번역이라고는 생각하지 않는다. 과잉 친절이 번역된 객체의 정체성을 흐려 놓는달까.

그런데 황화는 대체 뭐지? 기억을 더듬어도 닿는 곳이 없어 원서를 뒤져보니 '*Yellow Peril*' 이었다. 한국계 미국인인 헨리 박(한국명 박병호)은 어느 날 갑자기 아내인 릴라로부터 갑작스러운 통보를 받는다. 혼자 이탈리아의 섬으로 여행을 떠나겠다는 내용이었다. 돌아올 거라고는 했지만 행선지 주소도, 기간도 알려주지 않은 여행이었다. 말하자면 관계 균열의 조짐이었다. 산업 스파이인 헨리는 첫 번째 임무를 수행하다가 만난 릴라와 결혼하고 아들 미트를 낳지만 열 살 때 사고로 잃고 만다. 이 상실이 둘 사이의 관계를 좀먹었고, 아내는 여행에서 돌아온 뒤에도 친구의 집에 머문다. 그런 가운데 헨리는 떠오르는 정치인이자 뉴욕의 시장 후보인 존 강의 선거 운동 본부에 침투하는 임무를 새로이 맡는다.

아내 릴라가 홀로 뉴 이탈리아로 떠나기 전, 헨리는 쪽지를 하나 받는다. 인간으로서 남편을 아내가 열 몇 가지에 걸쳐 규정한 쪽지였다. 헨리가 아시아계 미국인이었기에 아마도 농반 진반으로 아내는 그를 '황색의 위험', 즉 황화라 규정한다. 그러고는 '신*Neo*미국인'이라고 부연 설명을 달아 놓은 걸로 보아, 현대 미국 사회에서 주도권을 잡아가는 아시아계 미국인을 묘사하는 정황이라고 볼 수 있다.

그는 이 쪽지를 다른 사람들에게 보여준다. 부끄러운 척하지만 사실은 괴상한 자부심을 느끼며, 무디고 따분한 인간들에게 그리고 그들보다 더 무딘 여자들에게, 얼굴이 불그레한 전문가들에게 보여준다. 본 사람들은 한술 더 떠 그를 '예로 페리르*Yellow Pelir*'라 부른다. 영화 〈사랑도 번역이 되나요*Lost In Translation*〉에도 등장하는, 동양인이 *L*와 *R*의 발음을 혼동하는 데서 온 일종의 인종차별적 농담이다. 그리고 그들은 칵테일 '옐로 페릴'을 밤새도록 마신다.

그런데 그 옐로 페릴, 혹은 황화라는 건 과연 무엇인가? 황화는 1800년대 중반, 미국과 유럽에서 팽배했던 인종차별적 은유다. 미국의 예를 들면, 서부 개척시대에 금 채굴 및 철도 건설을 위해 중국에서 노동력을 엄청나게 많이 끌어다 썼다. 예측할 수 있듯이 이들의 노동 여건은 매우 나빴으며 임금 차별도 받았지만 어쨌든 조금씩 세를 불려 나가며 문화적인 영향력을 미치기 시작했다. 그러자 백인들이 극동과 동남 아시아인들을 '황화黃禍', 즉 노란 피부를 가진 위험 요인으로 규정하면서 탄압을 시도했다. 노동 여건은 더 나빠졌으며 계속 유입되는 중국인을 백인의 세계를 유린하는 악한이나 괴물로 묘사하는 삽화가 신문에 빈번하게 실렸다.

이렇게 민심을 선동시킨 끝에 1871년, 로스앤젤레스에서는 500명의 백인과 히스패닉 미국인들인 중국계 미국인을 학살하고 차이나타운을 침탈하는 참사가 벌어지기도 했다. 황화에 대한 두려움은 이런 수준에서 그치지 않았으니, 결국 미국 정부는 1882년, 배화법*Chinese Exclusion Act*을 발효해 중국인의 입국을 금지했다. 그 영향으로 대신 한국과 일본인이 대규모로 유입되었지만 특정 민족이나 국민을 콕 짚어 배재하는 처사는 너무나도 명백한 차별일 수밖에 없다. 원래 10년 동안 한시적으로 시행하려던 배화법은 1892년 보완을 통해 1902년 영구적인 조치로 자리를 잡았다가, 1943년 12월 17일 매그너슨 법에 의해 폐지됐다.

그런데, 이런 황화가 음식과 무슨 관계가 있느냐고? 아주 깊은 관계가 있다. 이 황화라는 개념이 본격적으로 등장하기까지 중국인이 미국에 대거 유입되면서 당연히 음식 문화의 전파가 이루어졌다. 바로 우리의 경우엔 우리의 방식, 즉 짜장면과 짬뽕으로 오늘날에도 존재하는 중식의 정착이다. 우리에게도 좋은 식도락의 기회가 딸린 관광명소로서 미국의 차이나타운을 찾는다면, 흔히 샌프란시스코와 뉴욕의 것을 꼽는다. 하지만 미국에서 가장 오래된 중식당은 우리로서는 조금 예측하기 어려운, 인적이 드문 몬태나주의 뷰트*Butte*라는 도시에 있다. 뷰트가 구리 광산촌으로 번영을 누렸던 시절인 *1911*년에 문을 열었는데, 먼저 문을 연 곳들이 차츰 문을 닫음에 따라 이제 미국 최고령 중식당으로 우뚝 섰다.

중식의 매력이라면 아무래도 지역의 특색을 적극 반영한 요리 세계를 꼽을 수 있다. 물론 이런 다양성을 늘 낭만적인 시각으로만 바라볼 수 있는 건 아니다. 미국의 경우처럼 저렴한 노동 인력으로 타국에 유입된 이들이 식재료가 낯설고 결핍된 환경 속에서 어떻게든 자신을 지탱할 고향의 맛을 모사하기 위해 발버둥친 결과물이기 때문이다. 그 결과 탄생한 미국식 중국 음식이 바로 찹수이*Chap Suey*, 雜碎, 푸융단*Egg Foo Young*, 芙蓉蛋 등이다. 기원이 불확실하고 너무나 여러 갈래로 퍼져 있어 소개할 의욕마저 꺾이는 찹수이는 우리가 잡채 혹은 잡화에 쓰는 바로 그 '섞일 잡(雜)'자를 쓴 데서 알 수 있듯이 실로 다양한 재료를 한데 볶아 만든 음식이다. 돼지고기나 닭고기를 필두로 양파, 숙주나물, 깍지콩, 어린 옥수수 등의 재료를 볶고 간장과 식초 등으로 맛을 낸 뒤 물녹말을 더해 걸쭉함을 불어 넣는다.

한편 푸융단은 중국식 오믈렛으로, 광동이 고향이지만 세계로 퍼져나가 다양성의 꽃을 활짝 피웠다. 미국식은 숙주나물, 양파, 깍둑

썬 햄 등에 계란을 풀어서 튀기듯 넉넉한 기름에 지져내 만든다. 그레이비 같은 걸쭉한 소스를 끼얹어 먹기도 하는데, 특히 샌드위치가 잘 알려져 있다. 미주리주 세인트루이스에서 비롯된 세인트폴 샌드위치*St. Paul Sandwich*는 푸융단을 마요네즈 바른 식빵 두 장 사이에 끼워 만드는 지역 별미다.

물론 미국식 중국 음식의 계보가 여기에서 끝날 리는 없다. 앞서 언급했듯 제약과 결핍 속에서 적응의 산물로 태어나기는 했지만, 그렇게 정착한 이후 풍족한 미국의 식재료들을 적극 받아들여 오늘날 미국식 중국 음식은 폭발적인 맛을 자랑하는 나름의 장르로 확실히 자리를 잡았다. 워낙 다양해 한두 가지만 꼽기가 쉽지는 않지만, 우리의 불고기와도 나름 비슷한 몽골리안 비프(쇠고기와 쪽파 또는 양파를 단맛의 간장 소스에 볶아 만든다), 미국의 중식 프랜차이즈 판다 익스프레스가 고안한 오렌지치킨* 등이 있다.

그리고 마지막으로 포춘 쿠키 또한 미국식 중식의 산물이다. 일본의 오미쿠지御御籤 또는 쓰지우라 센베辻占煎餅에서 착안해 미국에서는 1980년대, 혹은 1900년대 초 샌프란시스코에서 가장 먼저 등장했다. 최초 발명자에 대해서는 의견이 엇갈리는데, 샌프란시스코와 더불어 야구팀으로도 백 년이 넘게 숙적 관계인 로스앤젤레스가 권리를 주장해왔다. 결국 법정 다툼까지 벌인 끝에 샌프란시스코 쪽으로 우선권이 넘어갔는데, 오늘날 포춘 쿠키의 최대 생산지는 두 도

* 살짝 매콤한 오렌지맛 소스에 버무린 닭강정.

시가 아닌 바로 뉴욕의 브루클린이라고 한다. 매년 30억 개의 포춘 쿠키가 생산되는데, 대부분 미국에서 소비되며 완성품이 슈퍼마켓에서 별도로 팔릴 정도로 미국 특유의 문화로 굳건히 자리를 잡았다. 한국에서 중식을 조리하다가 미국으로 건너가 자리를 잡은 화교가 운영하는 중식당을 찾는다면, 짜장면과 오렌지 치킨을 한꺼번에 즐길 수도 있으니 참고하자.

*

헨리는 프리랜서 필자로 위장해 존 강의 사무실에 침투하고, 곧 그의 깊은 신임을 산다. 무엇보다 그가 많이 배운 한국계 미국인이라는 사실 덕분이었다. 한편 존 강은 뉴욕시 이민자의 상당수의 의견을 대변하는 듯 보이지만, 저 깊은 곳에는 한국인으로서의 정체성이 남아 있다. 그렇기에 팔이 안으로 굽듯 같은 한국계 미국인인 헨리를 신임하게 된 것이다. 그렇다, 소설 속 등장인물들은 모두 너나 할 것 없이 정체성에 대해 고민한다. 솔직히 말하면 나 역시 나름 미국에서 비교적 오래 살아봤던지라 유색인종 혹은 이민자들의 정체성 이야기에 크게 매력을 느끼지 못한다. 물론 그들 각자의 정체성과 그에 딸린 고민이 의미가 없다는 말은 절대 아니다. 각자의 이야기는 너무도 소중하지만, 그 안에는 사회 및 문화 구조 탓에 어쩔 수 없이 발생하는 패턴이 있기에, 읽다 보면 그게 그것처럼 느껴진다는 말이다.

이창래는 이런 일종의 한계에 대해 인식하고 있었던 것 같다. 그래서 『영원한 이방인』에 스릴러적 요소를 가미해 단순한 인종 및 국가적 정체성 타령에서 그치지 않도록 서사를 확장한다. 덕분에 확장된 서사 속에서 헨리를 비롯한 등장인물들은 마음껏 정체성에 대해 고민한다. 나는 미국인인가 한국인인가? 이런 유의 기본적인 고민 외에도 헨리는 산업 스파이로서 나와 타인, 적과 동지에 대한 정체성의 고민 또한 열심히 한다. 그의 동료들 또한 친구인 척해도 결국에는 뒤통수를 쳐야 하는 스파이의 특성상 나름 정체성에 관한 고민을 안고 산다. 애초에 미국에서 침투가 쉽도록 여러 인종을 아우르는 팀을 설정한 내용이라서 가능한 부분이다.

갈수록 존 강과 거리를 좁혀가면서 헨리는 고민한다. 내가 같은 민족을 배신하는 것 아닐까? 그런 가운데 그는 맡은 바 소임, 즉 존 강의 약점을 찾아내는 데 성공하지만, 큰 그림을 보았을 때는 의미가 떨어져 버리는 성과였다. 존 강이 결국은 스스로 약점을 드러내며 저절로 무너져 내리기 때문이다. 그런 가운데 헨리는 아내 릴라와 갈등을 봉합하고 부부 관계를 재건하게 된다.

존 강이 한국계이기에 소설 속에서는 맨해튼과 주변 지역의 한인타운에 대한 묘사가 음식점을 중심으로 벌어진다. 뉴욕의 한인타운이라면 두 군데가 있다. 일단 맨해튼 미드타운, 즉 23번가와 매디슨가 사이의 지역이 있고, 도시를 벗어나면 롱아일랜드 퀸스의 플러싱에 또 한 군데가 있다. 내가 8년을 살았던 애틀랜타에도 한인 타운이 있었지만 적어도 내가 떠나올 때까지는 규모가 미약한 수준이었다. 이걸 아는 이유는, 뉴욕은 물론 로스앤젤레스의 한인타운도 겪어 보았기 때문이다.

2005년 겨울이었다. 산타 모니카의 저렴한 모텔에 짐을 풀자마자 전화부터 걸었다. 네, 순두부집이죠. 영업 몇 시까지 하세요? 24시간이라고요? 네, 알겠습니다. 감사합니다. 프랭크 게리가 건축적인 실험을 더해 개보수한 자택을 보러 가는 길이었다. 산타모니카는 로스앤젤레스까지 약 20킬로미터, 그렇다면 한인타운에 가서 순두부 한 뚝배기 먹어야지. 혹시 몰라서 영업시간을 확인할까 전화를 걸었는데 24시간이라는 말에 되레 무안해졌다. 아무렴 다른 곳도 아니고 나성羅城, 로스앤젤레스의 한인 타운인데. 이런 비유가 적합할지 모르겠지만, 또 다른 서울인데.

2020년 8월, 《엘에이 타임스》와 《뉴욕 타임스》가 로스앤젤레스 북창동 순두부의 창업자 이희숙 씨의 부고를 냈다. 만만치 않은 분량으로 미뤄 짐작건대 충분히 예우한다는 인상을 받았다. 이희숙 씨는 1989년 미국으로 건너가 1996년 북창동 순두부를 개업했다. 교회 예배가 끝나고 아이들이 순두부를 먹으러 가자고 조른 데서 착안한 사업이었다. 그리고 오늘날 미국 내 12개 도시, 12개 지점으로 사업을 확장했다.

흔하다면 흔한 찌개이지만 그는 형식의 문법을 다시 써서 음식을 새로운 범주로 독립시키다시피 했다. 찌개에 갓 지은 돌솥밥과 튀기듯 구워낸 조기를 곁들인 것이다. 한국의 순두부는 고작 뚝배기에 기본 반찬, 밥이 전부였다면, 그의 것은 잘 차린 한상이었다. 이런 형식의 순두부는 나에게도 어느 정도 의미 있는 음식으로 남아 있다. 유학 차 미국에 건너가 맨 처음 먹은 끼니였기 때문이다. 대학 선배가 사줬으니 일종의 '웰컴 푸드'였달까. 사실 미국 서부도 아니고 동부의, 북창동 순두부와는 아무런 관련이 없는 별개의 음식점이었지만 그래도 여전히 훌륭했다.

이건 뭔가 한국에서 먹었던 것과는 다른데. 알 수 없는 풍성함에 처음엔 몸 둘 바를 몰랐지만 슬슬 익숙해지면서 깨닫게 되었다. 미국의 한식은 또 다른 문화라는 것을. 나중에, 바로 이 여정에서 로스앤젤레스의 북창동 순두부를 처음 접하고서야 알 수 있었다. 바로 여기에서 양식*format*이 가지를 쳐서 한국으로 왔구나. 북창동 순두부의 문법은 한국에도 역수입되었지만, 현재 계보는 엉망진창이다. 국내 매체의 부고에서는 국내에도 매장이 있다고 밝히고 있지만 홈페이지에서는 찾아볼 수 없고, 정작 한국에서는 다른 사업체가 북창동 순두부라는 상표를 쓰고 있다. 그쪽 홈페이지의 기업 설명에 의하면 2001년에 출범했다는 걸로 보아, 로스앤젤레스의 원조와는 상관이 없는 것 같다.

이들이 프랜차이즈 사업을 활발히 벌이다 못해 심지어 대만 등 국외에도 진출한 형국을 보고 있노라니 뭔가 씁쓸했다. 애초에 순두부는 한식일 수 있지만 현재 정착된 핵심 정체성, 즉 형식은 미국에서 싹을 틔우고 뿌리도 완전히 그곳에서 내렸다. 그렇다면 미국의 여건과 이를 바탕으로 형식을 고안해 낸 이들, 즉 교포들에게 공을 돌려야 하지 않을까? 오렌지 비프 같은 미국식 중식이 존재하듯이, 한식도 비단 한반도의 두 한국만을 뿌리로 여길 수 없을 만큼 그릇이 커졌다. 무엇보다 순두부를 비롯한 미국식 한식은 남한에서 재현이 거의 불가능할 정도이기 때문이다.

그것은 왜일까? 바람직하든 아니든, 하나의 장르 혹은 계보로서의 독립을 가능케 한 원동력인 풍성함을 모방할 수 없기 때문이다. 풍성함은 식재료의 사정이 받쳐 줘야 이뤄낼 수 있는데, 우리에게는 그럴 만한 여건이 갖춰져 있지 않다. 아니, 사실은 그런 여건을 갖춘 나라가 원체 많지 않다. 말하자면 미국이 특수한 경우로, 땅과 기후 등 기본 여건 자체를 잘 갖추기도 했다. 하지만 무엇보다 미국의 풍성함은 타인, 즉 다른 문화권이나 다른 나라의 눈치를 전혀 보지 않는 성정을 통해 완결된다. 이제 모두에게 알려졌듯이 환경친화적이지 않은 소의 고기를(자세한 내용은 『채식주의자』와 『아메리카나』를 참고하자.) 그 누구의 눈치도 보지 않고 마음껏, 돼지고기와 같은 가격으로 먹는 데서 잘 드러난다.

게다가 식재료뿐 아니라 노동력 또한 착취를 통해 싸게 공급받고 있다. 멕시코에서 국경을 넘어온 이들이 오늘도 한식당 주방에서 열심히 땀을 흘려가며 음식을 만들고 있을 것이다. 비단 한식뿐이랴. 저 위로는 고급 양식당의 주방까지도 멕시코 이민자들이 꽉 잡고 있다고 하더라도 지나친 말은 아닐 것이다. 이 둘의 조합이 빚어낸 산물인 폭발적인, 때로는 지나치다 싶을 정도의 음식의 풍성함은 한국은 물론 여느 나라가 쉽게 흉내 낼 수 있는 것이 아니다. 그랬다가는 엄청난 가격 상승으로 지갑 가랑이가 찢어져 버릴 수 있다.

한편 이처럼 폭발적인 풍성함을 왕성하게 유지하고 있는 미국의 중식을 보고 있노라면 부럽기도 하다. 물론 그 방법론은 이제 더 이상 정당화 할 수 없는 것이긴 하다. 하지만 서민 음식의 굴레를 벗지 못하고 쇠락해 버린 한국의 중식을 보고 있노라면 그 왕성한 풍성함의 일부라도 좀 나눠 받아 부활하면 좋지 않을까 생각하게 된다. 사실 다른 음식들에 밀려 주식보다는 별식으로 밀려났다고 봐야 맞겠지만, 그래도 물가 인상 시기마다 불려 나오는 짜장면 이야기를 보면 마음이 아프다.

짜장면을 비롯한 한국식 중식을 그렇게 서민 음식의 울타리 안에 억지로 묶어 놓으니 가격을 올릴 수도, 비싼 음식으로 가지를 치고 발돋움할 수도 없게 된 것이다. 오르는 물가를 반영하는 만큼 식재료 등을 통해 수준을 올릴 수 없게 되었으니 맛이 없고, 그렇기 때문에 더 외면당하는 악순환이 벌어지고 있다. 이제 아무도 중식에서 맛을 기대하지 않게 되어 버린 것이다. 그나마 세월이 흘러 2011년 8월 31일부로 복수 표준어로 드디어 인정되어 '짜장면'을 '자장면'이 아닌 '짜장면'이라 부를 수 있게 된 것 정도가 유일한 위안이랄까.

한편 이런 흐름을 보고 있노라면, 미국식 한식도 바야흐로 중식의 길을 걷고 있는 듯 보인다. 폭발적인 풍성함을 바탕으로 가지를 확실히 쳐서 새로운 장르로 자리를 잡아가고 있다는 말이다. 그리고 이런 움직임의 중심에는 데이비드 장이 있다. 그는 2000년대 초중반 맨해튼에서 라멘집인 '모모푸쿠 누들 바'를 거의 맨주먹 — 아버지로부터 투자를 받기는 했지만 — 으로 설립한 뒤 점차 저변을 넓혀 거대 요식 사업체 '모모푸쿠'를 일궈냈다. 첫 레스토랑이 '누들 바'였고, 누들, 즉 국수가 라멘임을 감안한다면 그의 뿌리는 상당 부분 일식이라고 볼 수 있다. 하지만 그도 어쩔 수 없는 한국인인지라 참으로 묘한 지점에서 다른 '요리 세계*cuisine*'에 한식을 접목시키려 한다. 굴에 김치를 갈아 만든 소스를 올린다거나, 보쌈에 채소 대신 멕시코의 밀전병 토르티야를 가미하고, 이탈리아의 감자 옹심이인 뇨끼를 떡볶이처럼 고추장 소스에 버무리는 식이다.

혹자는 그게 무슨 한식이냐고 할 수도 있다. 나는 개인적인 차원에서 그의 레스토랑 음식을 도저히 못 먹겠다고 이야기하는 사람도 보았다. 하지만 그의 시도는 대체로 개념적이고 논리적이다. 이를테면 한식에서는 굴과 김치를 같이 먹을뿐더러 후자를 만드는 데 전자를 맛 내기 재료로 쓰기도 한다. 한편 양식에서는 굴(석화)에 소스를 올려 낸다. 이 둘을 함께 고려하면, 김치를 갈아 만든 소스를 굴에 얹지 못할 이유가 없는 것이다. 보쌈의 경우도 부리토가 밀전병에 고기와 밥을 싼 음식이므로 채소를 밀전병으로 대체해도 한식과 멕시코식 양쪽에서 음식의 기본 논리가 깨지지 않는다. 마지막으로 감자탕을 떠올린다거나, 떡볶이가 애초에 고추장 소스에 탄수화물을 더해 자작하게 끓인 음식임을 감안하면 딱히 이상할 이유가 없다. 반대로 이탈리아를 생각해도 파스타는 걸쭉한 소스에 밀가루

면을 버무린 음식 아닌가. 이래저래 말이 안 될 건 없다.

이런 시도가 한국이 아닌 미국에서 벌어지고 있다는 사실에 주목할 필요가 있다. 앞서 계속 언급한 폭발적인 풍성함이 물질적 여건을 조성해주기도 하지만, 한편 이런 시도를 할 수 있는 정서적 여건 또한 미국에서 좀 더 자유롭게 조성될 수 있기 때문이다. 물론 그렇다고 해서 그런 시도가 수월하기만 한 것은 아니다. 한국인의 한식에 관한 시각은 유난히 보수적이라서, '반드시 이래야만 한다'라는 정서적인 제약을 마음속에 무척 많이 품고 산다. 심지어 이제는 한식으로서 세계적으로 인정받고 있는 치킨마저 '우리가 언제부터 튀김을 먹었느냐'며 거부하는 움직임도 있으니까. 이런 시도를 근 20년 가까이 해 온 데이비드 장마저도 자서전에서 '한식은 이래야 한다'는 잔소리가 버겁다는 식으로 이야기하고 있다.

하지만 음식 평론가로서 나는 이런 시도가 무척 반갑다. 무엇보다 이런 접목의 시도가 앞서 살펴보았듯 음식과 조리, 맛의 원리를 바탕으로 이루어지기 때문이다. 흔히 우악스럽게 붙여 버리는, 사실은 물리적 결합을 의미하는 '퓨전*fusion*'과는 결이 다르다. 이런 논리를 펼치면 무엇보다 한식의 정통성을 염려한다는 이들이 고개를 들 것 같은데, 걱정할 필요는 없다고 생각한다. 음식의 세계는 폭이 넓고, 언제나 새로운 것들과 다양성을 위한 자리가 있다. 다양한 세계의 식문화와 요리 세계를 자연스럽게 접목한 음식도 한식이 될 수 있고, 조선의 궁중요리를 재현한 음식도 한식이 될 수 있다. 온갖 음식들이 고루 성장할 수 있는 토양은 조성하고 배양하기 나름이며, 그게 가능해졌을 때 우리는 좀 더 다양성을 확보하고 선택의 폭도 넓힐 수 있다. 그러한 기회를 굳이 나서서 마다할 이유가 있을까? 미국을 비롯한 외국에서 조금씩 진화 및 정립되고 있는 한식의 새로운 정체성에 주목할 필요가 있다. 그래야 그 음식을 고안하고 만들어 내는 이들이 '영원한 이방인'이 되지 않는다.

마지막으로 '나성' 발 미국식 한식 혹은 식문화의 자취를 두 가지만 살펴보고자 한다. 둘 다 '*LA*'가 접두사로 쓰인다는 힌트를 드리면, 적어도 그 중 하나는 짐작이 가능할 것이다. 그렇다, 첫 번째는 '*LA* 갈비'다. 흉곽의 직각 방향으로 뼈와 고기를 함께 저며낸 갈비를 *LA* 갈비라 일컫는데, 기원은 다소 애매하다. 로스앤젤레스에서 비롯되었으리라 짐작은 할 수 있으나, 그 지점에서 이리저리 갈린다. 일단 수입 쇠고기를 향한 거부감을 없애기 위한 홍보 전략이라는 이야기도 있다. 초등학교 저학년 시절 살았던 아파트의 상가에는 출처가 불분명한 외제 식품과 잡화를 파는 소위 '미제집'이 있었는데, 이곳에서 파는 고기가 바로 *LA* 갈비였다. 과연 무슨 상관관계가 있었던 걸까? 그 고기의 출처는 정확히 어디였을까?

한편 로스앤젤레스의 교포들이 밥반찬으로 쉽게 먹을 수 있는 고기로서 발견해 냈다는 주장도 있는데, 음식과 조리의 원리를 놓고 헤아려 보면 이 편이 좀 더 논리적이다. 일단 요즘은 양식의 재료로도 쓰여 가격이 많이 뛰었지만, 갈비는 미국에서 원래 잘 먹지 않는, 따라서 저렴한 부위였다. 한식에서 갈비가 가장 비싼 부위 대접을 받아 온 한국의 오랜 현실을 감안하면, 교포들에게는 호재였을 수 있다. 또한 국내에서처럼 뼈와 뼈 사이의 살을 칼로 발라내는 것에 비해, 톱으로 전체를 썰면 되므로 가공, 그리고 궁극적으로는 조리까지도 쉬워져서 식탁에 올리기도 한결 수월해졌다. 정확하게 어떤 연유로 *LA* 갈비라 불리게 되었든, 이렇게 썰어낸 갈비는 이제 미국에서 '코리안 컷*Korean Cut*'이라 불리고 있으니 자리를 확실히 잡았다고 해도 무리가 없을 것이다.

두 번째는 흔히 교포 찰떡이라고도 불리는 *LA* 찹쌀떡이다. 이름처럼 *LA* 교포 사회에서 등장했다는데, 찹쌀가루와 견과류를 쓴다는 점에서는 그야말로 떡이다. 다만 우유와 버무린 기본 반죽을 팬에 담아 오븐에 구울뿐더러, 베이킹파우더와 소다를 써 부풀리는 등 조리법은 서양식이다. 이야기를 듣고 어느 정도 예측은 가능했지만 나름 신기하다고 생각해 구워 보았는데 결과물이 흥미로웠다. 떡은 증편을 빼고는 조직에 공기를 불어 넣지 않으니 종종 융통성이 없고 무겁기 마련인데 그런 단점이 일정 수준 보완된 질감이었다.

*LA* 찹쌀떡의 기원은 갈비보다는 유추하기가 조금 더 쉽다. 미국의 아시아계 식품점에는 모치코라는 상품명의 일본 찹쌀가루가 있다. 1파운드, 즉 454그램들이 한 팩에 오천 원 이하로 가격도 싼 데다가 조리도 간편하므로 같은 떡 문화가 있는 교포들도 응용해 쓰기 시작하면서 자리를 잡았으리라 짐작한다. 우리에게는 찹쌀을 나름

고급이라고 여기는 정서적 장벽이 있는데, 싸서 부담이 적은 데다가 쌀을 불리고 여러 차례 가는 지리한 과정 없이도 떡과 최대한 비슷한 물건을 만들 수 있는 식재료라서 정착할 수 있게 된 것이다. 말하자면 미국에 팽배한 폭발적인 풍성함의 영향력이 일정 수준 미쳤다고 볼 수 있다.

*Chapter 6*

# 『아메리카나』와 미국식 순진함 그리고 부끄러움

이십일 년 전인 2002년 9월의 일이다. 개강 직후 대학원 학생들끼리 비공식 개강 파티를 연다고 했다. 대학원의 일원으로서 나도 자동적으로 초대를 받았다. 그야말로 처음 가는 미국식 파티인지라 설렜다. 옷은 뭘 입어? 뭘 가지고 가야 하지? 같은 스튜디오 주변 학생들에게 물어봤는데 대체로 심드렁했다. 응, 적당히 옷 입고 뭐라도 들고 가면 돼. 옷이야 그렇다 치고 '뭐라도'가 걸렸다. 자기 몫의 술이나 음식 같은 걸 들고 가야 한다는 걸 어렴풋이 알기는 했지만 어디에서 무엇을 구해 가져가야 할지 감이 안 잡혔다. 미국에 도착한 지 두 달, 모든 것이 낯설다 못해 신기한 상황이었으니 그런 걸 제대로 챙기기는 언감생심이었다. 밥이나 간신히 해 먹는 판국에 적어도 내가 생각하는 파티를 위한 술이나 음식을 찾을 만한 상황이 못 되었다.

뭔가 뾰족한 수 없을까. 고민하던 가운데 가장 먼저 발을 들이기 시작했던 코스트코에서 마음에 드는 '무엇'을 발견했다. 삼 킬로쯤 되는 덕용 황도 통조림이었다. 양이 많으니 부피가 한아름으로 큰 데다가 밝은 노란색 포장 덕분에 한눈에 들어온다는 점이 마음에 들었다. 오륙 달러로 비싸지 않았지만 밝은 포장의 큰 통조림이 품는 상징성 덕분에 파티 참석자들의 인상에 강하게 남을 것 같았다. 학창 시절 한국 호프에서 이런 통조림을 술안주로 먹었었던 기억도 났다. 가져가면 알아서들 먹겠지.

시간이 흘러 파티 날인 토요일 저녁, 누군가의 집에 도착하니 이미 분위기는 무르익은 상황이었다. 다들 서서 손에 빨간 일회용 플라스틱 컵을 하나씩 들고 불특정 다수와 이야기를 나누고 있었다. 그런 가운데 내가 팔에 거대한 통조림 깡통을 들고 등장하자 입구의 군중이 약간 거짓말을 보태 모세의 홍해처럼 쫙 갈렸다. 야, 쟤 좀 봐. 몇몇이 킥킥 웃는 소리가 들렸다. 내가 뭔가 선택을 잘못한 걸까. 당혹감을 느끼려던 찰나 이미 안면을 튼, 굉장히 친화력 좋은 원우가 내 앞에 나타났다. 와, '영재이'*가 사온 거 봐! 거대한 통조림이네! 그는 그걸 받아 부엌에서 따더니 얼음, 보드카와 함께 블렌더에 갈아 성인용 스무디를 만들었다. 내가 예상했던 것보다 훨씬 더 훌륭한 쓰임새를 즉석에서 만들어 낸 친구에게 나는 감사했다. 그리고 한참 동안 나는 대학원에서 '개강 파티에 거대 통조림을 가져온 녀석'으로 통했다.

* 내 이름 용재(Yongjae)의 영어식 발음. 영어 이름을 따로 만들지 않고 최대한 가까운 발음을 찾아 'Young(젊은)+알파벳 J'와 같이 발음하면 된다고 이름을 소개한 결과다. 『아메리카나』에서 주인공 이페멜루의 고모 우주(Uju)가 미국에 가더니 '유주'라고 불리기 시작했다는 소설 속 일화를 듣고 다시 생각이 났다. 쿠바(Cuba)를 '큐바'라고 발음하듯, 미국에서 U는 '유'로 발음되곤 한다.

파티는 바로 그 지점까지만 흥미로웠다. 『아메리카나』의 이페멜루는 미국에서 파티란 더도 덜도 아니고 '선 채로 술 마시는 자리'라고 했다. 그렇게 그저 끊임없이 이리저리 옮겨 다니며 이 사람 저 사람과 깊지 않은 대화를 나누는 게 전부였다. 그렇다, 반드시 깊지 않아야 한다. 이런 자리에서 술이라도 들어갔답시고 마음속 깊은 곳의 고민을 털어놓거나 하면 안 된다. 아아, 이게 미국의 파티라는 것이구나. 그제야 나는 나의 들뜬 질문에 대응하던 친구들의 심드렁함을 이해했다. 파티라는 게 원래 시시해서 그랬구나. 그렇게 파티의 실체를 알아버린 나는 이후 8년을 더 살면서 그런 자리에 자주 몸을 담지 않았다. 문화와 언어에 적응을 하지 못했을 때는 파티가 놀이라기보다 노역처럼 느껴져서, 적응한 이후에는 쓸쓸함이 한결 더 깊어지는 걸 남의 일처럼 바라보는 게 싫어서 가기 꺼려졌다. 말하자면 나는 '파티 피플'은 아닌 셈이었다.

*

『아메리카나』를 읽는 내내 내 만 8년 간의 미국 생활을 반추했다. 돌아와서 근 15년이 지나도록 깊이 생각해 본 적 없는, 단순한 회상 이상의 반추였다. 무엇보다 '입지는 달라도 미국을 향한 동경은 비미국인 모두에게 비슷한 것이군' 하고 생각했다. 군사 독재로 불안정한 삶을 사는 나이지리아인들에게 미국은 안정의 이상향, 희망의 땅이다. 모두가 떠나고 싶어 하지만 아무나 떠날 수는 없는 현실 속에서 이페멜루는 진학을 통해 미국으로 건너갈 기회를 잡는다. 나도 이페멜루와 마찬가지로 진학을 통해 미국에 발을 들일 기회를 잡았지만, 동기는 좀 달랐다. 내가 떠났던 이십 년 전에도 한국은 나이지리아에 비하면 안정된 사회라 할 수 있었다. 그래서 나는 익명성을 제공할 수 있는 가능성의 땅으로서 미국을 동경했다. 무엇보다 가족들과 거리를 둘 수 있다는 점에서 미국은 약속의 땅이었다.

그토록 동경했던 곳이었건만 미국에 막상 발을 들여놓으니 이페멜루는 혼란에 사로잡힌다. 가장 큰 요인은 인종과 그로 인한 계급의 현현顯現이다. 이페멜루의 말을 직접 빌리자면 이것은 '계급, 이념, 지역, 인종'의 네 가지 요인이 작용하는 종족주의다. 나이지리아 그리고 크게 보아 아프리카는 흑인의 땅이기에 자신이 흑인이라는 사실을 딱히 의식하지 않고 살아간다. 하지만 미국의 사정은 너무도 다르다. 흑인 노예 제도의 철폐를 위해 내전까지 치렀던 나라, 그 결과 노예들이 해방은 되었지만 불과 오륙십 년 전까지만 해도 공공연히 차별이 존재했던 나라, 그리고 지금까지도 눈에 들어올락 말락 하는 차원에서 차별이 버티고 있는 사회다. 그런 사회의 일원으로 살아가려니 이페멜루는 자신도 모르는 사이에 인종으로 분류되는 복잡한 상황 속에 휘말리게 된다. 한 번도 스스로 흑인임을 의식한 적 없었는데, 미국에 와서 타의에 의해 흑인으로 분류돼 버린 것이다.

심지어 같은 흑인이라도 각각 처지가 달라서 문제는 더 복잡해진다. 타의로, 또 자동적으로 미국에서 태어나고 살았던 이들과는 또 다른 사회적 입지에 놓이게 된다. 미국 흑인과는 달리 백인들로부터 영어 억양이나 외모 등에 관해 뜬금없는 찬사를 듣는, 일종의 대상화를 겪는다. 누구보다 아프리카의 흑인, 그리고 예쁜 외모를 지닌 젊은 여성에게 특화된 대상화다. 그래서 그는 아프리카 문화가 자신이 보기에 낯선, 유색인들의 다채로운 보고이며 반드시 "풍요로운'이라는 형용사의 수식을 받아야 한다고 여기는 사람들이 짓게 마련인 다정한 미소'와 종종 맞닥뜨리게 된다. 그런 현실 속에서 이페멜루는 자신을 '미국계 아프리카인'으로 인식하며 '아프리카계 미국인' 흑인과 심리적, 사회적 거리를 둔다. 이페멜루는 이런 시각과 입지에 외부인의 시각을 더한 미국에 관한 단상을 블로그에 쓰게 되고, 곧 선풍적인 인지도를 누린다. 그리고 더 나아가 그것은 그의 '밥줄'로 자리를 잡는다.

그런 이페멜루에게 학창 시절의 남자친구 오빈제가 있다. 오빈제 또한 미국을 동경하지만 9·11 테러 이후 비자 발급이 까다로워지면서 입국에 번번이 실패한다. 여러 번의 시도 끝에 오빈제는 결국 영국으로 방향을 틀지만, 이쪽 또한 그에게 녹록지 않다. 애초에 자리를 잡을 수 없는 방문 비자로 입국했기 때문에 고학력자인 자신에게 어울리지 않는다고 여기는 일용직을 불법 취업으로 전전한다. 이페멜루와 전혀 다른 삶의 국면에 접어든 오빈제는 위장 결혼으로 영주권을 얻으려 하지만, 결혼식 날 체포돼 결국 나이지리아로 강제송환된다. 이처럼 이페멜루와 오빈제의 삶은 대서양을 두고 갈리어 서로로부터 멀어지게 된다. 이페멜루는 나이지리아보다 모든 면에서 풍족하다 못해 과도하고 복잡한 미국에 휩쓸려서, 오빈제는 그런 삶을 살고 있으리라는 이페멜루에게 열등감을 느껴서 서로에게 연락하지 않는다.

『아메리카나』의 책장을 얼마 넘기지 않은 시점부터 거대 통조림의 일화가 내 머릿속에서 가시지 않았다. '파티란 선 채로 술 마시는 것'이라는 대목이 나온 다음부터 느끼기 시작한 일종의 친숙함이었지만, 솔직히 말하자면 기저에는 부끄러움이 깔려 있었다. 내가 아직도 이 일화를 기억하고 있다니. 한국에 돌아와서 한동안은 마치 내 미국 생활의 '오리진 스토리'마냥 사람들에게 열심히 이야기하고 다니기도 했다. 사실 마냥 우습고 즐거워서 이야기한 것만은 아니었다. 나의 통조림 일화가 어린 시절 《리더스 다이제스트》에서 읽었던 인종차별 농담과 닮은 구석이 있다고 느꼈다. 동양인이 미국에 처음 도착해 슈퍼마켓에서 고기가 그려진 음식물 봉투를 가장 큰 것으로 골라 샀더니 개 사료였다는 농담 말이다.

나는 인간이 먹을 것을 사 가지고 갔으니 완전히 같은 맥락은 아니지만, 뇌리 속에서는 어딘가 모르게 결이 같다고 받아들였다. 파티에 거대한 밝은 노란색 깡통이라니. 미국에 갓 발을 들여서 전반적으로 파악이 안 된 상태로 본의 아니게 우스운 짓거리를 했달까. 그래서 사실 일종의 자학 개그처럼 이야기하고 다니다가 재미없어 그만둔 지도 오래이건만, 또 불현듯 떠올라 가시지 않으니. 내 안에 미국이 이렇게나 많이 남아 있는가 생각했다. 8년이면 짧은 세월은 아니지만 그래도 내 인생의 *1/6*밖에 안 되는데. 그래서인지 이 부끄러움의 끝에는 일종의 찝찝함이 맞닿아 있다. 이 *8*년 동안의 미국 생활을 바탕으로 글을 써서 벌어 먹게 된 나 자신에 대한 찝찝함이다.

왜 찝찝함을 느끼느냐고? 내가 특히 무의식적으로 흡수한 미국의 일부가 마음에 들지 않기 때문이다. 말하자면 받아들이고 싶지 않은 것들인데 살다 보니 나도 모르게 흡수하게 되었고, 그것들이 내 정체성을 결정적으로 바꿔 이후의 삶에 영향을 미쳤다고 보기 때문이다. 궁극적인 차원에서 '악과 맞닿아 있는 순진함*naive*'인데, '부잣집'인 미국에서 '철없는 아이'들과 어울려 놀다가 흡수하게 된 순진함이다.

『아메리카나』에서 이런 순진함은 이페멜루의 눈을 통해 '해사함*sunniness*'으로 규정된다. 이페멜루는 미국에서 처음으로 만난 남자친구 커트를 통해 이러한 해사함을 접한다. 커트는 백인으로 '행복하게 잘생겼으며 인생을 자신이 원하는 형태로 우그러뜨릴 수 있는 능력을 가진 남자'다. 이페멜루는 그를 사랑했고 그의 도움 덕에 미국 영주권도 얻지만, 한편으로는 벽을 느낀다. 그것이 바로 이 '해사함'으로, 미국인, 특히 주류만이 가질 수 있는 성정이다. 그래서 이페멜루는 그가 가져다준 활기찬 삶을 사랑했지만, 일부러 그것을 거스를 부분을 만들고 싶다는, 조금이라도 그의 해사함을 망가뜨리고 싶다는 욕구와 자주 싸운다. 어찌 보면 굉장히 추상적인 이야기지만 나는 단박에 이게 무엇인지 이해했다. 으음, 그렇지.

이런 해사함 또는 '부잣집에서 자란 아이가 품는 철없음'을 미국에서 심심치 않게 겪었다. 안팎으로 보호받아 역경이라고는 겪어 본 적이 없으니 실제로 그것이 존재한다고 의식하지 못하는 철없음이다. 역경을 겪으면서 자란, 자신과 다른 삶이 있노라고 의식하지 못하는 것이다. 미국이라는 부잣집에서 나고 자라서 제 나라 외의 상황을 잘 모르고, 알고 싶어하지도 않는 철없음이고, 이게 바로 이페멜루가 본 미국인의 해사함이다. 미국 외의 세상이 존재한다는 의식이 대부분의 미국인들에게는 없다. 있더라도 그들에게 다른 세계란 '잘 안 풀리면 영어를 가르치며 편하게 살 수 있는 기회의 땅'이라는 납작한 *1*세계적 인식이 주를 이룬다. 이페멜루의 상황을 놓고 보자면 미국인 흑인, 즉 '아프리카계 미국인'이 아니라는 이유로 영어 억양이나 외모, 더 나아가 삶을 대상화하는 주류 백인의 감성이다. 미국인들의 해사함은 종종 타국이나 민족, 문화 등에 대한 완벽한 무지로 구현된다.

종합적으로 정리하자면, 이제 세계가 전 지구적 공동체로 연결된 현실 속에서 자신과 자신의 나라가 선택하는 행보가 지구의 나머지 부분에 미칠 영향에 대해 생각하지 않는 태도, 그것이 미국인의 해사함이다. 그리고 음식에서 이런 해사함은 다양하고 풍성하다 못해 비미국인에게는 부담스러운, 모든 국면의 '과잉'으로 발현된다. 그리고 그 모든 국면 중에 일상에서 가장 가깝고 또 필수 불가결한 음식에서 과잉이 가장 잘 드러난다. 비단 양적 과잉만이 아닌, 모든 국면에서의 과잉이다. 그리고 그런 과잉이 멕시코를 비롯한 인접 국가에서 유입된 불법 체류 노동자의 인력으로 이루어지며, 그 과정에서 많은 착취가 일어난다는 사실조차 크게 의식하지 않는다.

그런 과잉을 흔한 동네의 슈퍼마켓에서부터 느낄 수 있다. 그저 지역 주민이 일상의 식재료나 잡화를 구매하는 슈퍼마켓은 문자 그대로 '슈퍼'하고, 거의 한국의 도매형 양판점 규모다. 그렇게 큰 규모를 비미국인은 상상조차 하기 힘든 온갖 물건들이 메우고 있다. 매장이 그렇게 크니 주차장도 엄청나게 넓어서, 슈퍼마켓에 가는 행위 자체가 품이 많이 드는 노동이다. 말하자면 한국에서처럼 잠깐 집 앞 마트에 나가 두부 한 모 사 들고 돌아오기 같은 건 뉴욕 같은 극소수의 대도시가 아닌 이상 불가능하다. 동네 슈퍼마켓이라도 걸어서 갈 수 없는 거리에 자리 잡고 있으며, 애초에 인도조차 없기 때문에 차를 타고 오 분이든 십 분이든 나가서 주차를 하고 광활한 주차장을 가로질러야 매장에 닿을 수 있다. 그 자체로 매우 번거로우며, 크게 보면 지구 환경에도 악영향을 미치는 노동이다.

그리고 매장에 들어섰을 때 진정한 모험이 시작된다. 모든 물건이 너무 많다. 처음 동네 슈퍼마켓에 들렀을 때 나는 무엇보다 시리얼에 압도당했다. 비단 제품군만 다양했다면 그런가 보다 할 텐데, 같은 제품이라도 가짓수가 너무 많아서 원하는 걸 찾기가 어려웠다. 말하자면 가장 흔한 시리얼인 콘플레이크나 콘푸로스트 같은 제품도 각기 다른 제조업체에서 나온 열에서 스무 종류쯤이 진열대를 가득 메우고 있었다. 이게 다 뭐야? 이게 다 정말 필요한 거야?

이페멜루도 이런 시리얼의 현실로부터 받은 문화 충격에 대해 이야기한다. 고향에서도 자주 먹었던 콘플레이크를 사려고 진열대를 찾아갔는데, 갑자기 백 가지의 콘플레이크 상자를 맞닥뜨렸고, 색깔과 그림이 한꺼번에 소용돌이치기 시작해 어지럼증과 싸워야 했다고 말이다. 과연 이 모든 것이 다 팔리기는 하는 걸까? 정말 이렇게 다양한 콘플레이크가 필요하긴 한 걸까? 처음 시리얼로 미국의 해사한 과잉을 맞닥뜨린 후 지금까지도 나는 답을 얻지 못하고 있다. 삶의 다양성 확보라는 명목 아래 선택의 폭을 넓혔지만, 사실은 삶을 쓸데없이 복잡하게 만드는 미국식 자충수라고 아직도 믿고 있다.

이처럼 과잉에 가까운 다양성은 『아메리카나』에서 초점을 맞추는 인종 문제를 비롯하여 사회경제적 계급을 타고 한층 더 명징하게 확장된다. 멀쩡한 남자친구 — 그것도 백인! — 을 두고도 충동적으로 일회성 바람을 피우다가 차인 이페멜루는 두 번째 남자친구로 흑인인

이런 시리얼의 현실에 비단 비미국인만 현기증을 느끼는 건 아니다. 캐서린 비글로의 영화 <허트 로커>에도 같은 일화가 등장한다. 주인공이자 폭발물 제거 전문가 빌 제임스 중사(제레미 레너)는 이라크에서 임무를 마치고 돌아온 이후 미국의 일상에 적응을 못 한다. 그런 가운데 제임스 중사는 슈퍼마켓에서 전처의 부탁으로 아침 식사용 시리얼을 고르러 갔다가 압도당해 버리고 만다. 이토록 많은 시리얼이라니. 삶과 죽음의 경계선에서 아슬아슬하게 줄타기하며 임무를 수행했던 그에게 길고 높은 벽을 이루고 있는 진열대의 시리얼은 한없이 하찮아 보인다. 고민 끝에 정말 아무거나 집어 들고 돌아서는 그의 등이 그렇게 쓸쓸해 보일 수 없다. 나는 이 장면에서 울컥했는데, 진짜 어이없는 이유 때문이었다. 솔직히 말하자면 일종의 향수를 느꼈다.

블레인을 만난다. 그런데 보통 흑인도 아니고 예일대학교의 조교수다. 흑인이 인문학을 전공해서 예일의 조교수로 임용됐다니! 비단 소설이 아니더라도 내가 아는 미국의 현실에서는 엄청난 일이다. 내 전공이었던 건축 분야에서도 박사까지 마치고 교수로 임용되는 흑인의 비율이 높지 않았던 걸로 기억한다. 그동안 누적된 차별로 인해 흑인들이 학계에 진출할 사회경제적 여력을 아직까지도 제대로 갖추지 못했기 때문이다.

어쨌든, 저자는 블레인의 음식 선택을 통해 그가 '보통' 흑인이 아님을 드러낸다. 기차에서 블레인과 처음 만난 이페멜루의 눈에 그의 주스 병이 들어온다. 블레인이 앞 좌석 주머니에 욱여넣은 건 유기농 석류 주스였다. 갈색 레이블이 붙은 갈색의 단색 병으로, 세련되면서도 친환경적이었다. 잉크를 낭비해 인쇄한 딱지도 붙어 있지 않고, 화학 물질도 들어 있지 않은 제품이었다. 당연히 그렇겠지. 흑인으로서 예일대학교 조교수일 정도의 사회경제적 계급에 속해 있다면, 그래서 흑인 억양의 영어도 선택적으로만 쓸 수 있는 인물 — 작중에서 묘사되는 대로 — 이라면 주스 하나도 허투루 마시지 않을 것이다. 아니, 무의식적으로 좀 더 건강하다고 믿기는 제품만 고를 정도의 사회경제적 계급에 속해 있는 인물일 것이다.

이런 블레인을 통해 이페멜루는 또 다른 방식으로 미국화 되어 간다. 헬스클럽을 다니고 탄수화물보다 단백질을 더 많이 먹으며 치실을 쓰기 시작하고, 그러면서 고마움이 섞인 만족을 느낀다. 이런 생활의 변화를 발전이라 여기는 것이다. 그래서 이페멜루는 블레인을 몸에 좋은 탄산수 같은 존재라고 규정한다. 그를 한 단계 더 나은 세계에서 살 수 있게 해주는 일종의 수단이라 믿는다. 이처럼 자신의 이국적인, 아프리카계 미국인들과는 또 다른 입지를 활용해서 이페멜루는 미국에서도 주로 상류층과 교류한다. 그렇기에 '신문 가판대에서 설탕과 유전자가 변형된 끔찍한 성분이 잔뜩 든 싸구려 초콜릿'을 사면서도 되레 미지의 희열을 느낀다. 누군가에게는 어쩔 수 없는 선택일 그런 식품과 음식, 복잡한 이름의 첨가물, 즉 화학 물질이 재료와 재료 사이의 공백을 메운 식품과 음식을 사는 일을 일탈로 느끼는 계층에 자신도 모르는 사이에 진입한 것이다.

그나마 이페멜루는 흑인, 그것도 젊고 예쁜 여성이라는 입지와 상황을 통해서 놓이게 된 인종과 계급적 위치 탓에 타인에게 일정 수준의 거리를 내어주지 않으며 미국을 받아들이려 했지만(블로그가 그 방증이다), 내 경우는 또 달랐다. 나는 사실 백지, 그것도 물기를 머금는 습자지처럼 미국을 흡수했다. 잠이 오지 않는 밤이면 말도 안 되는 규모의 슈퍼마켓 — 24시간 영업 — 에 차를 몰고 찾아가 온갖 물건들을 들었다 놓았다 하며 구경하고 성분표나 영양 정보를 읽었다. 버터향 맛기름? 이런 게 대체 왜 필요하지? 그 존재가 이해의 차원을 벗어난 물건들을 수없이 접하며 이 나라의 멘털리티에 의구심을 품기도 했지만, 세월이 흐르며 나는 그 속에 완전히 녹아들었다. 그리고 이페멜루의 남자친구 블레인처럼 단색 병에 단색 딱지가 붙은 유기농 주스 따위를 사 먹는, 미국이 제공하는 해사한 과잉을 마음껏 누리며 음식으로나마 중산층 이상을 표방하게 되었다.

*

그리고 15년의 세월이 흐른 뒤, 이페멜루는 돌연 자메이카로 귀국을 결심한다. 본인의 말을 빌리자면 '그저 켜켜이 쌓여 왔던 불만이 커다란 덩어리가 되어 마침내 그를 움직였기' 때문이다. 하지만 이페멜루가 그렇게라도 귀국을 마음먹고 실행에 옮길 수 있었던 이유는 무엇보다 '독수리' 여권 덕분이었다. 미국 시민권자이므로 마음에 들지 않으면 언제라도 돌아올 수 있으리라는 심산이었다. 그렇게 돌아간 나이지리아는 예상처럼 적응하기 힘든 곳이었다. 나는 누구보다 이런 감정을 잘 안다. 원래 존재했던 내 나라와 미국의 격차가 떠나 있었던 세월 동안 거의 기하급수적으로 벌어진 것처럼 느껴진다. 하지만 이페멜루와 달리 나에게는 독수리 여권 같은 게 없었고, 사실은 자의로 돌아온 상황도 아니었다. 그래서 사실 나는 여러모로 괜찮지 않았고, 돌아온 지 거의 15년이 된 지금까지도 심정적으로는 제대로 적응하지 못한 기분을 느끼기도 한다.

하지만 사실 그런 기분을 가까운, 혹은 가까워야만 한다거나 가까울 거라 믿는 사람들에게 제대로 이야기하지 못했다. 이유는 여러 갈래였다. 일단 그들은 나의 귀국 자체를 좋아했다. 한마디로 요약하자면 더 이상 내가 타국에서 고생하지 않아도 된다는 생각이 깔려 있었다. 하지만 미국은 한국보다 여러모로 살기 좋은 나라이고, 나는 거의 문제 없이 적응해서 잘 살고 있었는데? 하지만 나의, 그리고 당신의 가족은 그렇다는 사실을 인정하지 않을 가능성이 매우 높다. 미국이 내 나라보다 설사 정말로 살기 좋은 나라라고 할지라도, 나 혹은 당신의 가족이 정말 그런 삶을 누렸다는 사실을 쉽게 납득하거나 인정하려 하지 않는다. 그것을 나는 자신이 잘 사는 집의 일원이라는 사실을 쉽게 인정하지 못하는, 일종의 자존심 문제로 본다.

이페멜루도 그렇게 오랜 세월 — 미국에서 15년이라면 정말 긴 세월이다. 사람이 아주 바뀔 만큼 길다 — 을 미국에서 보내고 온 탓에 나이지리아에 쉽게 적응하지 못한다. 기자로 취직한 잡지사에서는 크게 의식하지 못하는 상태로 미국식 개선안을 미국식으로 자유롭게 개진하다가 결국 동료들과 갈등을 빚고 미국식으로 감정을 표현하다가 그만둔다. 한편으로는 토마토 퓌레 위에 기름이 둥둥 뜬 어머니의 스튜를 먹고 새삼 그것을 그리워했음을 느끼지만, 그런 가운데서도 미국 생활을 했던 이들과 모여 사실 대수롭지도 않은 저지방 두유 따위를 그리워한다고 웃으며 털어놓는다. 그렇게 이페멜루는 나이지리아식 표현으로 '아메리카나*Americanah*', 즉 미국에 대한 애정을 가지고 고국으로 돌아온 이가 되어 버렸다. '*h*'가 빠진 아메리카나*Americana*는 미국적인 문화를 일컫는 단어이지만, 점 하나보다는 좀 더 큰 알파벳 하나가 붙은 '*Americanah*'는 고국에서도 미국을 내려놓지 못하는 이를 가리키는 단어다.

나? 나는 사실 아무것도 그리워하지 않았다. 음식 정체성의 차원에서 나는 한편으로 이미 완벽하게 미국화가 되어 있었다. 그것도 채 이름을 발음하기도 어려운 화학 첨가물을 잔뜩 쓴 가공식품의 미국이 아닌, 푸르름이 빼곡히 들어찬 유기농 브로콜리와 풀을 먹여 덜 맛있지만 몸에 좋다는 쇠고기 스테이크, 유지방 풍성한 요거트로 이루어진 해사한 풍성함의 꼭대기에 있는 미국이었다. 거기에다가 이미 의식적으로라도 정서적인 차원에서 완전히 독립을 일궈낸 상황이었으므로 이페멜루처럼 어머니의 음식을 그리워하거나, 그것을 먹고 안도감 같은 감정을 느끼지 않았다. 사실 가족과의 식사는 비단 음식뿐 아니라 여러 차원에서 내가 그동안 가족과, 사실은 원래부터 멀어지고 싶어했던 가족과 그동안 얼마나 더 멀어졌는지를 확인하는 자리라서 힘들었다. (그리고 결국, 시간이 흘러 가족과의 예상된 파국은 결국 식사 자리에서 벌어지고야 말았다.)

여러모로 예상할 수 있는 방향으로 귀국에 적응하지 못한 이페멜루는 결국 돌파구를 불륜에서 찾는다. 미국으로 떠나며 멀어졌던 고등학교 시절의 남자친구 오빈제와 만나게 된 것이다. 나이지리아에 돌아온 뒤 부동산 개발을 통해 부를 축적하고 상류층으로 자리잡은 오빈제는 어떤 일이 있어도 가족관계를 깨지 않겠다는 아내는 물론 아이마저 있는 가장이지만 이페멜루 쪽으로 마음이 기운다. 그리고 이페멜루 또한 고민 끝에 불륜을 감수하면서 오빈제를 받아들이며 『아메리카나』는 막을 내린다.

그리고 나는 조금 지나치게 말하자면 미국의 음식 정체성 자체를 돌파구로 삼았다. 그 정체성을 바탕과 기준으로 삼아 고국의 부족과 결핍을 분석해 컨텐츠로 팔아먹는 사람이 된 것이다. 정확히 말하면 그런 나 자신이 부끄럽지는 않지만, 어쨌든 나는 일말의 부끄러움과 죄책감을 품고 산다. 나도 그 실체를 아주 성공적으로, 또한 정확하게 파악하지는 못했지만, 뭔가 존재해서는 안 될, 다른 세계의 수많은 희생으로 이루어진 해사함의 세계에서 편하게 굴러먹다 온, 그래서 그 정체성이 몸에 배었다는 데서 느끼는 죄책감이라고 하면 말이 되려나. 부끄러움은 왜 나의 몫인가 생각하면, 마땅한 답은 떠오르지 않는다. 아마도 내가 그곳에서 떨려 나왔기 때문이 아닐까? 부잣집에 꼽사리 끼어 살다가 종내에는 밀려났기 때문에, 그리하여 다시 아웃사이더가 되었기 때문에 그런 것이리라.

*Chapter 7*

# 『카스테라』와 어느 냉장고의 재탄생

이 냉장고의 전생은 훌리건이었을 것이다. 채 본격적으로 읽기 전에 멈칫했다. 이게 대체 무슨 상황이래? 하지만 스무 쪽 남짓한 이야기를 단숨에 읽고 나니 카스테라가 너무나 먹고 싶어졌다. 편의점에서 파는 공장제가 아닌, 내가 직접 만든 카스테라 말이다. 그래서 냉장고를 열어 계란을 꺼내고 밀가루를 체로 내렸다. 아, 내 냉장고의 전생은 무엇이었을까. 물론 그는 아무런 말이 없었다.

카스테라는 스펀지케이크 가문의 일원이다. 오직 계란의 힘만으로 얻는, 자잘하고 고른 조직과 질감이 그것과 비슷해서 붙은 통칭이다. 계란에 설탕을 더해 거품기로 휘저어 올리면 공기를 잔뜩 머금는다. 이 둘을 다시 섞고 최소한의 밀가루를 더해 틀에 구우면 기포가 그대로 조직에 남아 스펀지와 같은 느낌을 주는 케이크가 된다. 그래서 스펀지케이크다. 이 케이크들은 제누아즈,* 팡 디 스파

* Genoise, 이탈리아 북서부 도시 제노바에서 따온 이름이다.

냐* 등 다른 이름으로 유럽 각국에 일가를 이뤘다.

이런 스펀지케이크 가문이 일본에 진출한 건 16세기다. 나가사키를 통해 포르투갈과 교역하는 과정에서 무역업자와 선교사가 전파했다. '스페인 카스티야의 빵'이라는 뜻의 팡 드 카스텔라*Pão de Castela*라는 이름에서 일본식 발음인 '카스테라'로 굳어졌다는 설이 가장 설득력 있다. 18세기 인도에 선편으로 운송하느라 홉을 많이 넣어 변질을 막았다는 인디아 페일 에일*India Pale Ale*처럼, 카스테라도 계란 노른자의 지방이나 설탕이 미생물 번식을 막아 장거리 항해시 선상 식량 역할을 했다. 설탕이 귀한 17세기 에도 시대 일본의 천황 방문시 진상품 대접도 받았다.

대체 그런 카스테라와 전생에 훌리건이었던 냉장고는 대체 무슨 상관인가. 사실은 아무 상관이 없는 것 같은 이야기를 매끄럽게 연결 짓는 박민규 특유의 능청스러움 또는 뜬금없음이 『카스테라』의 매력이다. 리버풀의 팬, 아니, 훌리건이었던 남자는 유럽 축구 챔피언스 리그 결정전 관람 도중 상대인 유벤투스(이탈리아)의 관중석으로 돌진하다가 무너진 담장에 깔려 죽는다. 열을 식힐 줄 아는 지혜를 배워야겠다는 그에게 신은 다음 삶에는 냉장고로 살라고 제안하고, 훌리건은 흘러흘러 작중 화자의 원룸에 자리를 잡는다.

한편 소음 탓에 애를 먹던 주인공은 고민과 냉장고의 역사에 대

* Pan di Spagna, '스페인빵'이라는 뜻의 이름이다.

한 고찰 끝에 더 나은 쓰임새를 깨닫는다. 바로 고민거리를 집어넣는 것이다. 케케 묵은 우스개인 '코끼리 냉장고에 집어 넣기(1. 문을 연다. 2. 코끼리를 넣는다. 3. 문을 닫는다)'를 참고해, 그는 계속해서 문을 열고 고민거리를 넣고 문을 닫는다. 돈 타령 하는 아버지를, 성적 타령하는 어머니를, 학교와 미국과 중국을 차례로 넣고 문을 닫는다. 그리고 세기의 마지막 밤, 냉장고는 평소보다 큰 소리로 울어대더니 한 조각의 카스테라를 남긴다. 그 모든 고민거리가 '모든 것을 용서할 수 있는 맛'으로 응축, 승화한 것이다.

카스테라는 실제로 맛이 응축된 빵이고, 집에서도 쉽게 만들어 먹을 수 있다. 계란 8개(특란, 56g), 백설탕 300g, 중력 또는 박력분 200g, 우유 100ml, 꿀 5큰술을 준비한다. 오븐을 170도로 예열하고, 밀가루를 체로 내린다. 냄비 바닥에 깔릴 만큼 물을 붓고 가스불에 올려 끓을락 말락 하게 준비한다. 우유와 꿀 4큰술을 섞는다. 계란을 대접에 깨서 담고 설탕을 더한 뒤 냄비에 올린다. 계란의 색이 옅어지고 부피가 2~3배로 불어나며, 거품기를 들어 올렸을때 끊어지지 않고 길게 띠를 이뤄 늘어질 때까지 쉬지 않고 휘젓는다. 적어도 15분은 걸린다. 우유와 꿀을 더하고, 밀가루를 섞어 틀에 붓는다. 대략 25cm길이 식빵틀 두 점을 채운다. 오븐에 넣어 이쑤시개로 가운데를 찔렀을 때 아무것도 묻어나지 않을 때까지 50분가량 굽는다. 그사이 남은 꿀에 물 2큰술을 더해 시럽을 만들어 다 구워진 카스테라 윗면에 발라 준다. 5분가량 식혔다가 틀에서 꺼내 비닐봉지에 싸서 식힌다. 식으면서 나오는 김이 다시 수분으로 바뀌어 카스테라가 한결 더 촉촉해진다.

오븐도 요령도 의욕도 아무것도 없어서 카스테라를 직접 구워 먹을 수 없다면 편의점이나 빵집에서 사 먹으면 된다. 다만 단백질 함유량이 많은 강력분으로 만들어 뻣뻣할 가능성도 높으므로 우유에 적셔 먹을 것을 권한다.*

* 레시피: https://justhungry.com/2006/08/oyatsu_and_kasutera_castella_a.html.

*Chapter 8*

# 피 묻은 만두와 루쉰의 「약」

중국의 근대 소설가 루쉰이라면 보통은 조건반사처럼 『아큐정전』이 떠오른다. 그러나 내 사정은 좀 다르다. 훨씬 짧고, 그래서 쓱 넘겨보고 지나치기 쉬운 단편소설 「약」을 더 또렷하게 기억한다. 어느 가을 새벽, 등장인물 화라오수안이 성냥을 그어 등잔에 불을 붙인다. 아내에게서 베개 밑에 넣어둔 한 꾸러미의 돈을 받아 부들부들 떨면서 주머니에 집어넣고는 길을 나선다. 뒤로는 기침 소리가 계속 들린다. 라오수안은 삼거리까지 걸어가 어떤 광경을 목격하고, 돈을 치른 뒤 '물건'을 받아 돌아온다. 아내는 그것을 받아 연잎으로 싸서는 아궁이에 밀어 넣고 굽는다.

기침을 한 장본인은 폐병환자인 아들 샤오수안이었고, '물건'은 제목대로 폐병의 '약'으로 쓰인다는, 사람 피를 묻힌 인혈 만두다. 그런데 누가 미쳤다고 자신의 피를 헌혈도 아닌 민간 요법에 쓰라고 주겠는가. 아무리 따져 봐도 저항할 수 없는 상황에 놓인 사람 말고는 떠오르지 않는다. 그렇다, 라오수안은 궁극적으로 저항할 수 없는 사람을 찾아 새벽길을 나섰다. 그가 목격한 '어떤 광경'은 바로 공개 처형이었다.

여기까지 생각하면 속에서 구역질이 치밀어 오른다. 아니, 폐병에 항생제도 아니고, 심지어 그냥 만두도 아니고, 인혈 만두라니. 안 먹는 것보다 의학적, 윤리적으로 몇백 갑절은 더 나쁜 대책 아닌가. 그러나 그런 것을 구하고자 나서는 길에 성냥으로 호롱불을 밝히는 시대임을 감안하면 이해는 못 하더라도 납득은 된다. 2023년에도 관절염에 좋다며 고양이를 먹겠다는 인간이 버젓이 존재하는 마당인데 하물며 백 년 전이라면 어땠겠는가. 그저 그런 데 헛된 믿음을 품었던 이들이 딱할 뿐이다.

물론 진정으로 딱한 이는 죽은 이다. 형장의 이슬로 사라지다 못해 피까지 팔리는 수모를 당했으니. '샤씨 집안 아이'인 위얼은 '청나라의 천하는 우리 모두의 것이다'라는 발언을 했다는 이유로 죽었다. 그나마도 친척이 나서서 밀고하지 않았더라면 위얼의 가족 전체가 몰살당할 뻔한, 당시로서는 중범죄였다. 친척은 한 술만 떠가지고는 성이 차지 않는 인간이었는지, 밀고로도 모자라 위얼의 피까지 팔아 돈을 챙긴다.

이다지도 끔찍한 과정을 거쳐 아궁이에 구운 인혈 만두가 아들 샤오수안의 상에 오른다. 그런데 이건 대체 무슨 만두일까? 비록 이제는 세계적인 음식이 되긴 했지만 그래도 만두 하면 중국, 중국 하면 만두 아닌가. 본래 만두는 제갈공명의 지력으로 탄생했다는 이야기가 전해 내려온다. 제갈량이 남쪽 정벌을 마치고 귀환하는 길에 벌어진 일이다. 노수의 험한 물살에 막혀 나아가지 못하게 되자 현지 만인*의 지도자 맹획이 해결책을 제시한다. 사람 머리 49개와 염소, 소를 제물로 바치면 무사히 강을 건널 수 있다는 것이다.

제갈량은 생명을 바친다는 해결책을 거부하고 혜안을 발휘한다. 사람 머리 대신 소고기와 양고기를 밀가루 반죽에 싼 모조품을 만들어 제사를 지낸 것이다. 이를 '만인의 머리'라는 뜻의 만두蠻頭라고 부른 게 '속이는 머리'인 만두饅頭로 자리 잡았다는 이야기이다. 생각만 해도 만두가 먹고 싶어지는 이야기이지만, 아쉽게도 이건 허구다. 명나라 시대 나관중의 『삼국지연의』에 그런 이야기가 실리면서 와전되기 시작한 것이다.

이처럼 종주국의 만두 이야기이니만큼 인혈을 묻힌 매개체가 무엇이었는지 구분할 필요가 있다. 인혈이 무슨 양념간장이나 흑식초도 아니고, 이왕 묻힐 수밖에 없다면 적확한 걸 골라야 마땅하다. 그러나 문학 작품이 번역되는 과정에서 이런 점이 증발되는 경우가 왕왕 있다. 예를 들어보자. 원전에는 '존이 브리오슈를 먹었다'인데 그냥 '존이 빵을 먹었다'로만 옮기는 경우가 있다고 하자. 역자가 음식을 몰랐거나, 알더라도 독자가 굳이 알 필요 없다고 판단했을 수도 있다. 몰라도 작품의 이해에 지장이 없을 거라 본 것이다. 하지만 그렇지 않다. 이를테면 브리오슈는 밀가루만큼이나 버터가 많이 들어

* 蠻人, 옛 중국에서 통하던 남방 민족의 호칭.

가는 빵이다. 꽤 기름질뿐더러 빵의 속살이 부드럽긴 하지만, 푸석하며 짧게 끊어지는 편이다(흔히 결대로 쭉쭉 찢어진다고 해서 닭가슴살에 비유하는 식빵을 떠올려 보자. 그것의 반대라고 보면 된다).

따라서 이런 빵을 먹은 등장인물의 신체 및 정신적 상태는 바게트처럼 기름기 없고 딱딱한 종류를 먹은 경우와는 다를 수밖에 없다. 심지어 작중 인물의 이후 행동이 사실 브리오슈라서 크게 달라졌을지도 모를 일 아닌가. 음식 평론가이면서 매년 한두 권 이상의 음식 책을 번역하는 전문 번역가인지라 이런 답답한 경우를 자주 맞닥뜨린다. 영화라면 공간의 제한이 분명하고 빨리 지나가므로 브리오슈가 그냥 빵이 될 수도 있다고 본다. 하지만 이제부터라도 책은 달라야 한다. 그나마 요즘은 각주를 달기도 하는 등, 시도하는 흔적을 엿볼 수 있어 다행이라 여기고 있다.

다시 「약」으로 돌아와서, 혹시 영역본이라면 좀 더 세세한 실마리를 찾을 수 있을까 싶어 찾아보았더니 만두가 아닌 '찐빵*steamed roll*'이었다. 그렇다면 만터우일 것이다. 우리가 흔히 아는 중국식 만두는 바오지(포자)다. 둥글넓적한 게 찐빵과 기본 모양새는 비슷하지만 소를 넣은 뒤 윗면에 주름을 넣어 오므린 만두 말이다. 한국에서는 주로 왕만두로 팔리거나, 그보다 좀 작지만 명동칼국수에서 내는 바로 그것이다. 한편 소를 올리고 피를 반으로 접어 주름을 잡아 아무린, 초생달 모양의 만두는 자오지(교자)이다. 그렇다, 만두라고 다 같은 만두가 아닌 것이다.

만터우는 반죽에 소를 채우지 않고 찐 빵을 일컫는다. 한국식 중식에서는 골이 져 '꽃빵'이라는 이름으로 식탁에 오르는 것 말이다. 음, 그렇다면 아주 약간은 말이 될 것도 같다. 아무리 생각해 보아도 인혈은 참으로 끔찍하고도 괴기한 소스인데, 정말 굳이 물에 빠진 사람 지푸라기라도 잡는다는 심정으로 쓴다면 소를 복잡하게 넣지 않는, 순수한 밀가루 덩이가 차라리 나을 수 있다. 물론, 정말 물론 그런 만두를 맛으로 먹는 건 절대절대 아니겠지만 말이다. (아아, 생각만 해도 끔찍하다. 흡혈귀도 아니고.)

아들 샤오수안이 인혈 만두를 먹은 뒤 소설의 시간은 빠르게 흘러간다. 해를 넘겨 4월 초의 청명절이지만 봄은 이제 막 올까말까다. 그리고 샤오수안의 어머니는 새로 만든 무덤 앞에 웅크리고 앉아서 네 접시의 반찬과 한 그릇의 밥을 늘어놓고 한바탕 곡을 한 뒤 지전을 태운다. 그렇다, 인혈 만두를 먹인 보람도 없이 샤오수안은 폐병으로 세상을 떠났다. 솔직히 그걸 먹고 폐병이 나았다면 더 이상할 것이다. 없었던 병도 생기지 않을까 싶다. 샤오수안의 어머니는 묘지에서 미친 게 아닌가 의심스러운 노파와 마주치는데, 알고 보니 노파는 바로 본의 아니게 인혈을 제공한 위얼의 어머니였다.

*

이 끔찍한 인혈 섭취의 이야기를 읽고 있노라면 많고많은 민간 요법 이야기가 떠오른다. 그 가운데 최악은 초가집 굼벵이이다. 초등학교때 아마도 《월간 조선》에서 읽었던 이야기로 기억한다. 누군가의 암 투병기였는데, 현대 의학으로 암이 낫지 않으니까 온갖 민간 요법을 찾아다닌 가운데, 누군가가 굼벵이를 권했다는 이야기였다. 그것도 보통 굼벵이가 아닌, 초가집 지붕에서 자라는 굼벵이여야 효능이 있다는 내용이었다.

그래서 화자 — 환자의 아내였을 것이다 — 는 풍뎅이류의 유충인 굼벵이를 찾아나선다. 1980년대라서 초가집은 정말 드물었고, 화자는 초가집을 철거한다는 이야기만 들으면 전국 방방곡곡을 누비고 다니며 굼벵이를 구해다 남편에게 먹인다. 물론 굼벵이가 암에 효과가 있을 리 없으니, 환자는 결국 고통스러운 죽음을 맞이한다.

이것만으로 충분히 끔찍한데, 기억이 맞는다면 이 이야기엔 아마도 고양이 또한 잡아서 먹이는 일화가 등장했기에 먼 옛날 읽었어도 아직까지 최악으로 기억하고 있는 것 같다. 요즘도 인터넷을 찾아보면 굼벵이를 판매하는 사이트가 있고, 식량 자원으로 활용하려는 시도도 찾아볼 수 있다. 하지만 이들과 암 치료제로서의 '초가지붕에서 잡은 굼벵이'는 결도 격도 매우 다르다.

*Chapter 9*

## 「칼자국」과 눈 오는 날 칼국수의 기억

한국인이라면 모두 마음속에 칼국수 한 그릇은 품고 살지 않을까. 칼국수는 우리의 '소울 푸드'라고 해도 지나친 말이 아니다. 면을 후루룩 빨아올려 입에 넣고 매콤한 겉절이로 간을 맞춘다. 따끈한 데다 밀가루에서 우러나온 전분 덕분에 걸쭉해진 국물을 후후 불며 떠먹으면 속이 그렇게 든든하면서도 편안해질 수가 없다. 여름은 한결 더 시원해지고 겨울은 한결 더 따뜻해진다. 이렇게 생각만 해도 입에 침이 고인다. 사랑하지 않을 재간이 없다.

김애란의 단편소설 「칼자국」을 읽고 떠올려 보았다. 내 마음속엔 몇 그릇의 칼국수가 있더라? 기억을 더듬어 보니 세 그릇이 있다. 두 그릇은 음식점의 칼국수로, 어머니와 함께 먹곤 했었던 명동교자의 칼국수와 고향인 수원 안동국시의 건진국수다. 전자는 모두가 알다시피 여전히 성업중이다. 예전만큼의 정교함은 품고 있지 않지만 정말 이것 아니면 안 될 때 아쉽지 않을 수준은 아직까지 가까스로 유지하고 있다. 어머니와 지하철 1호선을 타고 올라와 명동교자에서 칼국수를 먹고 겉절이의 마늘 냄새를 풍기며 신세계에서 쇼핑을 했던 시절의 추억에 이끌려 가끔 먹는다. 한편 후자는 내가 고향을 떠난 지 이십 년이 넘기도 했지만, 그렇지 않더라도 이미 오래전에 사라진 모양이다. 2022년 여름, 마침 수원에서 근처 음식점을 대상으로 방송 녹화를 할 일이 있어 물어보니 다들 모른다고 했다.

그리고 세 번째로 집에서 만드는, 가장 소중한 칼국수가 있다. 「칼자국」에 등장하는 어머니는 이십여 년간 국수를 팔았다. 상호는 칼국수 집에 어울린다고는 볼 수 없는 '맛나당'. 망한 제과점의 상호와 간판을 그대로 인수해 쓴 바람에 그렇게 됐다. 말하자면 주인공의 어머니는 생계형 요식 자영업자다. 국숫집이라면 예상할 수 있듯 콩국수 등도 파는데, 주 메뉴는 바지락 손칼국수다. 제목이 말해주듯 「칼자국」은 칼 이야기 같지만 사실은 어머니에 대한 이야기다. 칼을 쥔 여자, 어머니. 평생 누군가를 거둬 먹인 사람의 무심함이 서려 있는 칼로 이십오 년 넘게 국수를 썰어 왔다. '오른손이 칼질을 하는 동안 왼손 손가락 두 개는 칼 박자에 맞춰 아장아장 뒷걸음쳤다'는 대목을 읽으며, 나의 칼국수를 떠올렸다. 나에게도 그렇게 면을 써는 손의 기억이 있다.

눈이 펄펄 내리는 겨울방학의 어느 날이었다. 형제는 방학마다 충남 예산의 할머니 댁으로 보내졌다. 솔직히 즐겁지 않았지만 할머니 음식을 먹는 재미만은 부정할 수 없었다. 정말 눈이 와서 그랬던가, 그날의 점심은 칼국수였다. 할머니의 면 써는 손놀림도 분명히 그랬다. 오른손은 칼질하며 박자를 내고, 왼손은 그에 맞춰 뒷걸음친다.

그렇다, 당연히 손반죽 면이었고 밀대는 홍두깨였다. 오늘날까지 선명히 품고 있는 할머니 손칼국수의 기억이다. 나머지는 희미하다. 국물은 아마도 쇠고기 다시다에게 빚졌을 것이며, 별 건더기가 들어 있었던 것 같지도 않다. 애호박에 잘하면 양파였을 것이다. 다만 김치가 특별했으니, 젓갈을 삼삼하게 쓴 늙은 호박지였다. 눈은 정말로 하루종일 내렸다.

내 칼국수의 기억이 그렇게 따뜻해도 될까. 이제는 잘 모르겠다. 음식 글을 써서 번 돈으로 장을 봐서 내 손으로 삼시세끼 해결하는 삶을 살아보니, 내 칼국수 한 그릇도 「칼자국」에 등장하는 맛나당 어머니의 것과 크게 다르지 않아 보인다. 사랑이 있든 없든, 어쨌거나 극단적으로 치우친 노동의 결과물이었다는 말이다. 소설의 '나'는 그걸 너무 잘 안다. 그래서 '어머니의 음식과 함께 칼자국도 삼켰다'고 말한다.

한 세대를 건너뛰어서일까. 나는 그 어떤 칼자국도 기억하지 못한다. 다만 할머니 부엌의 어두움은 아직도 또렷하게 기억한다. 아궁이 때문에 지면보다 반층 아래 자리 잡은 데다가, 좁고 층고마저 낮았다. 그런 공간을 덩그러니 매달린 알전구 하나가 밝혔다. 아궁이와 가마솥이 딸린 구식 부엌, 그 부엌에서 모든 음식이 태어나서 안방으로 난 쪽문을 넘어 상에 올랐다. 여러모로 잊지 말아야 할 기억이다. 특히 편하게 받아먹는 사람은 언제나 따로 있었다는 사실을 잊지 말아야 한다. 그렇기에 내 칼국수의 기억이 정녕 따뜻했는지, 그 오랜 세월을 지나 보낸 지금에서야 머뭇거리며 더듬는다.

「칼자국」의 '나'는 '칼국수 만드는 법이 간단하다'고 말한다. 솥에 바지락을 포함해 모든 재료를 넣고 끓인 뒤 중간에 면을 넣고 뜸을 들이면 된다고 한다. 글쎄, 그래도 맛있겠지만 개선의 여지는 있다. 핵심은 바지락이다. 모든 어패류가 그렇듯 너무 오래 끓이면 질겨진다. 더 섬세한 손길이 필요하다. 일단 입을 열어 정수를 받아내자. 냄비에 바지락을 담고 물을 자작하게 부어 살짝 찐다. 찜기를 쓰면 국물만 덜어내기 훨씬 편하다. 이 국물을 바탕 삼아 육수를 끓이고 적절한 시기에 면을 더해 익힌다. 따로 덜어둔 바지락은 냄비를 불에 내릴 때 더해 섞어 주면 질겨지지 않으면서 새롭게 온기를 품는다. 조금 번거롭지만 한꺼번에 끓이는 것보다는 한결 낫다.

# 3



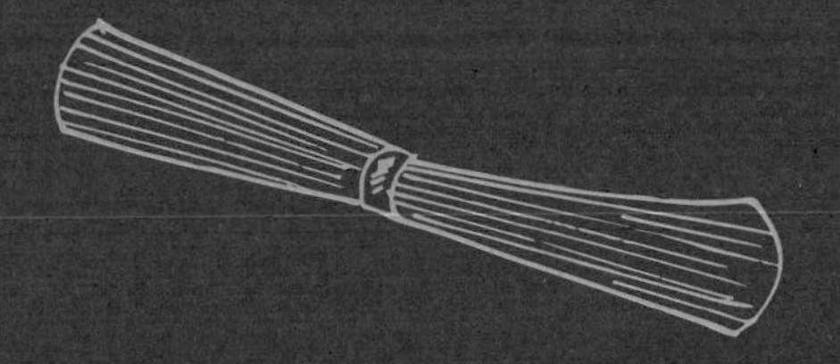

*Chapter 10*

# 음식으로 읽는 하루키 원더랜드

소설 속 음식 이야기를 하려면 좋든 싫든 반드시 다뤄야 하는 작가가 있다. 이렇게만 운을 떼어도 많은 분들이 눈치 챌 것이다. 맞다, 하루키다. 그 정도로 무라카미 하루키와 그의 소설은 음식으로도 널리 알려져 있다. 하루키의 소설에서 음식은 적재적소에 등장해 개연성을 높여주고 읽는 재미를 더해준다. 그냥 양념이라고 치부하기엔 존재감이 꽤 크다.

하지만 솔직히 내키지 않았다. 이제 와서 하루키라니. 마치 산더미처럼 쌓인, 유효기간이 지난 식재료로 한 상 푸짐하게 차려내는 것 같은 압박을 느꼈다. 그래서 맨 뒤로 미뤄 놓고 원고 작업 내내 끙끙 앓았다. 하루키를 어쩌지, 하루키를 어쩌지. 책 만들기와 글쓰기는 언제나 병과도 같지만 하루키는 정말 작업 기간 내내 만성 질환 같은 느낌이 들었다. 그래서 하루키와 그의 소설 속 음식이 나에게 '방 안의 코끼리*elephant in the room* 같은 골칫거리'라는 영어식 표현을 원고에 쓰려다가 찾아보니 세상에, 그는 『코끼리 공장의 해피엔드』라는 제목의 책마저 낸 바 있다. 그 코끼리와 이 코끼리는 사뭇 다르기는 하지만, 어쨌거나 그랬다.

물론 나에게도 하루키를 열심히 읽던 시기가 있었다. 그렇다, '하루키의 소설'이 아닌 '하루키'다. 그의 작품 세계는 비단 소설뿐 아니라 에세이와 여행기 등을 한데 아우른다. 솔직히 말하면 소설보다 여행기와 에세이 등이 더 재미있었고, 나는 그 모두를 한때 밤을 새워가며 열심히 읽었다. 1993년 말부터 약 2년 간이니, 30년 전의 일이다. 그리고 세월이 지난 지금, 돌이켜 보면 하루키의 소설은 기억 속에 거의 남아 있지 않다.

그만큼 긴 세월 아니냐고? 그렇기도 하고, 아니기도 하다. 이 책에서 음식에 초점을 맞춰 살펴본 소설의 상당수가 그보다 더 오래전, 그러니까 초등학교 저학년까지 거슬러 올라가는 시기에 읽은 것들이다. 최소 사십 년은 묵은 셈인데도 줄거리와 메시지 등을 대부분 기억하고 있다. 『이반 데니소비치, 수용소의 하루』나 『노인과 바다』가 그 예다. 굳이 명작이라는 말까지 동원하지 않더라도 좋은 소설, 더 나아가 창작물이란 그런 것이다. 줄거리든 등장인물의 대사든, 하다못해 음식이든, 무엇인가는 세월을 초월하여 기억에 남는다.

돌이켜 보면 나는 하루키를 읽으면서도 그 세계를 딱히 동경하지는 않았던 것 같다. 스탠더드 재즈가 흐르는 바에 앉아 맥주나 칵테일을 마시며 동석한 여성의 외모를 상세히 품평하고, 그 사람과 실없는 대화를 나누는 버블 시대의 일본 말이다. 어딘가 너무 매끄러워서 공감하기 어려웠다. 그래서인지 소설도 아니고 여행기인 『먼 북소리』에서 숯불에 생선 구워 먹는 이야기나 기억하는 게 전부였다. 삼십 대 이후에도 하루키를 읽으려는 시도를 해보기는 했다. 십 년 전 아이슬란드를 열흘쯤 여행하면서 『해변의 카프카』를 영역본으로 읽었다. 어느 영어 인터뷰에서 하루키가 '내 글은 네 사람의 번역가가 돌아가면서 번역한다'고 말하는 구절을 읽은 뒤 호기심이 일어 찾아보았다. 놀랍게도 하루키는 영어로 읽어도 하루키였다. 좋든 싫든 말이다. 그리고 몇 년 전 『색채가 없는 다자키 쓰쿠루와 그가 순례를 떠난 해』도 읽었다. 『카프카』는 섹스 장면의 기억만 흐릿하면서도 비릿하게 남았고, 『쓰쿠루』는 색채가 없었다. 그는 무엇을 이야기하고 싶었던 걸까? 다 읽고 한숨을 내리 쉬었다. 작가도 독자도 세월이 흐르면 싫든 좋든 변화하기 마련인데, 하루키는 그 변화를 적어도 소설의 세계에서는 드러내고 싶어 하지 않는다는 인상을 받고 나니 궁극적으로 공허했다. 『*1Q84*』도 영역본 전자책의 샘플을 받아서 몇 쪽을 읽다가 덮고 다시 들춰보지 않았다. 시작부터 전개가 너무 그다웠고, 일천 쪽이 넘는 여정을 채 시작할 엄두조차 나지 않았다.

하지만 이 모든 감정과 별개로 일종의 의무감—사실은 아무도 내게 부여하지 않은, 신기루나 허상 같은—을 느꼈다. 그래도 음식 평론가로서 소설 속 음식에 대한 책을 쓴다면 하루키의 소설 세계는 다루는 게 맞다. 어떤 맛인지 뻔히 알면서도, 그리고 실망할 것을 알면서도, 소문이 크게 난 맛집은 반드시 찾아가 음식 맛을 보고 리뷰를 써야 하는 것과 같은 이치다. 하루키의 소설은 그런 초유명 맛집과도 같다. 따라서 그의 음식 세계를 분석하는 일은 그의 소설

『댄스 댄스 댄스』에서 주인공이 언급하는 '문화적 눈 치우기' 같은 일이다.

솔직히 한편으로 호기심도 일었다. 이십 대 초반 즐겨 읽었었던 하루키를 이제 사십 대 후반에 접어들어 다시 읽는다면 어떤 기분일까. 조금이라도 그와 공감할 수 있을까. 작품 세계는 너무 방대했고, 나에게는 가장 강한 원동력인 그에 대한 '팬심'이 없기에 걱정을 떨칠 수가 없었다. 과연 어떻게 접근해야 그의 음식 세계를 최대한 속속들이 들여다볼 수 있을까?

고민 끝에 가장 명백하고 물리적인 방법을 선택했다. 일단 범위를 정했다. 어린 시절 그래도 재미있게 읽었던 기억에 이끌려 읽을 작품의 범위를 지난 세기, 그러니까 2000년까지의 출간작으로 한정했다. 앞서 언급했듯 『카프카』나 『쓰쿠루』 등이 그다지 인상적이지 않았기에 결단을 내리기는 그리 어렵지 않았다.

『바람의 노래를 들어라』(1979)부터 『신의 아이들은 춤춘다』(2000)까지 단·중·장편 모두 합쳐 총 열일곱 권, 7,236쪽이었다. 이를 다 읽으면서 음식이 조금이라도 등장하는 모든 장면을 스프레드시트에 정리했더니 총 936구절이었다. 여기에 이해를 추가로 돕기 위해 『먼 북소리』(1990)를 비롯한 여행기와 『밸런타인데이의 무말랭이』 같은 에세이, 그리고 『아무튼, 하루키』(이지수)나 『하루키를 읽다가 술집으로』(조승원)를 비롯한 관련 서적 혹은 2차 창작물도 몇 권 찾아 읽었다.

그리하여 소설부터 여행기까지, 하루키 책과 관련 서적만 꼬박 스물다섯 권가량 내리 읽었다. 이 책 『맛있는 소설』에서 다룬 나머지 작가의 책을 합친 것보다 더 많은 소설을 읽은 셈인데, 삼십 년 만의 인상은 예상만큼 공허했다. 나는 소설, 더 나아가 창작물의 공허함을 두 갈래로 분류한다. 첫 번째는 문자 그대로의 공허함이다. 그냥 아무것도 없이 텅 비어 있는 것. 말하자면 읽어도 별 감흥이 일거나 남지 않는다. 두 번째는 형용모순*oxymoron*적인 공허함이다. 메탈리카의 노래 가사인 '공허함이 나를 채워주고 있어' 같은 표현에 등장하는 공허함이다. 창작자가 추구한 공허함이 궁극적으로는 독자의 정신이든 자아든 마음든 무엇인가를 채운다. 카타르시스라고 해도 좋겠다. 하루키의 소설 대부분에서 나는 이런 카타르시스를 느낄 수 없었다. 전자에 해당하는 공허함이었다.

왜일까? 읽는 내내 고민했다. 어차피 문학적 분석 혹은 비평은 나와 이 책의 일이 아니므로 최대한 간단히 정리하고 넘어가자. 일단 내가 납득할 수준 혹은 강도의 갈등이 거의 존재하지 않았다. 그의 소설을 연대순으로 쭉 읽으면 전반을 관통하는 패턴이 다음과 같이 드러난다.

첫째, 주인공은 돈 걱정을 하지 않는다. 거의 대부분의 소설에 등장하는 1인칭 화자인 '나'는 딱히 일을 열심히 하지 않아도 먹고살 수 있을 뿐 아니라 자발적으로 실직 상태에 놓이기도 한다. 할머니로부터 받은 유산이든 뭐든, 잉여의 재산을 가지고 있다. 비록 엄청나게 많지는 않아도 악착같이 일하면서 먹고살아야 할 상황에는 놓이지 않는다. 이게 버블 시대 일본의 현실이었나.

둘째, 사람이 언제나 갑자기 사라진다. 『태엽 감는 새 연대기』에서 주인공의 아내 구미코나 『스푸트니크의 연인』의 스미레, 『국경의 남쪽, 태양의 서쪽』의 시마모토까지, 그냥 신기루처럼 갑자기 사라져 버리고 만다. 마치 그런 사람이 존재하지 않았다는 듯 거의 단서조차 남기지 않고. 하루키 자신의 표현을 빌리자면 '아무런 예고도 없고 아무런 설명도 없이 바람에 꺼져버린 봉화처럼 어디론가 사라져' 간다. 물론 찾고자 하는 노력도 큰 의미가 없다. 찾아도 실마리조차 건질 수 없거나, 아예 사라진 사람이 소용없으니 그런 시도조차 하지 말라고 못을 박는다. 셋째, 그와 더불어 웬만한 갈등 또한 소멸에 가깝도록 훅, 하고 단숨에 사라져 버리고 만다. 배우자는 단숨에 사라져 버리고, 뭘 해도 소용이 없을 테니 단념하고 이혼 서류에 도장이나 찍어 보내라고 요청한다.

『태엽 감는 새』의 주인공 도루는 이를 거부하고 작품의 끝까지 서사를 이끌었지만, 「벌꿀 파이」(『신의 아이들은 모두 춤춘다』 수록)의 사요코와 다카쓰키 부부는 '트러블이 전혀 없이, 비난을 주고받지도 주장이 엇갈리지도 않게' 이혼한다. 마치 애초에 감정이 연결되어 있지 않았던 것 같은 느낌으로, 관계는 별 갈등 없이 해소되어 버린다. 『스푸트니크』의 스미레는 사라졌을 때와 마찬가지로 갑자기 돌아와 버린다. 어떠한 설명도 하지 않고 마치 그런 일이 벌어지지도 않았다는 듯 자연스레 작품의 맥락에 재등장한다. 그런 과정의 설명이나 갈등의 해소 등이 소설이라 여기는 나에게는 변죽만 울리거나 회피한다는 생각을 지울 수 없었다.

이처럼 감정이 결여된 듯한 관계 맺음을 하루키가 끈질기게 보여주는 여성 및 섹스관이 강화시킨다. 일단 여성관부터 살펴보자. 하루키는 그의 소설 세계에서 끊임없이 여성을 대상화한다. 여성의 외모를 품평하거나 느닷없는 비유에 동원하고 놀림감으로 삼는다. 위스키는 '손대기 전에 가만히 바라보다가 싫증이 나면 마신다'는 점에서 '아름다운 여자와 마찬가지'다. (『세계의 끝과 하드보일드 원더랜드』) '키가 크면서 손끝이 야무진 여자(같은 책)', 그리고 '낮은 목소리를 내는 뚱뚱한 여자는 만나본 적이 없다(「시드니의 그린 스트리트」, 『회전목마의 데드히트』)'는 구절을 읽고 있노라면 아무리 그가 젊었을 때 쓴 작품이라도 하더라도 목구멍에서 거북함이 치밀어 오르는 걸 막을 수가 없다. 과연 여성에 대한 이런 묘사가 그의 작품 세계에 어떤 긍정적인 작용을 하는지 짐작도 안 간다. 수없이 등장하는 유방과 음모와 페니스에 대한 묘사도 재미없다.

그런 가운데 하루키의 섹스관에서는 모순이 여실히 드러난다. 그의 섹스관은 참으로 간단하고도 속편하다. '섹스는 옛날에 산불처럼 공짜(「비를 피하다」)'였으며 대체로 감정이 수반되지 않는 행위일 뿐이다. 또는 '기껏해야 섹스인걸. 발기하여, 삽입하고, 사정하면 그것으로 끝난다'고 규정한다(『댄스 댄스 댄스』)듣고 있노라면 그럴싸하지만 과연 섹스가 그런 행위인가? 그 자체도 동의하기 어렵지만, 한 술 더 떠서 적어도 이 글의 대상이 된 열여섯 권의 소설과 소설집에 등장하는 하루키의 섹스신에서는 콘돔이 전혀 등장하지 않는다. 여성의 임신 가능성은 물론이거니와 성병 전염 또한 전혀 고려하지 않는 것 같다.

마지막으로 하루키가 비서양인임을 감안한다면 지역색*locality*이 담겨 있어야 한다. 그는 일본인으로서 자신의 작품에 무엇을 녹여 넣었나. 말하자면 서양인의 시각에서 보았을 때 소수인종*minority*의 특성이 담겨 있어야 한다. 하루키의 소설에는 그런 구석이 거의 없을 뿐 아니라, 한발 더 나아가 그러기를 노골적으로 거부하고 있기도 하다. 하루키는 레이먼드 카버 등 미국 소설가들을 동경하고 이를 바탕으로 탈일본을 지향한다. 그 결과 일본성은, 하루키가 어쩔 수 없이 출생으로 일본인이라는 점에서는 안 드러날 수 없지만, 딱 거기까지다.

사실 음식의 차원에서도 그런 점은 여실히 드러난다. 그렇게 많은 음식이 그의 소설에 등장하지만, 두부나 메밀소바, 된장국 등의 몇몇 예외를 뺀다면 대부분이 양식이다. 일본이 아무리 빠른 개항을 통해 오랜 세월 서양 음식을 내재화했다 해도 이는 의도적이고 계산적인 접근으로 읽힌다. 아무렴 현실 속에서도 음식의 선택 — 사실은 삼라만상 모든 것 — 은 각 개인의 성품부터 식성까지 많은 것을 드러내는데, 소설 속 세계는 오죽하겠는가. 하루키는 철저하게 계산적으로 그의 소설 세계를 창조했으며, 음식 또한 그 세계를 강화하는 데 큰 공을 세워왔노라고 믿는다.

## 하루키 소설 세계 속 음식의 유형화

총 6,984쪽, 902항목에 걸쳐 등장하는 하루키 소설 세계 속 음식들을 어떻게 이해하면 좋을까 고민 끝에 내가 옮긴 『식탁의 기쁨』에서 저자 애덤 고프닉이 소개한 분류법을 소개해 보려 한다. 《뉴요커》지의 고정 필자이자 칼럼니스트 고프닉은 소설에 존재하는 음식을 네 가지로 범주화한다. 첫 번째는 먹으리라 예상하지 않았던 등장인물에게 저자가 차려내는 음식이다. 두 번째는 등장인물 묘사를 위해 저자가 요리하는 음식이다. 세 번째는 저자가 등장인물과 함께 먹기 위해 요리하는 음식이며, 네 번째이자 가장 최근 나타난 것이 등장인물을 위해 요리하지만 실제로는 독자에게 돌아가는 음식이다.

얼핏 들으면 굉장히 추상적인 것 같지만, 하루키 소설 속의 실례들과 함께 살펴보면 이해가 어렵지 않다. 첫 번째, 먹으리라 예상하지 않았던 등장인물에게 저자가 차려 내는 음식의 예로는 『바람의 노래를 들어라』의 비프스튜가 있다. 1979년 29세가 된 주인공 '나'는 평소 영향을 많이 받은 미국 작가 데릭 하트필드(가공의 인물)를 생각하다가 과거를 회상한다. 1970년 8월 8일부터 26일까지 18일 동안의 이야기다. 도쿄에서 대학을 다니던 '나'는 방학에 고향에 돌아와 대학교 1학년 때 만난 친구 '쥐'와 더불어 제이스 바에서 내내 술을 마신다.

그러던 도중 화장실에서 정신을 잃고 바닥에 쓰러진, 왼쪽 새끼 손가락이 없는 여자를 발견하고 집에 데려온다. 처음에 여자는 나의 옆에서 잠을 잔 사실을 불쾌하게 여기지만 둘은 곧 서로 친해지고, 여자는 비프스튜를 끓였다며 나를 초대한다. 이야기가 펼쳐지는 정황을 보면 알 수 있듯 이 비프스튜는 손가락이 없는 여자를 통해 저자가 '나'에게 예고 없이 차려내는 음식이다. 그리고 이 비프스튜를 나눠 먹음으로써 둘은 서로 좀 더 잘 알게 되고 가까워진다. 하지만 겨울방학에 다시 고향에 돌아온 '나'는 여성이 이사를 가버렸다는 소식을 접하고 관계는 막을 내린다.

두 번째 범주인 '등장인물 묘사를 위해 저자가 요리하는 음식'은 하루키 소설의 남성상을 굳게 다지는 용도로 종종 등장한다. 앞서 하루키 소설의 여성상이나 열심히 일하지 않고도 먹고사는 남성상 등을 살펴보았는데, 그런 가운데서도 후자에게는 매우 긍정적인 일면이 있다. 바로 제 밥 차리는 일은 단순한 앞가림 이상으로 잘한다는 사실이다. 『태엽 감는 새 연대기』의 오카다 도루만 하더라도 단 네 문장을 통해 취사 시에 매우 정돈된 움직임을 보여줌으로써, 그가 단순히 배나 채우는 수준 이상으로 음식과 요리에서 경험을 쌓은 인물임을 보여준다. 하루키 소설에 등장하는 주인공 남성이 대체로 1949년생인 저자와 동년배임을 감안한다면 놀라운 일이다. 물론 주인공뿐 아니라 하루키 소설에 등장하는 대부분의 인물들은, 적어도 주인공과 일말이라도 좋은 관계를 유지하고 있다면 음식에 밝고, 간단한 위스키 온더록스 정도라도 우아한 손놀림으로 만들어 낸다. 『댄스 댄스 댄스』에 등장하는 '나'의 고교 시절 친구이자 영화배우인 고탄다가 좋은 예다.

세 번째 범주인 '저자가 등장인물과 함께 먹기 위해 요리하는 음식'과 네 번째 범주인 '등장인물을 위해 요리하지만 실제로는 독자에게 돌아가는 음식'은 『노르웨이의 숲』에, 그것도 같은 맥락에서 사이좋게 존재한다. 뒤에서 좀 더 자세히 살펴보겠지만 미도리의 아버지는 암으로 오늘내일 하는 처지인데, '나'는 문병을 갔다가 음식을 잘 먹지 않는 그에게 김에 싸서 간장에 찍은 오이를 권한다. 이를 미도리의 아버지는 맛있게 먹은 후에 곧 세상을 떠나고, 그의 사후에 '나'가 먹는 시바스 리갈과 시샤모, 그리고 된장에 찍어 먹는 오이와 셀러리는 그 모든 상실감을 겪은 주인공을 위해 저자인 하루키 본인이 준비한 음식이다.

마지막으로 네 번째 범주의 음식은 그 '김에 말아 간장에 찍은 오이'를 비롯, 등장인물들이 자신의 솜씨를 한껏 발휘하는 것들이다. 역시 『노르웨이의 숲』에서 미도리가 자신의 연고와 전혀 상관없이, 책에서 배워 한 상 가득 차려내는 관서 요리, 『국경의 남쪽, 태양의 서쪽』에서 갑자기 등장해 주인공과 이즈미를 난처하게 만드는 이모가 차려내는 된장국과 계란말이 등이 여기에 속한다.

*Chapter 11*

# 오이 먹는 이야기, 혹은 10개의 키워드

하루키의 소설에선 워낙 많은 음식이 다양한 국면에서 등장하므로 무엇을 소개할지 갈피를 잡기가 쉽지는 않다. 그런 가운데서도 유독 존재감이 돋보이는 음식 열 가지만 골라 맥락과 함께 살펴본다.

## 1. 오이

조금 예상 밖의 선택이라 느낄 수도 있다. 하루키라면 맥주, 맥주라면 하루키 아닌가. 그렇다, 그것만은 분명하다. 하루키의 작품 세계 전반에는 맥주가 흐른다고 해도 지나치지 않을 정도로 자주 등장한다. 데뷔작 『바람의 노래를 들어라』만 봐도 '나'와 '쥐'가 맥주를 마시는 장면이 무려 56번이나 등장한다. 한술 더 떠서 '쥐'는 맥주를 야구의 '원 아웃 1루 더블플레이'에 비유하며 예찬한다. 전부 오줌으로 변해서 배출되기 때문에 아무것도 남지 않는다는 것이다. 글쎄, 통풍에 시달리는 이들의 생각은 아마 좀 다를 듯하다. 어쨌든, 이처럼 하루키의 소설 세계엔 맥주가 빈번하게 등장하지만, 적어도 나는 그 어느 맥주도 딱히 마시고 싶은 생각이 들지 않았다. 읽으면서 나도 등장인물처럼 시원하게 맥주를 꿀꺽꿀꺽 들이키고 싶다는 마음이 안 들었다.

그보다 『노르웨이의 숲』에 등장하는 오이가 음식으로서 훨씬 더 강렬한 인상을 남긴다. 읽으면서 정말 간절하게 먹고 싶어지고, 책을 덮어도 뇌리에서 사라지지 않는다. 초단편소설집 『밤의 거미원숭이』에 실린 '한국어판을 위한 서문'에서 하루키는 '소설의 효용'에 대해 언급한다. 『노르웨이의 숲』을 읽은 일본인 여성이 새벽 네시에 기필코 기숙사에 사는 남자친구를 찾아가서는 벽을 타고 올라가 그의 품에 안겼다는 내용이다. 실제로 사람의 마음(과 몸)을 움직였으니 소설가로서 보람을 느낀다는 이야기인데, 내게는 『노르웨이의 숲』의 오이가 유일하게 그런 존재였다. 다 읽고 나면 냉장고에서 오이를 꺼내 우적우적 먹고 싶어진다. 지금 이 구절을 쓰면서도 입에 침이 고인다. 하루키의 작품 세계 속에서 먹고 싶은 욕구가 가장 강하게 드는 식재료 혹은 음식이다.

『노르웨이의 숲』은 회고 형식으로 벌어지는 성장소설이다. 1982년, 보잉 747기 한 대가 함부르크 국제공항에 착륙한다. 탑승하고 있었던 나(와타나베 토오루)는 승무원과 이야기를 나눈 뒤 뭔가를 깨달았는지 글을 쓰기 시작한다. 바로 자신의 십대 후반부터 이십대 초반을 관통하는 이야기다. 고등학교 재학 시절 '나'는 키즈키 및 그의 여자친구 나오코와 셋이서 친밀한 관계를 유지한다. 하지만 열일곱에 키즈키가 자살하고 난 뒤 상실감에 시달리게 된다. 그리고 세월이 흘러 대학에 들어가 나오코와 왕래를 시작하고, 결국에는 그의 스무 살 생일에 섹스를 하게 된다. 이후 나오코는 사라진 뒤에 외딴 곳의 요양시설에 있다는 소식을 남긴다.

그리고 한편으로 나에게는 미도리가 있다. 대학에서 우연히 안면을 트게 된 미도리는 '피가 통하는 생기 넘치는 여자, 미도리'라는 소설 속 문구에서도 느낄 수 있듯 나오코와 상반된 인물이다. 처음에는 서점을 운영하던 아버지가 갑자기 우루과이로 가버렸다고 나에게 말하지만 사실 아버지는 암 투병 중인 처지였다. 그런 아버지에게 문병을 갔다가 나는 오이를 발견하고 아픈 이에게 먹인다. 정말 실낱 같은 생의 에너지만 남아 있던 미도리의 아버지는 내가 내미는 오이를 잘 받아먹고는 얼마 지나지 않아 세상을 떠난다.

왜 이 오이는 이다지도 강렬한 인상을 남기는가? 곰곰이 생각해보았는데 맥락 덕분인 것 같다. 정말 앞날을 내다볼 수 없을 만큼 아픈 이와 수분을 한껏 머금은 아삭한 오이가 빚어내는 생기의 대조가 극적으로 느껴진다. 한쪽은 시들어 가는 생명, 다른 한쪽은 물이 오른 생명이다. 그래서 후자를 전자에게 먹이면 병이 단숨에 나아 벌떡 일어날 것 같다는 기이한 희망마저 품게 만든다.

게다가 오이를 먹는 방식 또한 남다르다. 오이라는 채소는 그냥 먹으면 밍밍하고 풋내가 날 수도 있는데, 이를 김에 싸서 간장을 찍어 먹인다. 이래저래 간도 맞추고 감칠맛도 높여주고 또 다른 질감의 대조를 이룬다. 최소한의 재료로 최선의 맛을 낼 수 있는 절묘한 조합

이고, 실제로 일본식 마키(まき)에서 쓰이기도 한다. 하루키와 음식 세계의 팬들에게는 사소해 보일 수도 있지만, 나는 이 오이가 조금 과장을 보태 하루키가 음식과 요리에 통달했다는 방증이라 여긴다. 너무 일상적이어서 하찮게 보일 법한 식재료를 최소한의 손길로 음식으로 승화한다는 것은 일상에서든 소설에서든 쉬운 일이 아니다.

한편 오이는 또 다른 장편소설에서 샌드위치를 통해 존재감을 빛낸다. 『세계의 끝과 하드보일드 원더랜드』에 등장하는 손녀딸의 햄치즈 오이 샌드위치다. '하드보일드 원더랜드'와 '세계의 끝'의 이야기가 각각 한 장씩 번갈아 전개되는 이 소설에서 손녀딸과 샌드위치는 전자에 등장한다. 주인공인 나는 암호를 취급하는 '계산사'인데, 머릿속에 '장치'가 설치된 상태에서 자신이 유일하게 살아남은 생존자라는 비밀을 알게 된다. 손녀딸 — 소설 속에서는 다분히 여성 비하적인 '살이 찐 아가씨'로 묘사되는 — 은 명칭이 말해주듯 바로 그 장치를 머릿속에 심은 노박사의 손녀로, 나에게 '세계가 끝난다'는 소식을 전달하는 역할을 맡는다.

『세계의 끝과 하드보일드 원더랜드』의 샌드위치, 특히 오이 샌드위치는 나름 특별하다. 샌드위치치고는, 그리고 하루키의 장편에 등장하는 음식치고는 꽤 많은 분량이 할애된다. 대체 무엇이 중요해서일까? 등장인물 '나'의 입을 빌리자면 흥미롭게도 샌드위치 자체보다는 칼이다. '아무리 훌륭한 재료를 갖추었다고 해도 칼이 나쁘면 맛있는 샌드위치를 만들 수 없다'고 말하는 데서는 일말의 단호함마저 느껴진다.

나는 칼을 향한 이런 등장인물, 더 나아가 하루키의 시각과 태도를 이해할 수 있다. 샌드위치는 질감이 각기 다른 재료를, 질감이 현저히 다른 두 장의 빵 사이에 끼워 넣어 만드는 음식이다. 그리고 대체로 대각선이든 수직이든 반을 갈라 그 단면을 보여주는 게 핵심이다. 이는 재료의 구성미를 보여주기도 하지만, 일반적으로 편하게 먹기 힘든 식빵의 부피를 줄여주는 역할도 한다. 그런데 칼이 잘 들지 않으면 단숨에 단면을 경쾌하게 썰어낼 수도 없고, 재료들이 썰리지 않고 뭉툭한 날에 눌려 뭉개져 볼품도 맛도 없어진다. 그래서 맛있는 샌드위치에는 무엇보다 칼이 중요한 것이다. 주방에서 흔히 잘 벼려서 날카로운 칼이 안전한 칼로 통하는 것과 같은 맥락이다. 잘 들지 않으면 단숨에 썰 수 없고, 힘을 주어 재료를 누르다 보면 뭉개지거나 손이 미끄러져 다칠 수도 있다. 앞서 말했듯 질감이 각기 다른 재료를 겹쳐 만드는 샌드위치에도 적용할 수 있는 논리다.

이처럼 칼을 빌려 중요성을 설파했듯, 사실 하루키의 작품 세계에서 샌드위치는 허투루 다뤄지지 않는다. 『양을 쫓는 모험』의 주인공은 '괜찮은 바는 맛있는 오믈렛과 샌드위치를 내놓는 법이거든요'라는 말 한마디로 샌드위치의 중요성을 짚고 넘어간다.

## 2. 맥주

그리하여 의외였던 첫 번째 음식 오이를 지나 맥주의 차례다. 앞서 하던 이야기를 이어서 해보자. 나는 왜 하루키의 맥주에 그다지 끌리지 않는 걸까? 개인적 차원에서 이제는 그다지 맥주를 그다지 즐겨 마시지 않아서? 어느 정도는 사실이다. 음주의 이력이 근 삼십 년에 접어드는 요즘, 맥주는 나에게 그렇게 매력적인 술이 아니다. 무엇보다 알코올과 수분의 비율이 맞지 않는다고 느낀다. 술을 마셨다는 느낌을 받으려면 많이 마셔야 하고, 그러면 화장실에 들락거려야만 한다. 게다가 모든 음식이 그렇지만 많이 마실수록 매력이 떨어진다. 맥주는 계속 마시다 보면 뭘 마시고 있는지도 의식을 못 하게 된다. 차라리 물을 마시는 게 낫다는 생각이 들 정도다. 거기에 음식과의 짝짓기까지 감안하면, 요즘은 치킨 같은 예외를 빼놓고는 와인이 여러 맥락에 두루 더 잘 어울리는 술이라고 믿는다.

하지만 나 개인적인 술 취향은 하루키의 맥주를 평가하는 것과 큰 상관은 없다. 그리고 돌아보면 하루키 소설 속 등장인물의 연령대에 나도 맥주를 많이 마셨다. 아무래도 가격을 포함, 접근성이 좋은 술이기 때문이다. 어쨌거나 내가 하루키의 맥주에 그다지 열성적이지 않은 이유는 셋으로 나눠 생각해볼 수 있다.

첫째, 하루키 소설의 등장인물들은 대체로 맥주를 벌컥벌컥 들이키지 않는다. '마시다'라는 동사도 참으로 여러 양태로 갈리는데, 대체로 홀짝홀짝 마신다는 느낌이 강하다. 그렇게 마시는 모습을 보고 있노라면 맥주가 그다지 동하지 않게 된다. 탄산은 물론 쓴맛과 신맛이 어우러지는 맥주는 특히 기름기를 씻어 내려주는 술인데, 하루키 소설의 등장인물들은 어째 맥주를 소심하게 마신다는 인상을 지울 수 없다.

둘째, 대부분의 음식들이 사실 그렇지만 하루키의 맥주는 빈번한 등장만큼의 개성을 드러내지 않는다. 과연 하루키는 등장인물들에게 어떤 맥주를 주는가? 그 자신은 어떤 맥주를 좋아하는가? 그런 정보가 빈번하게 등장하는 것만큼은 잘 드러나지 않는다. 한술 더 떠 등장인물의 입을 빌려서 '맥주는 맥주 맛이 나기만 하면 그만'이라며 빗장을 걸어 버린다. 추측의 가능성을 원천 봉쇄하는 것이다. 그나마 공감할 수 있는 구석이라면 맥주의 종류에 상관없이 차갑게 마시기를 선호한다는 점이다. 그렇다, 사실 맥주마다 최적 온도가 있기는 하다. 라거라면 대략 3~4도, 에일이라면 그보다 높은 7~10도를 최적 온도로 꼽는다. 그래야 각 맥주에 맞는 맛과 향을 잘 느낄 수 있다고 하지만, 생활인으로서는 그 안내를 잘 따르지 않는다. 그저 정수리가 찡해질 정도로 차가운 맥주가 최고다.

어쨌든 이런 이유로 하루키의 소설 세계 전반에 걸쳐 물 대신 맥주가 흐르는 것 같은 느낌을 받으면서도 정작 마시고 싶은 생각은 들지 않는다. 맥주의 세계도 방대하므로 소설에서 동기를 얻어 맥주를 마시려면 대충이라도 어떤 종류인지는 알아야 한다. 같은 맥주의 울타리 안에서도 라거와 에일이 뚜렷하게 갈리고 각각의 가지가 엄청나게 뻗어 있건만, 그 가운데 하루키의 맥주는 무엇인지 짐작하기가 어렵다. 말하자면 특정이 되지 않으니 욕구도 일지 않는 것이다. 그렇다고 말 오줌처럼 맛없는 국산 맥주를 마실 수는 없지 않은가.

물론 웬만해서는 드러나지 않는 큰 그림까지 감안하면 짐작이 아주 불가능하지는 않다. 등장인물들은 대체로 수입 맥주를 그다지 선호하지 않는 모습을 드러낸다. 1980년대~1990년대이긴 하지만 일본의 상황을 감안하면 수입 맥주 선택의 폭이 좁을 리 없다. 실제로도 '수입 맥주를 수십 종 갖춘 바'가 등장하기도 하지만 무엇을 갖추고 있는지까지 묘사하지는 않는다. 브랜드도 밀러 골든 라이트와 하이네켄을 빼고는 대체로 '수입 맥주'라 뭉뚱그려진다. 이런 전반적인 설정을 감안하면 하루키의 맥주는 평범한 일본 맥주일 가능성이 매우 높다. 알코올 도수가 5퍼센트 안팎에 적당히 드라이하고 쓴맛이나 신맛이 엄청나게 두드러지지는 않는 필스너 계통이다. 음식을 잘 씻어 내려줘 반주로 제 몫을 톡톡히 하는 맥주다.

그의 소설 세계 전반에서는 바로 이런 맥주가 관조와 방관의 정서를 느끼게 하는 음식, 더 나아가 장치로 쓰이기 때문에 그다지 마시고 싶어지지 않는다. 앞서 일본 맥주가 반주로서 제 몫을 톡톡히 한다고 했다. 반주는 밥 반(飯)에 술 주(酒), 즉 '밥을 먹을 때에 곁들여서 한두 잔 마시는 술'이다. 이는 뒤집어 보면 밥이 주고 술은 보조하는 역할이라는 의미이다. 따라서 맥주가 반주의 역할을 할 때, 술을 벌컥벌컥 들이켜는 상황은 잘 벌어지지 않는다. 그리고 하루키의 맥주는 소설 세계 전체에 걸쳐 이런 역할을 맡고, 이런 역할은 관조와 방관에 굉장히 잘 어울린다.

하지만 소설의 세계를 벗어나면 하루키의 맥주는 꽤 자유로워지고 본색을 드러낸다. 반주로 홀짝이는 정도를 지나 벌컥벌컥 들이키며 갈증 해소를 위한 도구로 제대로 쓰여서 되려 마시고 싶어진다. 특히 그가 42킬로미터의 마라톤 풀코스를 완주한 다음 들이켜는 맥주 이야기를 듣고 있노라면 오랫동안 잊고 있었던, 맥주를 향한 욕구가 고개를 드는 걸 느낄 수 있다. 그런데 왜 이런 맥주가 정작 그의 소설 속에서는 소극적으로 등장하는 걸까? 바로 그게 작가로서 하루키의 치밀함이라 생각한다. 자신이 설정한 선 이상으로 음식이 독자에게 영향을 미치는 것을 원하지 않기 때문에 관여도, 혹은 거리를 조정하는 것이다.

하루키의 장편소설에서는 맥주가 도구 이상으로 쓰이는 경우가 많지 않다. 또한 뒤집어 보면 하루키의 소설 세계에서 맥주를 벌컥벌컥 마셔서 어울릴 만한 인물은 거의 없다. 굳이 꼽자면 『태엽 감는 새』의 우시카와뿐이다. 우시카와는 주인공 오카다 도루의 매형이자 신예 정치인인 와타야 노보루의 심부름꾼 노릇을 하는 인물로, 주인공과 처가 사이에서 구미코의 이혼 수속을 중재하는 역할을 맡는다. 말하자면 하루키 소설 세계의 결에 반하는 거친 인물 정도는 되어야 맥주를 벌컥벌컥 마실 수 있는 자격 아닌 자격을 갖추는 것이다. 심지어 하루키는 그의 입을 빌려서도 '맥주는, 적어도 첫 번째 병은 맛이 느껴지지 않을 만큼 차가워야 맛있는 법'이라는 맥주관을 설파한다.

장편소설보다 단편소설로 주의를 돌리면 음식이 더 의미와 재미

있게 쓰이는 경우를 심심치 않게 찾아볼 수 있다. 「빵가게 습격」과 「빵가게 재습격」 그리고 넓게는 「하이네켄 맥주 빈 깡통을 밟는 코끼리에 대한 단문」 등이 그런 경우다. 특히 「하이네켄 코끼리」가 매우 흥미롭다. 동물원이 폐쇄되었을 때 마을 사람들은 돈을 모아 코끼리를 인수한다. 너절한 동물원의 늙고 진이 빠진 코끼리였지만 그런 그에게도 나름의 할 일은 있었으니 바로 빈 깡통 밟기였다. 코끼리가 훈련을 받아 피리 소리에 맞추어 콘크리트 파이프에 발을 집어넣으면, 그 안에 넣은 깡통이 납작해진다. 소설 속의 '나'는 특별히 하이네켄 빈 깡통을 한 다스 모아서 코끼리에게 가져갔고, 납작하게 밟힌 깡통은 '5월의 태양 아래 하늘에서 본 아프리카 평원같이 반짝반짝 눈부시게' 빛난다.

이처럼 장편소설과 단편소설, 에세이와 잡문에서 각각 다르게 드러나는 음식의 이야기 및 역할, 그것이 작가로서 하루키의 치밀함을 드러내 준다. 각각의 '레벨'을 설정하고 소재의 개입 여부, 자아내는 긴장감의 정도 등을 조절함으로서 모든 세계가 각각의 방식으로 빛나도록 역량을 기울이는 것이다. 그렇다, 이것은 칭찬이다.

### 3. 콘비프

콘비프는 하루키의 소설 세계를 통틀어 단 한 번 등장하지만, 인상은 매우 강렬하다. 물론 음식의 차원에서도 깊은 의미를 품고 있다. 하루키의 데뷔작인 『바람의 노래를 들어라』는 1979년에 출간되었다. 그런데 콘비프 샌드위치가 등장하다니. 바로 그 지점에서 나는 놀랐다. 콘비프, 그거 싸구려 통조림 아니야? 무엇을 가리키는지 알지만 안타깝게도 아니다. 물론 그 흐물흐물한 장조림 같은 통조림이 우리에게는 대체로 콘비프라 통하지만 진짜는 따로 있다. 바로 소 양지머리를 통째로 굵은 소금 알갱이*Corn of Salt*에 절여 만들었다고 해서 콘비프*Corned Beef*라는 이름이 붙었다. 열흘 정도 푹 절였다가 서너 시간 은근한 불에 푹 삶아서는 얇게 저며 샌드위치를 만든다. 『바람의 노래』에서는 정확히 언급하지 않지만, 콘비프 샌드위치엔 전통적으로 호밀빵을 쓴다.

한국에는 몇 년 전에야 등장하기 시작한 통조림 아닌 콘비프가 이미 1979년에 존재했다는 사실은 한편으로 일본 서양 음식 문화의 수준을 보여준다. 일본은 19세기 메이지 유신 이후 양식을 받아들여 자국 문화로 완전히 흡수시켰으니, 돈까스와 단팥빵, 명란 파스타 같은 일식 양식이 그 근거다. 그래서 양식의 등장도 자연스러워서 등장인물이 김릿 같은 칵테일을 마셔도 전혀 어색하지 않다. 한편 양식 취향은 하루키 문학의 탈일본화 또한 보여준다. 음식뿐 아니라 그는 미국 영화, 음악, 문학을 좋아한다고 공개적으로 밝혀왔다. 그 영향 아래 일본의 전형적 정서와는 다른 문학 세계를 선보여 왔으니, 그게 바로 인기의 비결이다.

이렇게 하루키 문학 세계의 '음식'을 분석하고 있지만 모두가 알고 있다. 말이 좋아 '음'과 '식'이지 사실 '음' 쪽에 치우쳐 있고 그것도 대부분은 술이라는 사실 말이다. 그리고 술 가운데서도 이미 살펴본 맥주와 더불어 위스키가 '음'의 양대 산맥을 이루고 있다. 그렇다, 위스키를 빼놓고는 하루키의 음식 세계를 이야기할 수가 없다. 하루키의 위스키 사랑은 그가 글을 쓰고 아내인 무라카미 요코가 사진을 찍은 『만약 우리의 언어가 위스키라고 한다면』을 통해 공공연히 드러나 있기도 하다.

말하자면 위스키 또한 하루키의 작품 세계 전반에 흐르고 있기는 하지만 맥주와는 사뭇 다르다. 아무래도 술의 특성 때문이다. 사실 맥주와 위스키는 일가친척이라고 할 수 있다. 둘 다 싹틔운 보리를 발효시켜 만드는데, 도수를 강화하지 않고 홉을 더하면 맥주, 증류로 정제하고 도수를 높이면 위스키가 된다. (물론 이해를 돕기 위해 아주 간단하게 정리했다. 그리고 흔히 위스키의 숙성과 연관 지어 생각하는 술통 숙성은 사실 맥주도 종종 거친다.)

맥주는 5도 안팎이지만 위스키는 최저 40도이라서 술을 마시는 양태가 달라진다. 맥주는 알코올을 위해 수분을 섭취한다는 전제를 안고 가지만 위스키는 그렇지 않다. 따라서 맥주와 달리 홀짝거리기*sip*가 술에 걸맞은 섭취 형식이다. 그리고 이런 홀짝거리기는 하루키 소설 세계의 분위기와 상당히 잘 맞아떨어진다. 좋게 말하면 시간을 들여 음미할 수 있고 나쁘게 말하면 속이 비어 있고 허무하다. 이런 분위기라면 벌컥벌컥 들이킬 수도 있는 맥주보다는 찔끔찔끔 마실 수밖에 없는 위스키가 좀 더 잘 어울린다.

한편 그런 속성 덕분에 위스키는 시간을 들여 나누는 대화에 잘 들어맞는 술로서 제 역할을 한다. 그밖에도 하루키의 소설 세계에서는 브랜디 등 도수가 비슷한 몇몇 리큐어와 더불어 위스키가 일종의 진정제 역할을 자주 맡는다. 들뜨거나 상실감에 시달리거나, 여러 가지 이유로 잠을 이루지 못하는 등장인물이 그런 마음의 상태를 해소하기 위해 마신다. 이런 경우 위스키는 대체로 아무것도 더하거나 섞지 않은 니트*다. 그와 별개로 물이나 얼음을 섞은 위스키도 종종 등장한다. 위스키는 증류를 통해 맛과 향을 응축시킨 술이다. 따라서 물을 섞거나 얼음 잔에 따르면 시간의 변화에 따라 조금씩 달리 풀어지는 맛과 향을 느낄 수 있으므로 이런 방식이 선호되기도 한다.

그렇다면 하루키의 소설에는 어떤 위스키가 등장할까? 세계 전반을 훑어보면 하루키는 위스키를 맥주보다 조금 느슨하게 대한다. 대부분은 맥주와 마찬가지로 그저 '위스키'이지만 종종 특정한 상표가 등장하기도 한다는 의미다. 전부 *18*종이 등장하는데, 스코틀랜드산(블렌디드와 싱글몰트)이 *9*종, 미국산 *6*종(켄터키산 버번과 테네시

* neat, 병에서 따라 바로 마신다는 의미이다.

산), 캐나다산 2종, 일본산 1종이다.* 그런 가운데 스코틀랜드산, 즉 스카치위스키가 절반을 차지하는 것을 보면 인간 하루키의 선호도만은 확실히 알 수 있다. 그리고 이는 앞서도 언급한 짤막한 여행기 『만약 우리의 언어가 위스키라고 한다면』의 존재가 뒷받침해준다.

스카치위스키 가운데서도 가장 빈번하게 등장한 제품은 커티삭*Cutty Sark*이다. 『양을 쫓는 모험』, 『세계의 끝과 하드보일드 원더랜드』, 『댄스 댄스 댄스』, 『태엽 감는 새 연대기』 다섯 작품에 등장한다. '바다의 여왕'이라 불렸던 홍차 운반선 이름인 커티삭은 특히 『태엽 감는 새』에서 서사의 중요한 장치 역할을 맡는다. 작품의 1인칭 화자인 서른 살의 오카다 도루는 그럭저럭 만족할 만한 삶을 살고 있다. 팔 년 동안 다니던 법률 사무소를 뚜렷한 이유 없이 그만두었지만 여러 모로 먹고사는 데 큰 걱정을 할 만한 상황은 아니다(왜 아니겠느냐만). 고위 공직자의 딸인 아내와는 집안의 심한 반대를 무릅쓰고 결혼했으며, 지금껏 잘 살아왔다고 믿는다. 그런 그에게 어느 날 갑자기 이상한 전화가 걸려 오고, 괴기한 일이 벌어지면서 그의 세계가 조금씩 무너져 내리기 시작한다. 2차 세계 대전 당시 일본과 러시아의 만행이 현실 세계에서, 그리고 호텔 스위트룸 208호실이 꿈의 세계로서 각각의 축을 맡아 서사가 진행되는 가운데, 커티삭은 바로 후자의 세계에서 기억의 지표로 나름의 인상을 남긴다.

흥미로운 사실을 꼽자면 커티삭이나 시바스 리걸 등의 블렌디드

* 『하루키를 읽다가 술집으로』(조승원 지음, 싱긋), 161쪽 참조.

위스키가 「렉싱턴의 유령」(*1996*)을 거쳐 *2000*년작인 『신의 아이들은 모두 춤춘다』에서 드디어 싱글 몰트에게 대를 물려준다는 점이다. 그의 스코틀랜드 위스키 산지 여행기인 『만약 우리의 언어가 위스키라고 한다면』이 *1999*년 출간된 사실을 감안하면 시기적절해 보인다. 그런데 블렌디드*blended*는 뭐고 싱글 몰트*single malt*는 또 뭐냐고? 앞서 위스키는 싹 틔운 보리를 발효 및 증류시켜 빚는다고 했다. 그런데 그 외의 곡물을 같은 과정을 거쳐 빚는 위스키 부류가 또 있으니 그레인 위스키*grain whisky*다. 비율에 상관없이 보리 외의 곡물을 썼다면 그레인 위스키인데, 블렌디드 위스키는 크게 둘로 분류할 수 있다. 몰트와 그레인 위스키를 전부 블렌딩한 것과 몰트만 블렌딩한 것이다.

그렇다면 '싱글 몰트'는 섞지 않은 위스키라는 의미인가? 그렇지 않다. 일반 블렌디드 위스키가 여러 양조장의 원액을 블렌딩해서 하나의 제품으로 만들어 낸다면, 싱글 몰트는 문자 그대로 '싱글', 즉 단일 양조장의 원액만 섞어서 제품을 만든다. 예를 들어 조니 워커나 밸런타인은 블렌디드, 글렌피딕은 싱글 몰트다. 블렌디드는 *OEM*(주문자 상표 제품), 싱글 몰트는 자체 브랜드라고 이해할 수도 있겠다. 이러한 술들은 보통 원액을 블렌딩 한 뒤 물을 더해 도수를 *40*도로 맞춘다. 이런 과정을 전혀 거치지 않은, 그러니까 섞지도 물도 타지도 않고 술통에서 그대로 병으로 담은 제품은 캐스크 스트렝스(*Cask Strength*, 줄여서 *CS*)라 일컫는다. 캐스트 스트렝스는 *50*도를 웃도는 도수의 위스키도 흔하다.

하루키의 소설 세계에서 위스키의 상징성은 『세계의 끝과 하드보일드 원더랜드』에서 본격적으로 드러난다. 계산사인 '나'가 집에서 '조직'의 수수께끼 2인조의 습격을 받았을 때, 위스키는 그가 아끼는 최후의 재산으로서 처참하게 파괴된다. 커티삭과 더불어 와일드 터키와 *I. W.* 하퍼(버번), 잭 대니얼스(테네시 위스키)까지 다양한 위스키가 사이좋게 박살 나 버린다. 그런 가운데서도 나는 수수께끼 2인조가 떠난 뒤 깨진 병에 남아 있던 잭 대니얼스를 마신다. 등장인물을 통해 하루키의 위스키 사랑을 읽을 수 있다고 해도 과장처럼 느껴지지 않는다.

## 5. 스파게티

스파게티는 엄청나게 빈번하게 등장하지 않지만 나름의 입지가 확실하다. 하루키 특유의 뚝딱뚝딱 해서 끼니를 때우는 간편식으로서 많이 활용되는데, 『댄스 댄스 댄스』에서는 그답지 않을 정도로 상세한 조리법을 알려주기까지 한다. 900항목이 넘는 음식 등장 구절 가운데 몇 안 되게 등장하는 조리법이라 귀하다. 한편 몇몇 작품에서 꽤 의미 있는 역할을 맡기도 한다. 가장 인상이 강한 첫 번째는 『태엽 감는 새』 도입부의 스파게티이다. 스파게티는 포장에 조리 시간이 적혀 있을 정도로 정확하게 표준화된 음식이다. 심지어 '알 덴테'와 일반 조리로 나뉘어 조리 시간이 다르게 제안되어 있을 정도다. 그런 음식을 조리할 때는 나도 모르게 긴장하게 된다. 파스타도 익숙한 음식이지만 우리의 피에 흐른다고 해도 지나친 말이 아닐 라면으로 바꿔보면 한층 더 이해가 쉽다. 표준화된 레시피가 포장에 적혀 있고 그 선을 넘기면, 개인마다 선호도는 있겠지만 면이 불어 버린다. 게다가 조리 시간도 5분 안팎으로 짧다. 따라서 라면을 끓일 때는 나도 모르게 긴장하게 된다.

『태엽 감는 새』의 스파게티는 서사의 첫 걸음을 내딛는 순간 등장하며 동시에 긴장감을 불어 넣는다. 전화라는 방해 요인과 함께 짝을 지어 줌으로써 이 1000쪽이 넘는 대서사가, 설사 현 상황에서 아무것도 모른다 할지라도, 만만치 않게 흘러갈 것임을 예고해 준다. 말하자면 분위기를 띄워준다는 차원에서 스파게티가 소설 속 음식으로서 제 몫을 톡톡히 해내는 것인데, 여기까지만 자기 몫을 하고 퇴장해 버리는 게 아니다. 이후 오카다 도루는 식욕도 거의 없는 상태에서 스파게티를 만들고는 채 반도 먹지 못하고 버린다. 그 이전에 등장하는 '커피의 비누 맛'이라는 표현과 더불어 불길한 예감, 즉 구미코의 행방을 암시하는 단서다.

'절반만 먹고 버린 스파게티'는 다른 작품에서도 주인공의 심리 묘사에서 제 몫을 톡톡히 한다. 『빵가게 재습격』에 수록된 단편소설 「패밀리 어페어」에서도 주인공은 스파게티를 절반만 먹고 버린다. 이번에는 외식인데, 스파게티의 맛은 '재앙이라고 표현해도 좋을 만큼 끔찍'했다. '면은 설익어서 안에 심지가 남아 있고, 버터는 개도 안 먹을 것 같은 맛'이었다. 그래서 '어찌어찌 반만 먹고 웨이트리스에게 치워달라고 말했'는데, 이런 주인공을 보고 함께 먹은 동생은 사물을 보는 견해가 너무 편협하다고 지적한다. '개점한 지 얼마 안 되어 주방장이 아직 익숙하지 못할지도 모르는데, 그렇게 절반이나 남겨 돌려보낼 이유가 있느냐'고 힐난한다.

이렇게 절반만 먹다 남긴 스파게티가 불을 붙인 남매의 갈등은 곧 둘의 공동생활에 대한 다툼으로 번져 버린다. 여동생은 오빠의 자위에 대해서 지적하는 한편, 오빠 즉 주인공은 동생이 변해 버려서 이런 지적을 하는 것이며 원인은 동생의 약혼자라고 결론을 내린다. 흥미롭게도 또 다른 단편 「오후의 마지막 잔디」에 등장하는 스파게티 또한 절반만 먹고 버려진다. 하루키의 스파게티는, 특히 사 먹는 것이라면 '지독하게 맛이 없어' 절반만 먹고 버려질 운명에 처해지는 모양이다.

마지막으로 스파게티가 다시 이어질 관계의 희망의 도구로 쓰이는 경우도 있다. 『노르웨이의 숲』에서 나는 미도리와 연락이 되지 않는 사이 편지를 써서 이탤리언 레스토랑에서 아르바이트를 하면서 주방장에게 맛있는 스파게티 만드는 법을 배웠으니 언제 만들어주겠다고 제안한다. 그 둘은 의외로 많은 곡절을 거치고 나서야 마지막에서 드디어 진정으로 서로 연결된다.

## 6. 하루키의 칵테일-로빈스 네스트, 다이키리, 피냐콜라다, 보드카 토닉

칵테일을 빼놓고 하루키의 음식을 이야기할 수 있을까? 사실 무엇은 빼놓을 수 있겠느냐만, 아무래도 오늘의 소설가로서 하루키를 있게 한 출발점이 바로 바와 칵테일이기 때문이다. 잘 알려졌듯이 하루키는 대학 재학 중이던 스물두 살에 동급생과 결혼해 낮에는 음반 가게, 밤에는 술집에서 일하는 등 바쁘게 살며 모은 돈으로 1974년에 재즈 바 '피터 캣'을 연다. 3년 후 가게를 더 좋은 자리로 이전하기는 했지만 『바람의 노래를 들어라』로 등단한 이후에도 2년을 더 피터 캣에서 일하다가 그만두고 전업으로 소설을 쓰기 시작했다.

이런 경험이 『국경의 남쪽, 태양의 서쪽』에 담겨 있다. 결혼 이후 직장을 그만둔 주인공 하지메는 '로빈스 네스트'라는 재즈 바를 운영하다가 초등학교 시절의 첫사랑 시마모토를 만난다. 연락이 끊긴 지 25년 만의 재회에서 하지메는 바의 상호를 딴 시그니처 칵테일 '로빈스 네스트'를 권한다. 하루키 소설의 주인공이 운영하는 바의 시그니처 칵테일이라니, 조건반사적으로 관심이 가지만 안타깝게도 하루키는 여기에서도 계산적인 면모를 보인다. '보드카와 럼을 바탕으로 만든 칵테일'이며 '깔끔하면서 깊이 있는 맛'이라는 것 외에는 정보를 제공하지 않는 것이다. 보드카와 럼은 칵테일의 세계에서 가장 흔히 쓰이는 기주*base liquor*, 즉 바탕이 되는 술이라 이것만 가지고서는 칵테일의 맛을 짐작하기가 어렵다. 맛을 보태는 술*modifier*나 과일즙에 따라, 과장을 안 보태고 천 가지의 로빈스 네스트가 가능하다.

가장 큰 비중을 가지고 등장하는 칵테일의 맛을 짐작하기 어렵다고 해도 좌절할 필요는 없다. 어차피 그의 소설 세계에는 맛을 짐작할 수 있으며 더 나아가 아무 바에나 들어가서 주문하더라도 어렵지 않게 마실 수 있는 칵테일들도 심심치 않게 등장한다. 일단 다이키리*Daiquiry*부터 살펴보자. 다이키리는 『국경의 남쪽, 태양의 서쪽』에서 로빈스 네스트만큼이나 중요한 역할을 맡는다. 주인공인 하지메의 재즈 클럽에 나타나 세 시간이나 홀로 다이키리를 마신 여성이 알고 보니 그의 첫사랑이었던 시마모토라는 설정 덕분이다.

바나나 다이키리로도 변주되어 등장하는 등 다이키리는 온갖 음식들 사이에서 선전하는데, 아무래도 하루키가 헤밍웨이의 팬이기 때문이라는 분석이 지배적이다. 쿠바의 광산촌 이름을 딴 다이키리는 유래가 따로 있지만, 주당인 헤밍웨이의 칵테일로 잘 알려져 있다. 원래도 화이트 럼(*45ml*), 라임즙(*25ml*), 설탕 시럽(*15ml*)의 세 가지 재료로 간단히 만드는 다이키리를 헤밍웨이가 쿠바의 유명한 바 엘 플로리디타에서 마시고는 '설탕을 빼고 럼은 두 배로 넣으면 좋겠다'고 해서 '헤밍웨이 스페셜', 또는 '파파 도블레*Papa Doble*'가 탄생했다. 럼과 라임즙 외에도 그레이프프루트즙과 마라스치노 체리 리큐어로 맛을 낸다.

그리고 『댄스 댄스 댄스』에서 중학생 소녀 유키가 마시는 피냐콜라다가 있다. 글쎄, 중학생이 피'냐'콜라다에 밝아져도 되는 걸까? 그걸 살펴보기 이전에 단단히 짚고 넘어가야 한다. 피'나'콜라다가 아니다, 피'냐'콜라다다. 보통의 *n*이 아니고 물결무늬(틸드)가 머리에 붙은 스페인어 알파벳 에네(*ñ*)를 쓴 *Piña Colada*다. 피냐콜라다는

『댄스 댄스 댄스』 전체의 분위기를 잡아준대도 지나친 말이 아닌 역할의 칵테일인데, 신기하게도 이름이 잘못 번역이 되어 몰입을 적당히 깬다. 럼과 코코넛 크림, 파인애플주스에 라임즙 정도로 재료가 간단한 데 비해 부드럽고 달콤해서 세계적으로 유명한 칵테일이건만 이렇게 이름을 틀릴 수 있다니, 솔직히 납득이 잘 가지 않는 오류인데다가 1989년 첫 번역 소개된 이후 삼십여 년 동안 수정되지 않았다는 사실까지 감안하면 살짝 놀라울 지경이다.

『댄스 댄스 댄스』의 주인공은 출장길에 삿포로의 돌핀 호텔에 투숙했다가 어떤 여자아이를 본다. 뭔가 독특한 분위기를 풍기는, 알고 보니 영매임이 밝혀지는 아이는 원래 어머니와 같이 있었지만 곧 혼자 남겨진다. 유명한 사진가인 어머니가 일에 정신이 팔려 딸이 같이 있다는 사실도 전혀 인지하지 못한 채 다음 행선지로 떠나버렸기 때문이다. 이에 주인공이 그저 어른이라는 이유만으로 졸지에 아이를 도쿄로 데려다 주는 일을 맡게 되는 바람에 둘은 안면을 튼다. 사진가인 어머니와 더불어 한물간 배우인 아버지도 있지만 둘 다 아이를 부모로서 제대로 돌보려 하지 않는다. 그래서 생판 남인 '나'에게 보육의 일부를 의뢰하고, 그 덕에 둘은 하와이로 여행을 함께 떠나면서 우정이라면 우정이랄 수 있는 관계를 맺게 된다.

그리고 피냐콜라다는 다소 놀랍게도 주인공에게 하와이의 상징처럼 각인이 되어 있다. 유키의 아버지에게 소녀와 하와이에 함께 다녀오라는 제안받자 수영과 더불어 피냐콜라다를 떠올린 것이다. 일본 버블 시대의 깜찍한 착시 현상일까? 물론 대충 보면 하와이와 피냐콜라다는 잘 어울린다. 럼에 코코넛, 파인애플까지 열대 기후의 재료를 써 만든 소위 트로피컬*Tropical* 계열 칵테일의 일원이기 때문이다. 하지만 모든 열대가 다 같지 않듯 피냐콜라다가 정확히는 하와이를 상징한다고 보기는 어렵다. 게다가 스페인 알파벳을 써 이름을 만든 피냐콜라다는 '체로 걸러낸 파인애플'이라는 뜻이다. 그렇다면 스페인어권의 열대 지역, 즉 쿠바나 푸에르토리코 같은 곳을 떠올려야 하지 않을까? 실제로도 피냐콜라다의 고향은 푸에르토리코인데, 이 책에서는 하와이의 상징처럼 자리를 잡았다. 열세 살짜리 아이에게 종내에는 피냐콜라다를 주문해 줘 음주를 조장하는 상황과 더불어 이해가 잘 안 되는 설정이다.

더군다나 하와이에는 '티키*Tiki*' 칵테일 문화가 따로 있다. 원주민 마오리족의 신화에서 최초의 인간으로 등장하는 티키는 레스토랑과 바의 스타일로 정착되어 하와이만의 고유한 식문화를 낳았다. 그 일환으로 티키 칵테일이 존재하고, 마이타이*Mai Tai*, 좀비, 정글버드 같은 별도의 칵테일 라인업이 꽤나 유명하다. 따라서 하루키의 팬이라 하더라도 굳이 하와이에서 피냐콜라다를 찾아 마셔야 할 필요는 없을 것 같다. 물론 그래도 마시겠다면 누가 말리겠느냐만, 미국 문화에 밝은 하루키가 하와이와 피냐콜라다를 짝지은 건 좀 의외의 선택이다.

다음의 칵테일은 '미도리의 술'이라 할 수 있는 보드카 토닉이다. 주인공 와타나베와 미도리는 같은 수업을 듣는 덕분에 안면을 트고, 신주쿠의 '*DUG*'라는 바에서 첫 데이트라 할 수 있는 만남을 가진다. 그리고 각자 피스타치오를 안주로 보드카 토닉을 다섯 잔씩 마신다. 보드카 토닉은 이름처럼 보드카에 토닉워터를 *1:3*의 비율로 섞어서 만드는데, 표준량을 따지자면 보드카를 *60ml* 쓴다. 따라서 두 사람이 열 잔이면 도합 *600ml*라는 적지 않은 양의 보드카를 앉은 자리에서 마신 셈이다.

보드카 토닉은 미도리가 대표하는 하루키식 여성 이분법 — 딱히 공감하지는 않지만 — 에 잘 들어맞는 칵테일이다. 하루키는 여성을 대체로 '요조숙녀'와 '말괄량이'로 거칠게 나눈다. 『태엽 감는 새』의 아내 구미코, 『국경의 남쪽, 태양의 서쪽』의 시마모토 등, 다수의 여성이 전자에 속한다. 주인공과 주로 얽히는 쪽도 이 부류다. 반면 그보다 빈도가 적게 등장하는 말괄량이로는 미도리와 더불어 『댄스 댄스 댄스』의 호텔 직원 유미요시, 『태엽 감는 새』의 메이가 있다. 그리고 시마모토와 미도리가 마시는 칵테일은 각 부류의 특성과 어느 정도는 맞아떨어진다. 시마모토의 다이키리는 셰이킹 칵테일로, 정확히 계량한 재료와 더불어 얼음을 함께 셰이커에 넣어 일정 시간 흔들어 약간 희석시킴과 더불어 온도를 낮춘다. 그리고 잔에 걸러 담는데, 이때 대체로 셰이커를 흔들었을 때 생긴 얼음 쪼가리가 들어가지 않도록 두 겹의 체를 써 걸러 잔에 담는다. 말하자면 조주 과정 자체가 일종의 정제인 것이다. (소설의 공간적 배경을 감안해 일본식 '하드 셰이크'로 다이키리를 만든다면 얼음 쪼가리가 칵테일에 남아 있을 수도 있다. 하지만 정제라는 공정의 본질은 그대로다.)

반면 미도리의 보드카 토닉은 훨씬 자유분방하다. 얼음을 담은 잔에 보드카와 토닉워터를 적당량 붓기만 하면 완성된다. 재료를 계량해도 상관 없지만 토닉워터를 더해 마신다는 선택 자체가 크게 신경 쓰지 않겠다는 제스처다. 섞기나 젓기*stirring* 같은 혼합 과정도 필요하지 않다. 그나마 조금 정성을 들인다면 썬 레몬이나 라임 조각 정도를 고명으로 더하는 수준이다(물론 즙을 짜서 더해도 좋다). 게다가 사실 보드카라는 술 자체가 워낙 흔한 데다가 무미 무취 — 물론 보드카를 즐기는 이들은 전부 다 조금씩 다르다고 강변하겠지만 — 해서 토닉워터나 레몬 및 라임의 바탕 역할을 별 투정 없이 잘 맡아준다. 마지막으로 토닉워터를 더하면 도수가 낮아지고 향은 더해지니 미도리나 와타나베 같은, 철도 씹어 먹을 수 있을 만큼 젊은 대학생들이라면 벌컥벌컥 들이키기에도 좋다.

이런 보드카 토닉은 하루키의 소설 세계 속에서 1982년에 이미 비중 있게 등장한 바 있다. 「오후의 마지막 잔디밭」에서 주인공인 십대 소년은 마지막 잔디깎이 아르바이트를 나선다. 그리고 오십 대쯤으로 보이는 주인집 여자와 술을 같이 마시게 된다. 처음에는 맥주를 입에 댔지만 주인집 여자가 마시는 보드카 토닉을 청해 함께 마시게 된다. 연하게 만들어 달라고 부탁했지만 전혀 연하지 않았는데, 주인집 여자는 소년에게 낸 것보다 더 진해 보이는 보드카 토닉을 마신다. 이처럼 독하고 레몬이 빠진 보드카 토닉이 사연과 한이 많은 주인집 여자의 깊은 고독을 상징한다는 해석도 있다.(『하루키를 읽다가 술집으로』) 여자가 주인공에게 햄과 양상추와 오이를 넣은 샌드위치를 대접하면서 죽은 미국인 남편에 대한 이야기를 하는 등, 언뜻언뜻 고독한 삶의 일면이 보이기는 하지만, 속단하기는 이르다고 본다. 무엇보다 토닉워터에 첨가된 향들이 보드카 토닉의 표정을 레몬보다 더 많이 좌우할 거라 보기 때문이다. 정말 고독함을 진하게 드러내고 싶었다면 보드카를 그냥 마시지 않았을까?

## 7. 빵

하루키의 소설 세계에서 빵은 꽤 빈번히 등장한다. 예상할 수 있듯 양식화된 식사의 핵심 요소인데, 사실 그렇지 않더라도 상관없다. 그에게는 「빵가게 습격」과 「빵가게 재습격」이 있기 때문이다. 하루키 단편소설의 대표작이라고 여겨도 무리가 없을 이 두 편은 특히 짧은 작품에서만 맛볼 수 있는 하루키만의 엉뚱함과 유머가 돋보인다. 전자에는 두 젊은 남자가 등장한다. 극심한 가난으로 늦은 밤 공복에 시달리며 사고력이 현저히 떨어졌다. 그래서 신도 마르크스도 존 레넌도 다 죽었고, 아무런 거리낌 없이 악으로 내달려도 상관없다고 여기고 빵가게를 털러 간다. 크루아상과 튀김빵, 메론빵 등을 놓고 갈등하던 유일한 손님이 드디어 퇴장하자 두 사람은 빵가게 주인을 협박한다. 주인은 귀찮다는 듯, 자신은 그들을 저주할 테니 빵을 마음껏 먹으라고 반응한다. 두 사람이 저주는 싫다고 하자 그럼 빵을 먹는 조건으로 바그너의 음악을 귀 담아 들어달라고 제안한다. 드디어 거래가 성사되어 주인이 〈트리스탄과 이졸데〉를 해설하는 동안 빵을 실컷 먹고 집에 돌아온다. 덕분에 두 사람의 마음속에서 허무함이 걷힌다.

「재습격」에서는 바로 이런 과거를 두 사람 중 한 사람이 아내에게 회상하며 「습격」의 이야기를 이어받는다. 부부는 새벽 두 시경 심한 허기에 잠을 깨지만, 냉장고에는 프렌치드레싱과 말라비틀어진 양파 두 개, 탈취제뿐이다. 그리고 거기에 맥주 여섯 캔과 눅눅해진 버터 쿠키 네 개. 부부는 맥주와 쿠키를 먹지만 이것은 '하늘에서 본 시나이 반도'처럼 두 사람의 공복에 아무런 영향을 미치지 못한다. 남편이 빵가게를 습격했던 이야기를 털어놓자 아내는 당시 습격의 파트너와 더 이상 연락하지 않는 이 상황을 저주라 규정한다. 그리고 한 번 더 빵가게를 습격해야만 저주가 풀린다고 남편을 부추긴다.

그리하여 아내가 언제부터 가지고 있었는지도 모를 산탄총마저 챙겨 빵가게 재습격을 나서지만 상황이 썩 만만치 않다. 새벽 두 시 넘어서 문을 연 빵가게가 눈에 들어오지 않는 것이다(사실 이 시각은 빵가게에게 어중간한 시각이다. 아침 손님을 노리는 가게라면 대체로 새벽 서너시 쯤에 빵을 만들기 시작한다). 하지만 저주를 풀기 위해서는 오늘, 지금 꼭 빵가게를 털어야 하는 상황. 아내의 제안에 부부는 꿩 대신 닭, 빵집 대신 24시간 영업하는 맥도날드를 찾아가 서른 개의 빅맥을 훔친다. 그리고 삼십 분쯤 달린 후 적당한 빌딩 주차장에 차를 세우고 빅맥과 콜라 — 빵만 훔치기로 했으니 따로 돈을 지불한 — 를 실컷 먹는다. 그래봐야 남편이 여섯 개, 아내가 네 개. '뒷좌석에 스무 개의 빅맥이 남아 있는 가운데' 날이 새고 영원으로 이어질 것만 같은 부부의 깊은 허기도 소멸되어 간다.

참고로 「습격」은 *1981*년, 「재습격」은 *1984*년 작이다. 하루키는 존 레넌이 살해당한 직후 빵가게를 습격하고 싶어질 정도로 삭막하고 절실한 사회 분위기 속에서 이 소설들을 썼다고 한다.

## 8. 와인

현실에서 반드시 그런 것도 아니지만 하루키의 세계에서 와인은 대개 고급 술로 분류된다. 물론 예외도 있으니, 그럴 때는 저렴한 화이트 와인을 탄산수로 희석시킨 스프리처*Spritzer*가 등장한다. 어쨌든 하루키의 술 세계에서 대세는 맥주고, 좀 더 센 술이 필요한 맥락은 위스키가 메우고 있다. 집에서 와인을 마신다면 『태엽 감는 새』의 구미코처럼 등장인물이 주도하지 않는 상황이다. 이마저도 사실 '와인 잔 같은 세련된 것은 없으니, 근처 술 가게에서 받은 조그만 맥주잔으로 대신'해 마시는 상황이다.

그리하여 와인은 가정의 환경에서는 빠지고 레스토랑에서 가치와 분위기를 강화해 주는 역할을 맡는다. 그리고 이는 물론, 맥주와 위스키의 입지 때문에 밀린 것 같기는 해도, 와인이 꼭 필요한 제 자리이기는 하다. 양식에서 와인이란 *12*도 안팎의 알코올 도수가 자아내는 적절한 수분과 부피, 신맛과 타닌 등의 쓴맛이 잡아주거나 북돋워 주는 음식 맛의 균형 등으로 음식에 반드시 필요한 요소이기 때문이다.

달리 말해 와인 없이는 양식의 맛이 완성되지 않고, 하루키가 그걸 모를 리 없으니 적절하다 싶은 상황에는 와인이 꼭 빠지지 않고 등장한다. 다만 하루키식으로 통제가 잘되고 있어서 와인의 정체성이 적나라하게 드러나지는 않는다. 일단 작품을 쭉 읽다 보면 아무래도 레드보다는 화이트 와인의 존재감이 좀 더 두드러지는데, 이는 아무래도 작가 자신의 식성을 어느 정도 반영한 느낌이다. 하루키의 담백한 식성은 『밸런타인데이의 무말랭이』(제목부터 시사하는 바가 있다) 등의 에세이나 『먼 북소리』 등, 소설 외의 작품에서 골고루 드러난다. 그는 두부나 무말랭이 조림, 채소와 생선을 좋아하고, 스카치위스키와 함께 먹기도 하듯 굴을 즐긴다.

하루키는 향이 강한 중식, 라멘 등을 싫어하고 육류도 어린 시절부터 익숙한 쇠고기 스테이크를 빼놓고는 잘 먹지 않는다(『하루키를 읽다가 술집으로』). 그렇다면 화이트 와인을 더 좋아할 가능성이 높고, 그 가운데서도 대세라 할 수 있는 샤블리가 하루키 소설 속 화이트 와인일 것이다. 샤블리는 프랑스 부르고뉴의 지역 명칭으로, 화이트 와인에서 다수의 지분을 차지하고 있는 샤르도네 품종으로 빚은 와인이다. 그만큼 유명세가 만만치 않지만 많은 이들이 최고라 굳게 믿고 있는 샤블리와 굴의 짝짓기는 이제 뉴질랜드 소비뇽 블랑의 등장으로 인해 주도권을 적당히 넘겼다는 사실만 짚고 넘어가자.

한편 존재감을 드러내는 레드 또한 같은 부르고뉴 지방의 대표 품종 피노 누아다. 껍질이 얇고 민감해 손이 많이 가는 품종으로 알려진 피노 누아는 레드 와인 치고도 보디*body*가 굵지 않고 굉장히 섬세하다. 따라서 가격의 진입 장벽도 다른 품종에 비해 높은 편이고 맛있는 한 병을 찾기도 까다롭다. 그런 까닭에 『태엽 감는 새』에서 마음의 병을 치료해주는, 그래서 부를 축적한 너트메그 같은 인물이 딱 1회전만 손님을 받는 단골 레스토랑에서 마실 만한 품종이다. 한편 『스푸트니크의 연인』에서도 와인 수입상 뮤와 스미레가 이탈리아와 프랑스의 와이너리를 순회하던 중 부르고뉴의 야외에서 '꿈처럼 달콤한' 레드 와인을 마신다. 와인 품종 같은 건 절대 명시되어 있지 않지만 부르고뉴 지방이므로 피노 누아가 아니래야 아닐 수가 없는 설정이다.

## 9. 커피

하루키의 커피는 조용하다. 빈번히 등장하지만 존재감이 그리 크게 느껴지지 않는다. 따지고 보면 커피가 그렇다. 맛만큼이나 사회적인 성격을 지닌 음료이므로 일상의 틈새에 조용히 자리 잡고 있는 경우가 대부분이다. 그래도 하루키의 커피 선택은 궁금하다. 과연 그는 커피를 어떻게 만들어 마실까? 적어도 한국어로 번역된 그의 작품 속에서 커피는 대체로 동사 '끓이다'와 짝지어진다. 일견 자연스러워 보이지만 그렇지 않은 부분도 있다. 커피는 사실 열매의 씨앗을 구워 맛과 향의 화합물을 끌어낸 다음, 그 정수를 뜨거운 물로 추출해 마시는 음료다.

이런 커피의 특성을 이해하고 나면 '끓이다'라는 동사는 사실 동결 건조 즉석커피에나 가까스로 이어질 수 있다는 점을 깨닫게 된다. 원두를 쓴 커피라면 '내리다'가 짝이다. 과연 하루키가 즉석 동결 커피를 마셨을까? 그의 작품 세계 등장인물들에게 그런 커피를 '끓이고' 만들게 내버려 두었을까? 아무리 생각해 봐도 그럴 것 같지 않다는 단서들이 소설 세계 전반에 흩어져 있다. 일단 『태엽 감는 새』에서 '내리다'라는 동사와 더불어 커피 원두가 등장해 호기심을 해소시켜 준다.

한편 『댄스 댄스 댄스』에는 대놓고 인스턴트커피를 정크푸드라고 혐오하는 장면도 등장한다. '나'는 고등학교 동창이자 배우인 고탄다와 함께 그의 집에서 술을 마시다가 매춘부 메이와 섹스를 한다. 그리고 헤어질 때 명함을 건네는데, 하필 메이가 살해된 가운데 유일하게 발견된 물품이 바로 그 명함이라 경찰의 집요한 심문을 받는다. 고탄다의 사정을 감안해야 해서 메이를 만난 사실을 부정하니 심문은 길어지고, 그 과정에서 먹는 온갖 끔찍한 식사와 더불어 인스턴트커피가 등장한다. 이 장면에서 커피를 제공하는 형사 '문학(별명)'은 소설의 결말부에서 '나'와 다시 한번 마주치는데, 그가 커피에 '설탕 세 스푼과 크림'을 더하는 취향을 보여줌으로써 작가는 그에게 경멸의 감정을 드러낸다.

참고로 일본의 커피는 나름의 세계를 아주 확고하게 지켜오고 있다. 개항에 비하면 커피가 대중화된 건 생각보다 늦은 1910년 이후이다.* 브라질 정부가 남아도는 생두를 일본에 무상으로 공급하게 된

* 「한 모금의 우연-커피 문화의 갈라파고스, 일본」, https://www.kyobostory.co.kr/

덕분이었다. 이렇게 발걸음을 내디딘 일본의 커피 문화는 강배전, 즉 콩을 오래 강하게 볶아 신맛을 거의 없애고 쓴맛을 내세워 한약처럼 진한 커피가 지배하고 있다. 추출방식은 플란넬(융)을 활용한 드립 커피가 대세다. 요즘은 상큼한 신맛이 살아 있는 에스프레소 중심의 중배전 커피 또한 찾아 마실 수 있지만, 대체로 20세기의 분위기를 풍기는 고풍스러운 킷사텐에서는 한약 커피를 피해 갈 수 없다.

## 10. 감자 샐러드

하루키 소설 세계 음식의 열 번째 마지막 주자로는 감자 샐러드(ポテトサラダ)를 골랐다. 엄청난 존재감을 드러내지는 않지만 근현대 일본식 양식의 대표라 믿기 때문이다. 푹 삶은 감자를 으깨어 당근, 오이 양파 등을 더하고 마요네즈와 머스타드, 설탕과 식초, 소금으로 맛을 내는 일본식 감자 '사라다'의 독특한 맛의 비밀은 마요네즈가 쥐고 있다. 감자 샐러드는 원래 19세기 일본이 개항하면서 유입되었는데, 당시에는 소금과 식초, 올리브유 등으로 맛을 낸 것이었다. 그러다가 1925년 일본에서 마요네즈를 생산하기 시작하면서 지금의 형식과 맛으로 자리를 잡았다.* 이 마요네즈가 오늘날에도 최고의 제품으로 부동의 자리를 지키고 있는 큐피*Kewpie*다.

contents.do?seq=1142

* <일본의 요리를 만들어 보자! 포테토 사라다>, https://www3.nhk.or.jp/nhkworld/ko/radio/cooking/20140124.html

*

이렇게 하루키 소설 속의 음식 세계를 살펴보았다. 끝내고 나니 묵은 질문이 불현듯 고개를 든다. 하루키는 노벨 문학상을 타게 될까? 이 책을 작업하면서 2022년과 2023년, 두 해의 노벨문학상을 지나쳤다. 하루키는 2022년에는 유력 후보로 언급되지도 않았고, 2023년에는 언급이 되었지만 가능성이 낮은 후보로 분류되었다. 결과가 나온 뒤에는 또 상을 타지 못했다며 '하루키의 굴욕'이라는 표제로 기사가 나오기도 했다.

나는 이런 예상이며 기사를 접할 때마다 매우 의아해진다. 지극히 개인적이면서도 지역색을 상당 부분 의도적으로 회피하는 하루키가 노벨 문학상을 탈 것이라 생각해본 적이 없기 때문이다. 물론 그렇다고 해서 하루키의 작품 세계에 의미가 없다는 말은 아니다. 다만 그의 지향점이 다른 곳을 향하고 있음을 노골적으로 드러내고 있는데도 굳이 그를 노벨 문학상 같은 틀에 끼워 맞추는 게 무슨 의미가 있겠느냐는 이야기다. 하루키는 이미 이룰 만큼 이룬 소설의 대가다. 따라서 내가 즐겨 읽든 그렇지 않든, 지금껏 그가 사십여 년에 걸쳐 구축해 놓은 세계의 가치가 노벨 문학상의 유무로 극적인 변화를 겪어야 한다고도 믿지 않는다. 좋든 싫든, 하루키는 하루키니까.

# 4



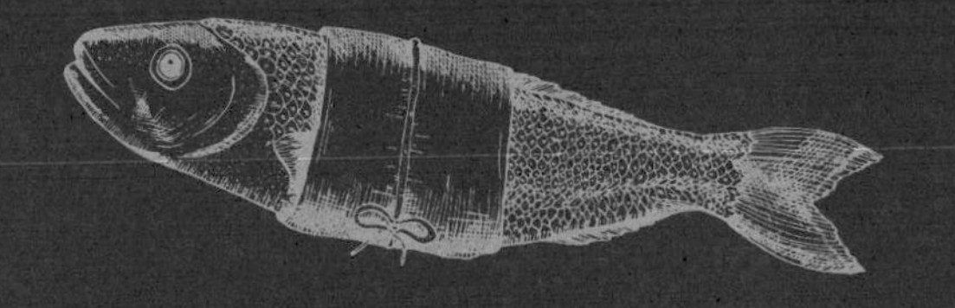

*Chapter 12*

# 『82년생 김지영』과 성차별로 차린 밥상

『82년생 김지영』은 보통 여자에 대한 이야기다. 아, 그럼 뭐 특별한 게 없겠네. 그런 생각을 했다가는 공감 능력 부족의 나락으로 떨어져 버린다(물론 남자의 경우 이미 그 바닥에서 오랜 세월 허우적대고 있을 가능성이 높지만). 그 보통과 평범함이, 사실 엄청난 불행과 고통의 굴레이기 때문이다. 말하자면 거의 모든 여성이 평범함을 가장한 차별로 고통받고 있다. 서울에서 인문대를 졸업하고 광고 기획사에 다니다가 임신과 동시에 퇴사해 경력이 단절되어 버린 82년생 김지영 씨는 어느 날부터 빙의를 겪기 시작한다. 뜬금없이 친정어머니나 남편의 옛시절 여자친구가 되어 그들 마음속의 말을 내뱉는 것이다. 아이고 사부인, 사실 우리 지영이 명절마다 몸살이에요. 너, 내가 아직도 한여름에 덜덜 떨면서 고백하던 스무 살 차승연으로 보이는 거야?

배우자인 남편은 김지영의 빙의에 놀라고 대책을 찾으려 시도하지만 소극적이다. 그저 자기 혼자 정신과에 가보는 게 전부다. 빙의의 순간을 기억하지 못하는 김지영에게 사실을 말해 주고 끌고서라도 병원에 데려가야지! 하지만 그러지 않는다. 단숨에 동영상을 찍을 수 있는 스마트폰도 가지고 있겠다, 빙의한 순간을 당사자에게 보여주기라도 하면 될 것을. 왜 소극적일까? 이 지점에서 남자들은 상황을 이해하지 못하고 있을 가능성이 높다. 여성이 한국 사회에서 태어나 겪는 불행과 고통의 굴레를 제대로 감지하지 못하기 때문이다. 그런 남자들을 위해 작가는 김지영의 삶을 도구 삼아 차근차근 하나씩 짚어준다.

초등학교에 입학한 김지영은 여자라는 이유만으로 번호가 후반부로 밀린다. 남성이 1번부터 차지하는 유구한 전통 때문이다. 나도 이 대목을 읽고 속으로 움찔했다. 맞아, 그랬는데 나도 이유에 대해서 궁금해하지 않았지. 그냥 원래 그런 것이라고 생각했지. 주민등록번호 뒷자리도 남자가 1과 3으로 시작하건만 역시 의식하지 못하고 살아왔다. 면구스러웠다. 바로 그 '원래 그런 것'이 여성들의 삶을 옥죈다. 초등학교에서 자신을 괴롭히는 남학생 때문에 힘들어하자 남자도 아닌 여자 선생님이 '다 너한테 관심이 있어서 그러는 거야'라고 할 뿐 적극적인 대처에 나서지 않는다. 너무나도 안타깝지만 여성이 여성의 마음을 헤아리지 못하는 사례는 이게 전부가 아니다. 김지영의 할머니는 자신이 여성이면서도 손녀들보다는 손자인 막내를 더 챙긴다. 며느리가 딸을 낳으면 아쉬워했고, 김지영까지 둘을 연속으로 낳자 고깝게 여겼다. 그래서 김지영의 어머니는 혼자 병원에 가서 낙태를 한 끝에 터울이 많이 나는 남자애를 낳는다.

이렇게 낳은 손자를 할머니는 특별 대우하고, 어린 지영과 언니 은영도 금방 낌새를 챈다. 그래서 고소하니 맛있는 아기 동생의 분유도 맛보기를 포기한다. 할머니가 보이는 태도가 '치사해서', '감히' 귀한 내 손자 것에 욕심을 낸다고 여기는 것 같아서 먹을 마음이 싹 가셔버린 것이다. 게다가 지영과 은영이 손을 놓고 사는 것도 아니라서, 둘은 자라면서 막내 남동생의 육아 의무를 상당 부분 나눠 짊어지게 된다. 형만 하나 있어서 이런 세계를 잘 모르고 자란 나는 성인이 되어서야 이런 이야기를 듣고 놀랐다. 그러니까 누나들이 남동생의 기저귀를 갈아주며 키우는 거구나.

이처럼 먹을 것을 놓고 벌어지는 차별은 굉장히 흔하다. 어찌 보면 음식과 요리는 성차별이 가장 흔하게 일어나는 분야다. 일단 여성이 자발적으로 선언한 바도 없는데 조리를 비롯한 가사 노동의 주체라고 인식되는 현실이 그렇다. 왜 밥은 여성이 해야 하는가? 흔히 모성이나 손맛 따위를 들먹이지만 설득력은 없다. 비단 물리적인 행위뿐 아니라 자신의 식생활 전반을 뚫어보고 운영하는 조리 능력은 성별에 관계없이 모두에게 중요하지만, 마치 여성의 능력이나 미덕인 양 인식하도록 사회가 압박을 가한다. 대학 후배 가운데 김지영의 가정처럼 누나 둘 아래의 막내아들이 있었는데, 어머니와 할머니가 그를 부엌 근처에도 얼씬거리지 못하게 했다는 이야기가 널리 알려져 있었다. 이런 경우가 내 후배만의 이야기는 아니리라 믿는다.

한편 어른이 대놓고 차별하거나 소위 '양보'라는 명목으로 나이에 상관없이 남성에게 주도권을 쥐여준다. 김지영의 가정에서는 라면을 가지고도 그런 일이 벌어진다. 어머니와 삼 남매가 저녁으로 밥과 함께 먹기 위해 라면을 세 개 끓이는데, 식탁에 놓기가 무섭게 막내인 아들이 제 몫부터 양껏 챙긴다. 어머니는 항의하는 두 딸에게 아들이 그저 막내이기 때문에 관용을 베풀어야 한다는 식으로 이야기한다.

이 대목을 읽는 순간 어린 시절의 기억이 떠올랐다. 할머니는 명절마다 가족이며 누군지도 모를 손님들을 잔뜩 치르느라 몇 날 며칠 밤을 새워 음식을 준비했다. 하지만 당신은 내 기억에 제대로 된 식사를 한 적이 없다. 부엌에 서서 남은 음식을 먹거나, 상에 밥을 차려도 밥공기를 꼭 손에 쥐고 식사를 했다. 남자 따로, 여자 따로 먹도록 상이 차려졌으며 오르는 음식도 달랐다.

하나뿐인 며느리였던 내 어머니의 팔자도 똑같았던지라 나는 아주 어린 시절부터 명절이면 상반된 감정을 품곤 했다. 음식을 좋아하니까 즐겁게 먹지만, 이걸 많은 걸 왜 할머니와 어머니 두 사람이 짊어져야만 하는 걸까? 물론 남자들이 아무 일도 안 하는 건 아니었다. 밤을 깎는 등의 자질구레한 일들이 그들에게 돌아가긴 했지만, 지영의 남편인 대현의 표현과 똑같이 '도와주는' 수준이었다. 여자를 이끌기를 자처하는 남자들 중 그 누구도 부엌에서만은 여자들에게 주도권을 떠넘겨버리고 만 것이다.

그 어렸을 때 느꼈던 감정을 떠올리며 글을 쓴 적이 있다. 밥에 대한 이야기를 써달라고 했을 때 덜컥 떠오른 기억을 정리한 것이다.

아무리 생각해도 이곳이 자리인 것 같아서 이 글을 가져와 본다. 나도 남자이기 때문에 태생적인 한계가 있을 테고, 본다고 해봐야 외부인의 시각일 수밖에 없을 것이다. 하지만 그래도 내가 보고 느끼는, 밥을 둘러싼 여성의 삶을 기록 및 정리해 보고 싶었다.

## 삶으로 지은 밥

아이는 먹고 또 먹었다. 끼니 사이에 소고기 뭇국 한 대접에 밥을 말아 싹 비우고는 괜히 산적을 한 개 집어 은박지에 싸서 마당의 연탄불에 올렸다. 차가우니까 데워 먹겠다는 심산이었다. 괜찮은데. 몇 분 후 김이 올라오는 산적을 먹고는 마음에 들어, 또 한 개를 은박지에 싸서 불에 올렸다. 이번에는 별 이유도 없이, 파내어 말린다고 옆의 채반에 널어놓은 호박씨 여남은 개를 까서 산적 위에 올렸다. 지글지글, 은박지 안에서 기름 익는 소리가 들렸다. 들어오거라. 남자의 목소리가 안방 미닫이문을, 마루를 넘어 마당의 아이에게 들렸다. 산적을 그대로 두고 미닫이문을 열어보니 방 끝까지 이어 붙인 세 점의 상에 이십 명 정도의 노인들이 자리 잡고 앉아 있었다. 전부 남자였다. 뭐 하냐, 얼른 절하지 않고. 얘가 말이유, 전교 1등이유. 손자의 숙인 고개와 등 위로 난데없는 박수가 쏟아졌다. 전교 1등은 한 번도 해본 적 없는데. 어리둥절한 아이는 그저 속으로만 생각했다.

그러는 사이 부엌과 연결된 미닫이문으로는 쉴 새 없이 음식이 들어갔다. 반 층 낮게 안방에 딸린 공간이라 낮은 곳으로 임하소서, 라는 성경 구절이 절로 떠오르는 부엌은 집의 다른 모든 공간과 달리 형광등이 아닌 알전구가, 그것도 달랑 한 개 달려 있었다. 돼지 반 마리쯤은 너끈히 삶아낼 수 있을 만치 커다란 가마솥이 딸린 아궁이를 빼면 여자 둘이 간신히 움직여 가며 음식을 만들 정도로 좁았건만, 부엌 전구는 너무나도 희미해 어느 것도 제대로 밝히지 못했다.

바로 고개만 넘으면 친정인데도 할아버지가 가지를 못하게 했다는 거 아니냐. 물어보았는데 안 된다고 그랬냐고? 그럴 리가 있냐, 아예 물어보지도 못했지. 어떻게 물어봐. 가라는 말이 없으니까 못 가는 거야. 일은 끝이 없지, 니들은 기저귀도 제때 못 갈아줘서 울고 난리가 나고 일은 끝도 없고 손은 할머니랑 나랑 둘밖에 없고.

덕분에 음식이 미닫이문을 넘어 끝도 없이 들어갈 수 있었다. 단 두 사람에 의해서. 종류도 많고 먹일 입도 많았으니 끝없이 들어갈 수밖에 없었다. 그런데 이 노인들은 대체 누굴까? 왜 남자들만 한데 앉아서 밥을 먹을까. 남자라고 그 사이에 끼어 밥을 먹으면서 궁금했지만 아이는 물을 수가 없었다. 이미 당신이 담근 밀주에 불콰해져 허허허, 너털웃음을 섞어가며 노인들과 대화를 나누는 남자야 애초에 꿈도 꿀 수 없었고, 역시 상에 한 자리 차지하고 앉은 남자의 아들 또한 시골집에서는 언제나 시한폭탄 같은 존재였으므로 섣불리 건드리지 않는 게 현명한 처사였다.

누군지도 알 수 없는 손님치레는 대체로 명절 이틀째에 벌어지는 일이었고, 이는 이미 명절 당일 아침 차례상 위에서 피할 수 없는 분쟁이 크게 한 차례 쓸고 지나갔음을 의미했다. 대체 무엇 때문에? 무엇이든 분명히 있기는 했겠지. 하지만 헤아릴 요량이 없었으므로 아이는 그저, 모이면 싸우는 거구나. 가족은 싸우는 사람들이구나, 라고밖에 생각할 수 없었다. 그토록 부지런히 싸웠고 때로는 어렵게 구한 기차표가 무색하도록 내려온 지 단 몇 시간 만에, 저녁상을 채 물리지도 못한 채 그대로 일어나 올라왔던 적도 있었다.

너를 그냥 놓고 가고 싶었겠냐. 애들은 못 데려간다고 했으니 어쩔 수 없이 맡긴 거지. 데려갔다가는 안 돌아올까 봐 그랬겠지. 사실은 이태쯤 거기 맡겨져서 살기도 했다. 망태를 멘 넝마주이가 돌아다니고 마음대로 밖에 나가면 '문둥이'가 잡아간다고 하여 거의 집 안에서만 맴돌던 세월이었다. 몰래 나가면 되지 않았느냐고? 분명히 그런 적도 있기는 했을 테지만, 어른들이 집을 비울 때면 문은 밖에서 잠그는 게 원칙이었다. 나가고 싶어도 나갈 수가 없었다. 그래서 좀 더 자란 뒤 명절이면 듣던 이야기처럼 '바로 고개만 넘으면 외가가 있었는'데, 갔던 기억이 거의 나지 않았다.

이러니 명절에 한 번 볼까 말까 한 노인들의 실체를 어찌 파악하겠는가. 게다가 실체 같은 건 전혀 중요하지 않았다. 중요한 건 남자와 친분이 있는 이들이었으며 그러므로 남자였다는 사실 하나뿐이었다. 그 사실 하나만으로 여자와 며느리는 낮은 곳으로 임해 쉴 새 없이 만들어 미닫이문 너머로 날라야만 했다. 만드는 여자 둘은 과연 밥을 먹기는 했을까? 역시 잔뜩 모인 노인들의 실체만큼이나 헤아릴 수 없는 일이었다. 음식이 쉴 새 없이 들어가고 술잔이 몇 순배 돌아 불콰해진 너털웃음이 최고조에 달하고 나면 식혜와 수정과가 담긴 유리 사발이 이미 종지와 공기와 대접과 주발로 가득 찬 상 위에 어떻게든 자리를 잡아야만 했으며, 그것까지 끝나고 나면 그 모든 것, 종지와 공기와 대접과 주발 그리고 수저에 식혜와 수정과가 담겼던 유리 사발이 다시 쉴 새 없이 미닫이문을 넘어 퇴장해야만 했기 때문이다.

좁디좁은 부엌에 종지와 공기와 대접과 주발, 수저에 유리 사발까지 쌓이면 두 여자는 갈수록 궁지에 몰렸을 테니 과연 허기를 느낄 겨를이나 있었을까. 세월이 흘러 자기 부엌과 식탁의 주인이 되고 나서야 아이는 깨달았다. 그 좁은 공간에서 부대끼며 쉴 사이 없이 일하고 간을 보다 보면 허기를 채우기 위한 운신의 폭 또한 바늘구멍만큼이나 좁아져서 뭔가 먹어야만 하겠다는 자각조차 못 할 수 있다는 것을. 게다가 유일하게 두 여자의 식사를 확인할 수 있는 순간마저도 사정은 좋지 못했다. 아니, 두 단계에 걸친 나름의 압박이 상존하는 자리였다.

일단 남성과 여성이 다른 상에서 밥을 먹었다. 두 성별의 수가 설사 같더라도 남성을 위해 지정된 상이 더 크고 넓었다. 그렇게 여유로운 공간에서 남자들은 여유롭게, 이야기도 나눠가며 먹었다. 반면 여성에게는 여유라는 게 없었다. 상이 좁아서? 그렇기도 했지만 언제나 부엌에 남아 있는 과업 때문이었다. 남자를 먹이기 위해 절대 꺼지지 않는 불 위에서 늘 무엇인가가 항상 끓고 있기 때문에 몸도 마음도 절반은 밥상에, 나머지 절반은 부엌에 걸어 놓은 채로 먹어야만 했다.

그래서였을까. 열아홉에 시집와서 부엌의 주인을 맡았다는 여자는 절대 상 위에 밥공기를 올려놓은 채로 식사하지 않았다. 어머니, 그렇게 밥공기 손에 두고 드시지 말고요, 상에 올려 두고 편하게 드세요. 제가 얼른 먹고 가서 볼게요. 그래도 여자는 요지부동, 절대 밥공기를 상에 올리고 먹지 않았다. 한술 더 떠 멀쩡한 명절 음식에는 손을 대지 않고 며칠 전에나 밥상에 머물렀다가 지나갔을 법한 남은 것들을 주섬주섬 들고 와 일단 당신 앞 바닥에 널어놓고 먹었다. 공간이 모자라면 상에도 걸쳐 놓았지만, 남은 음식이 여남은 가지가 되는 것도 아니니 드물게 벌어지는 일이었다.

아니야, 괜찮아. 어린 그마저도 알고 있기는 했다. 사실은 전혀 괜찮지 않다는 것을. 그 집에 맡겨져 이태를 사는 동안 그는 거의 매일 소리를 들었다. 언어이긴 했지만 오로지 소리로만 남은 기억이었다. 실제로 내용을 알아들을 수 없어서 그랬기도 했다. 시작은 언제나 새벽녘의 에이엠 라디오가 맡았다. 채 해가 뜨지 않은 시각이면 어둑함을 타고 상 세 점을 이어 붙여 손님을 받을 수 있을 정도로 긴 안방 한구석에서 입을 가장 먼저 여는 게 바로 라디오였다. 남자의 낮고도 명료한 방송용 목소리가 슬금슬금 방을 채우기 시작하면 곧 그 바로 위에 다른 소리가 얹히기 시작했다. 여자가 방의 차가운 윗목에서 등을 돌리고 앉아 내는 웅얼거림이었다. 높낮이도 없었으며 시작되는지도 모르고 라디오의 목소리를 타고 스멀스멀 삐져나와 함께 방을 채우다가 또한 언제 끝나는지도 모른 채 잦아드는, 말 아닌 소리였다. 대상인 남자는 아랫목에 앉은 채로 웅얼거림을 흡수하다가 종종 짧게 뚝뚝 끊어지는 고함으로 맞받아쳤다. 그는 적어도 해가 뜰 때까지, 그래서 두 양반이 서로 얼굴을 알아볼 수 있을 만큼 밝아져 소리내기를 멈출 때까지 그저 눈을 감고 자는 척만 했다.

그렇게 싸우시는지 우리가 어떻게 알았겠냐, 알면 너를 안 보냈지. 더 자란 뒤에서야 그런 말을 듣기는 했지만 정말 몰랐는지, 아니면 알아도 선택권이 없었는지는 알 수가 없었다. 가족은 싸우는 사람들이니까. 그러니까 결혼을 잘못한 거여. 세월이 더 흐르고 북가좌동 버스 종점에서도 굽이굽이 걸어 들어가는 골목 어딘가의 좁은 반지하집으로 자의인지 타의인지도 모를 이사를 와서는 역시 공기를 밥상에 올리지 못한 채 손에 들고 먹던 여자가 그 새벽녘의 시작도 끝도 없는 웅얼거림보다는 훨씬 더 또렷하고 명료하게 넋두리를 했을 때, 남자는 못 들은 채 수저를 바쁘게 놀리기만 했고, 아들과 며느리는 웃음 지으며 대수롭지 않은 듯 넘기려고 애를 썼다. 이제 와서 그게 무슨 말씀이세요, 어머니. 이제라도 두 분 잘 사시면 되지. 그으으 짜알븐 만남에에 새애앵긴 사랑이이. 청량한 햇살이 비집고 들어오던 반지하 창가에 올려놓은 라디오에서 딱따구리 트리오의 노래가 흘러나왔던 추석이었다.

에휴, 어머니도 참. 골목길을 굽이굽이 걸어 나와 버스 종점이 눈앞에 보이기 시작하자 며느리는 혼잣말처럼 한마디 뱉었다. 남편, 즉 남자의 아들의 귀에는 들어가지 않지만 아이의 귀에는 딱 들어갈 만큼 크고 명료한 혼잣말이었다. 물론 아이는 듣고도 대꾸하지 않았다. 어차피 혼잣말이기도 했거니와 손에 들고 있는 음식 보따리가 만만치 않아 겨를도 없었다. 북가좌동의 좁은 반지하집에서조차 명절 이튿날이면 어김없이 들이닥쳤던 남자 노인의 무리를 위해 준비했다가 남은 무엇인가였다. 뜯어보면 전이고 떡이고 곶감이겠지만 어차피 먹지 않을 것이라 구분할 필요는 없었다. 다행스럽게도 바뀐 집만큼 손님의 규모가 작아져 잘해봐야 여남은 명이었으며, 불러서 절을 시키지도 않았고 숙인 고개와 등 위로 '얘가 말이유, 전교에서 1등이유' 같은 흰소리도 없었지만, 여전히 여자는 만들기만 했고 남자는 먹기만 했으니, 그렇게 남자에게 밥을 먹이는 데 여자는 평생의 삶을 소진해야만 했다.
그나마 남자의 삶이 먼저 끝났다는 점이 밥을 둘러싸고 몇십 년에 걸쳐 벌어진 비극의 유일한 위안거리였다. 낮은 곳에 임한 부엌의 미닫이문을 통해 하루 세 끼 따뜻한 밥과 국, 서너 가지 다른 김치와 두세 가지 다른 게장을 평생 받아먹기만 했던 남자는 그런 밥상을 포함한 온갖 종류의 막대한 건강 유지의 노력에도 불구하고 갑자기 쓰러진 뒤 칠십대를 넘기지 못하고 세상을 떠났다. 하필 기일이 아들의 생일이라 '장남 생일상까지 빼앗아 먹으려는 식탐 많은 양반'이라는 뒷말을 들었다. 아이고, 우리 아버지 돌아가셨네. 어쩌면 좋아아아. 아이고오오오. 염습하는 자리에서 가장 큰 소리로 울었던 딸은 사실 정말 손바닥만 하게 남아 있던 아버지의 땅뙈기를 예전에 빌려드린 돈이 있다며 가져간 이였다. 아니야, 싫어. 선산에 남자를 묻을 때 자식들의 합장 권유 — 언제일지도 모를 미래에 벌어질 — 에 완강하게, 그 어떤 때보다 또렷하고 명료한 말투로 거부했던 여자는 이십 년 가까이 어딘가에 머물며 남이 해주는 밥을 먹다가 아흔이 넘어서야 세상을 떠났다. 그가 남이 해주는 밥을 먹을 때는 아무도 그가 공기를 상에 두었는지 바닥에 두었는지 확인하지 않았다. 밥을 짓기만 했던 여자나 받아먹기만 했던 남자나 마지막 가는 길의 상에는 육개장이 올랐다. 짓기만 했든, 먹기만 했든 스티로폼 일회용 그릇에 담겨 나오는 밍밍한 육개장이 성에 찰 리 없을 것 같았지만 선택권은 없었다. 둘 중 누구를 위했든, 조문객이 비운 국그릇에는 점점이 번진 기름 얼룩이 선명하게 남았다. 내내 받아먹기만 했던 남자에게는 식탐의 오점 같은, 지어 내기만 했던 여자에게는 피와 땀 같은 얼룩이었다. 어느 쪽이더라도 지워지지 않는, 지울 수 없는 얼룩이었다.

*

김지영의 이야기는 상당 부분 예측할 수 있는 방향으로 흘러간다. 성장할수록 알게 모르게 남자를 우선시하는 사회의 분위기는 김지영을 비롯한 소설 속의 여성들을 죄어온다. 언니는 공부를 잘했음에도 *IMF* 탓에 설득당해 타의로 지방 교대에 지원한다. 여자는 그래도 된다는 사회의 암묵적인 합의 탓이다. 그나마 언니는 첫째이므로 모두가 나쁜 쪽으로라도 관심이나 기울였으니 다행이었달까? 김지영에게는 그런 관심도 주어지지 않아 적당한 선택이 이루어진다. 그저 적당한 학교의 적당한 과에 진학하게 된 것이다. 그리고 4년, 졸업을 하는 딸에게 김지영의 아버지는 '넌 그냥 얌전히 있다 시집이나 가'라고 말한다.

그런 말에 운명이 반기라도 들어준 듯, 지영은 숱한 불합격 끝에 홍보 대행사에 합격하지만 사실 운명은 지영을 도운 게 아니었다. 더 예측 가능하지만 끔찍한 삶의 궤도를 지나게 하여, 여성이기 때문에 겪는 고통을 가중시킨다. 지영은 어렵게 들어간 직장에서도 결혼하고 아이를 가지면 그만두기나 할 미혼 여성이라는 이유로 제대로 기회를 가지지 못하고, 결국은 임신과 출산을 거치며 회사를 그만둔다. 시부모의 아이 압박에 진짜로 임신을 해서 원인을 없애버리자고 제안한 남편은 이 모든 상황 속에서 주인의식을 발휘하지 않는다. 끝까지 자신이 많이 '도와주겠'노라고만 대응할 뿐이다. 지영이 임신과 출산을 통해 종내에는 경력까지 단절되어 버렸다는 사실 또한 크게 의식하지 않는다.

여자들이 이렇게 살아가고 있는데 남자들은 너무 모른척한다. 『82년생 김지영』은 너무나도 뻔한 이야기이지만 그렇기 때문에 참을 수 없을 정도로 끔찍하다. 뭐랄까, 차분하게 이야기를 정리하기가 괴로울 정도로 끔찍하달까. '넌 그냥 얌전히 있다 시집이나 가'라고 말하는 아버지에게 지영의 어머니는 흥분해 딸꾹질까지 해대며 '지영아, 너 얌전히 있지 마! 나대! 막 나대! 알았지?'라고 기운을 북돋워

주지만, 안타깝게도 그런 순간은 오지 않는다. 이제는 그런 순간이 올까? 지영의 딸, 지원이의 세대에는 여성들이 마음 놓고 그럴 수 있을까?

Chapter 13

# 『노인과 바다』, 또는 노인을 위한 참치는 없다

날생선을 잘 못 먹는 초등학교 5학년은 입맛을 다시며 『노인과 바다』를 읽었다. 특히 노인이 다랑어를 잡아 즉석에서 회를 쳐 먹는 장면이 압권이었다. 나도 모르는 사이 입에 침이 담뿍 고였다. 바다에서 갓 잡은 물고기는 대체 얼마나 맛있을까? 찰나 직전까지 바다에서 자유로이 헤엄치던 물고기만이 품을 수 있는 극상의 싱싱함이 나는 정말 궁금했다. 그러나 노인처럼 어부나 뱃사람이 아니고서야 그런 싱싱함을 맛보기란 쉬운 일이 아니다. 바다는 무서우니까. 무엇이든 삼켜버리고도 아무 일도 없었다는 듯 시치미를 뚝 뗄 수 있으니까.

그런 바다에 노인은 쪽배를 끌고 홀로 나서 참치를 잡는다. 그야말로 먹고살아야 해서. 한참 허탕을 친 끝에 생애 최대라고 할 수 있는 참치를 낚지만, 바닷것은 그대로 잡혀갈 수 없다는 듯이 피를 흘리고, 그 냄새를 맡고 상어들이 쫓아온다. 뭍은 멀고 노인은 이미 힘이 빠져 있다. 과연 참치를 뜯어 먹히지 않고 뭍까지 무사히 가져갈 수 있을까? 중요한 이야기는 참치를 잡고 나서야 본격적으로 펼쳐지는 헤밍웨이의 소설 『노인과 바다』다.

바다에서 갓 잡은 물고기의 맛이라. 아무나 누릴 수 없는 것이므로 보통 사람들은 차선을 선택한다. 바로 활어회다. 바다로 나가지 않는 게 나을 이들을 위해 싱싱함을 최대한 모사하려 하지만, 그렇기 때문에 활어회는 끔찍하다. 물고기는 자신의 안녕을 위해서가 아니라, 먹는 인간이 안심할 수 있는 수준까지만 살아 있다. 숨을 끊는 순간이 바로 우리의 눈앞에서 벌어진다는 점을 확인하기 위해서 억지로 살려둔다. 바다에서 도시 한복판의 수조에 닿기까지 억지로 죽음을 유예한 물고기가 맛있을 리 없다.

헤아려 보면 노인의 다랑어라고 크게 달랐을 것 같지는 않다. 물론 바다에서 갓 낚아 올렸으니 싱싱함의 차원에서는 감히 견줄 수 없겠지만, 활어회의 단점은 가릴 수 없었을 테니까. 동물은 죽으면 사후강직이 일어나 뻣뻣해진다. 인간도 그렇고 물고기라고 피해 갈 수 없다. 따라서 죽이자마자 먹는 생선은 뻣뻣한데, 우리는 그걸 장점으로 착각하고 즐긴다. 쫄깃하니까. 탱탱하니까. 이래저래 노인도 억지로 먹는 기세가 역력하다. 그걸 먹어야 언제 끝날지 모를 새치와의 싸움에 대비할 수 있기 때문이다. 물론 맛이 더 나은 눈다랑어라면 한결 나았을 수도 있지만 그래도 살은 여전히 뻣뻣하고 맛은 둔탁했을 것이다. 그러니 라임이나 레몬, 혹은 소금을 아쉬워할 수밖에. 간도 맞추고 둔탁함도 가셔야 좀 더 맛있게 많이 먹을 수 있으니까.

헤밍웨이는 뭍에 머무는 동안엔 모히토를 즐겨 마셨겠지. 2007년, 친구의 총각 파티bachelor party — 쓰고 싶지 않은 표현이지만 대안이 없다 — 를 따라 키웨스트에 놀러 갔다가 헤밍웨이의 단골 바라는 곳에서 모히토를 마셔 보았다. 이제는 꽤 오래전의 일이라 또렷하지는 않지만 섬세하거나 미려한 느낌은 전혀 아니었다. 노인이 갓 바다에서 낚아 올린 생선을 잡아먹는 느낌까지는 아니더라도, 키웨스트의 열대 밤공기가 후텁지근한 손길을 유리잔에 뻗기 전에 들이켜줘야 할 것 같은 칵테일이었다.

아니, 해산물이 이 이상 싱싱할 수 없는데 굳이 산이나 소금이 필요할까? 『정통 이탈리아 요리의 정수』를 쓴 마르셀라 하잔(*1924~2013*)은 '해산물이 정말 싱싱하다면 레몬즙이 필요하지 않다'고 설파했다. 『정통 이탈리아 요리의 정수』는 내가 번역했던 『실버 스푼』과 더불어 영어로 정리한 이탈리아 레시피의 고전이니 당연히 귀를 기울여야 한다. 하지만 노인의 경우는 상황이 다를 것이다. 식탁에 앉아 느긋하게 즐기는 식사도 아니고, 작은 배로 망망대해를 헤매는 가운데 생존을 위해 반드시 먹어야 하는 끼니니까. 그래서 '생각보다 역겹지 않은데' 같은 감상이 거의 행복의 표현처럼 쓰이는 이런 상황이 닥칠 수 있음을 감안한다면, 노인에게 약간의 양념 정도는 챙겨줬더라면 좋았을 것이다. 책임을 추궁하려는 건 아니고, 노인을 진심으로 염려하는 소년이 이런 걸 헤아릴 수 있었더라면 얼마나 좋았을까 싶다.

*

'헤밍웨이'로 구글을 검색하면 웹 브라우저에 흑백 이미지가 우수수 쏟아지는 가운데, 새치와 함께 찍은 그의 사진을 어렵지 않게 볼 수 있다. 그는 대부분 사진 속에서 사람 좋아 보이는 웃음을 짓고 있지만, 특히 자신이 잡은 새치 옆에 서 있는 모습이 단연 돋보인다. 정말 행복해 보인달까. 헤밍웨이의 삶은 모르더라도, 『노인과 바다』를 읽으면 감을 잡을 수 있다. 이 사람은 바다와 낚시를 정말 좋아했구나. 실제로 그는 낚시를 정말 좋아해서 미국의 최남단 군도인 키웨스트에 사는 동안 거대한 새치를 즐겨 잡았다. 노인이 바다에서 사투를 벌였을 것 같은 덩치의 물고기다.

쿠바에는 그의 이름을 딴 헤밍웨이 마리나도 있다. 그가 가장 좋아했던 낚시터였다고 한다. 최대 400척의 배를 정박할 수 있는 쿠바에서 가장 큰 규모의 마리나다. 새치 낚시철인 6월에서 9월 사이에 배를 빌려서 바다로 나갈 수 있다. 2020년의 대여료는 4인 기준 네 시간에 321달러, 여덟 시간에 535달러이며 1인 추가에 20달러씩 더 든다. 노인에게 행복과 실망을 한꺼번에 안긴 놈처럼 500킬로그램씩 나가지는 않더라도 100킬로에 가까운 새치를 잡을 수 있다고 한다.

그런데 새치를 대체 왜 잡는 걸까? 물론 새치는 멋있다. 뾰족한 주둥이에 날개 같은 등지느러미, 거대하지만 날렵한 몸매에 커다란 눈까지 바다의 멋은 혼자 다 끌어 쓴 것 같은 외양이다. 그래서 포획 욕구가 솟구칠 수 있다는 점까지는 이해할 수 있다. 하지만 새치는 그다지 맛있는 생선이 아니라서 대개 잡고 나면 끝이다.

'진짜'인 다랑어와 함께 뭉뚱그려져 '참치' 취급을 받는 한국의 음식 세계에서도 새치는 고급 대접을 받는 횟감이 아니다. 구분도 쉽게 할 수 있다. 다랑어류는 살이 붉고 기름지지만 새치류는 옅은 분홍색에 가깝고 기름기도 훨씬 적다. 그러면서 누린내는 더 심해서 식재료로 인기가 별로 없다. 회를 즐겨 먹지 않는 영어 문화권을 뒤져보면 '새치는 대체 어떻게 먹어야 하는가?'라는 물음이 넘쳐나는데, 답은 대체로 '훈제나 스테이크' 수준이다. 그나마도 '다른 물고기가 없다면'이라는 전제를 깔고 나온 대답이다.

생선, 특히 횟감을 일본어로 부르는 관습 탓에 참치의 세계도 헛갈리기 쉽다. 한국어, 영어, 일어 이름의 점을 연결해 표를 만들어 보았다.

| 서열 | 한국어 이름 | 영어 | 일본어 | 쓰임새 |
|---|---|---|---|---|
| 1 | 북방 참다랑어 | 노던 블류핀 튜나 | 혼마구로 | 최고급 횟감 |
| 2 | 눈다랑어 | 빅아이 | 메바치 마구로 | |
| 3 | 남방 참다랑어 | 애틀랜틱 블루핀 튜나 | 혼마구로 | |
| 4 | 황다랑어 | 옐로핀 튜나 | 키하다 마구로 | 회와 고급 참치 통조림 |
| 5 | 날개다랑어 | 알바코어 튜나 | 빈나가 마구로 | 주로 통조림 |
| 6 | 가다랑어 | 스킵잭 튜나 | 가츠오 | 통조림과 가츠오부시 |

맛도 맛이지만 사실은 더 심각한 문제가 따로 있다. 다랑어든 새치든, 참치라 불리는 물고기들은 전부 수은에 심각하게 노출돼 있다. 사실 해양 생태계 전체가 수은으로부터 자유롭지 않은 게 현실인데 참치류는 최상위 포식자이므로 더 많은 위험에 노출돼 있다. 이들은 잡아먹는 쪽이지 잡아먹히지는 않으므로 먹이로 삼는 온갖 해양 생물의 수은이 체내에 축적된다. 이를 참치보다 더 상위에 있는 포식자인 우리 인간이 먹는다면? 당연히 체내에 수은이 쌓일 수밖에 없다.

진짜 참치 대접을 받는, 인기 횟감인 다랑어류도 최상위 포식자이므로 새치와 마찬가지다. 따라서 가급적 먹지 않는 게 좋은데, 그나마 통조림으로 먹는 서열 낮은 종류인 황다랑어나 날개다랑어, 눈다랑어가 덜 위험한 편이다. 물론 그렇다고 막 퍼먹을 수 있는 건 아니고 170그램 안팎의 통조림을 주 2회 이하로 먹는 게 좋다.

사실 이제 참치류는 비단 수은 탓이 아니더라도 저절로 피할 수밖에 없게 됐다. 오랜 세월에 걸친 남획 탓에 정도의 차이는 있을지언정 대부분의 어종이 고갈 위기에 처했기 때문이다. 물론 참치뿐 아니라 대구처럼 낯익은 어종들은 낯익은 만큼 씨가 말랐다고 여기면 얼추 비슷하다. 맥도날드에서 1998년 출시한 피시 버거(필레오피시)가 2008년 자취를 감췄다가 2021년 재출시된 것도 해양 생태계의 고갈 탓이다. 그사이 패티의 생선은 해양 생태계 보호 인증을 받은 명태로 바뀌었다. (그리고 피시 버거는 판매부진 탓에 2022년 12월 31일부로 또 단종됐다.)

그렇다, 일본은 해양 생태계의 안녕에 관해서는 정말 소신 있다고 할 수 있을 정도로 둔감한 나라다. 우리에게도 익숙한 옛 쓰키지 시장의 새해 첫 참치 경매가 바로 그들의 둔감함을 드러내는 대표 사례다. 최고의 횟감인 참다랑어류는 '심각한 위기종*Critically Endangered*'과 '멸종 위기종*Endangered*'으로 분류될 정도로 종의 안녕에 심각한 위협을 받고 있다. 말하자면 이제 씨가 말라 버렸는데도, 살에는 수은이 쌓인 물고기를 음식 문화의 상징으로 삼아 연초 첫 경매 대상으로 삼는다. 상징성이 큰 행사이다 보니, 홍보 수단으로도 짭짤해서 각종 스시집에서 앞다투어 입찰한다. 그 결과 몇십 년 동안 바다를 누비고 다녔을 거대한 물고기가 억 단위 가격으로 팔려나간다.

고통받는 게 비단 참치뿐일까? 고래도 만만치 않다. 이제 잘 먹지도 않으면서 전통을 고수한다는 이유로 일본은 계속 고래를 잡는다. 전세계로부터 청산하라는 압박을 받지만 관료주의에 이끌려서 포경은 아직도 현재 진행형이다. 일본은 아이슬란드, 그리고 연례행사로 범고래를 무차별 학살하는 덴마크령의 페로 제도와 더불어 고래를 학대하는 대표 국가로 남아 있다.

물론 우리에게도 우리만의 문제가 있다. 처음 미국산 날개다랑어 통조림의 포장에서 "돌고래 무첨가*Dolphin Free*' 참치'라는 문구를 보고 의아해 했던 기억이 선하다. '돌고래 무첨가 참치'라니, 그렇다면 돌고래 첨가 참치도 있다는 말인가? 궁금해서 찾아보니 통조림용 참치를 둘러싸고 아픈 사연이 있었다. 바로 남획으로 인한 해양 생태계의 무차별적 피해다. 서열 아래로 내려올수록 위기 단계도 낮아지지만, 이 역시 상대적일 뿐이라서 날개다랑어는 '위기 근접종*Near Threatened*'이다. 가다랑어나 돼야 '관심 필요종*Least Concern*'이지만, 분류된다는 사실 자체가 문제다. 현재 같은 추세라면 2048년쯤 해양 생태계가 고갈될 수도 있다고 하니, 서열 낮은 통조림 참치도 의식하며 먹는 게 바람직하다. (포경의 현실에 대한 자세한 내용은 『모비 딕』을 참조하자)

원래 통조림용 참치 어획의 대세는 집어장치였다. 물 위에 떠 있는 부유 물체를 안식처라고 여기는 물고기의 본능에 착안해 물에 스티로폼을 띄워 작은 수중생물을 유인한다. 그리고 주위에 폭 200미터, 깊이 2킬로미터 수준의 그물을 쳐서 구역 전체의 어종을 잡아들인다. 상위 포식자인 참치의 효율적인 포획을 추구하다가 '돌고래'는 물론, 오리나 갈매기 같은 조류까지 혼획으로 인해 피해를 입힌다. 또 다른 수단인 연승어법은 명칭처럼 낚싯바늘이 달린 줄을 길게 늘어뜨려 참치를 낚는데, 역시 남획과 혼획을 피할 수 없다. 해양 자원 고갈에 대처하고자 어획량 제한 및 채낚이를 통한 개별 포획 등의 노력이 이어지고 있지만, 한국 참치 업계는 남획과 혼획의 평판으로부터 아직 투명하지도 자유롭지도 못하다. 그린피스가 마지막으로 발간한 2013년 보고서에 의하면, 한국에는 해양 생태계를 존중하며 잡는 '착한 참치'가 없다.

『노인과 바다』가 1961년작이니 올해로 발표 52주년을 맞는다. 그동안 바다와 참치, 인간의 관계가 어떻게 변했는지 궁금한 이들에게는 넷플릭스의 자체 제작 리얼리티 쇼 〈배틀피시*Battlefish*〉를 권한다. 여름 내내 미국 북서부의 오리건주 및 워싱턴주와 맞닿은 태평양에 참치 떼가 찾아온다. 한해 내내 먹고사는 데 필요한 수입이 바로 이 참치 철에 달려 있으니, 어부들은 정해진 기간 동안 최대한의 어획량을 확보하고자 안간힘을 다한다. 고성능 엔진을 장착한 어선은 매일 바다로 출퇴근할 수 있지만, 배도 비싸고 연료비도 많이 들어 이를 선택할 수 있는 어부는 드물다. 대부분은 보급품을 쟁여서 일이백 킬로미터 떨어진 근해로 나가 최대한 오래 버티며 참치를 잡는다. 모 아니면 도라고, 매일 대박이 터져 급냉 창고가 참치로 꽉 차거나 갑작스러운 고장 등으로 조치가 필요한 경우에만 뭍으로 뱃머리를 돌릴 수 있다.

참치가 걸려들면 마대자루만 한 굵기의 낚싯대를 간신히 가눠서, 낚인 참치를 갈고리로 찍어 갑판에 올린다. 그리고 펄쩍대는 참치의 아가미를 칼로 베어 숨을 끊고 피를 뽑아낸 뒤, 바로 배 밑의 급냉 창고에 집어넣는다. 피 때문에 생선 맛이 나빠지지 않으면서 신선도를 최선으로 유지하는 요령이다. 파도는 거칠고, 참치가 미친 듯 날뛰며 유혈이 낭자한 장면을 보고 있노라면 정신이 하나도 없다. 각자 다른 철학과 도구를 갖춘 어선들이 참치를 잡아 올리는 광경을 보고 있노라면 나도 모르게 모두의 만선을 기원하게 된다. 『노인과 바다』에 비하면 어부도 어선도 훨씬 자주 등장하지만 바다는 여전히 망망하고 파도는 여전히 거칠다. 욕설이 절반쯤 섞인 너스레를 듣고 있노라면 이해할 수 있다. 뱃사람들은 외롭구나. 두 명에서 네 명까지 무리를 지어 나서기는 하지만, 바다는 만만치 않고 건져낸 참치는 발광하기 바쁘니까. 그래서 모든 너스레의 행간에는 쓸쓸함이 물씬 묻어난다.

어부들이 바다와 힘겹게 싸우며 잡은 참치에게는 두 갈래 운명이 기다리고 있다. 고성능 엔진을 장착한 최선 어선이 잡은 소수는 냉장 상태로 매일 뭍에 실려와 싱싱한 덕분에 최고가로 현지 레스토랑에 팔린다. 한편 선동*된 채 입항하는 대다수는 그 상태 그대로 통조림 공장으로 직행한다. 이들이 잡은 알바코어, 즉 날개다랑어는 통조림용으로는 고급 대접을 받는다. 우리의 통조림에 쓰이는 가다랑어*Skipjack Tuna*의 세 배 정도 비싼데, 국내 생산 제품은 없다. 인터넷을 검색하면 전부 수입품인 가운데 가뭄에 콩 나듯 국내 생산 황다랑어 통조림도 있다. 황다랑어의 서열은 날개다랑어와 가다랑어 사이이다.

말하자면 참치 일족에서도 서열이 맨 끝찌인 가다랑어가 우리 통조림의 대세인데, 그렇다고 그리 슬퍼할 필요는 없다. 그만큼 부담 적은 단백질 공급원인데다가, 사실 가다랑어의 맛이 날개다랑어보다 더 진하기 때문이다. 참치를 '바다의 닭고기'라고 홍보하는 통조림 기업도 있으니 안심하고 이렇게 비유할 수 있다. 날개다랑어가 닭가슴살이라면 가다랑어는 허벅지살이다. 세상 어느 누구도 닭가슴살

* 잡은 생선을 바다에서 바로 얼리는 과정을 가리킨다.

을 맛으로 먹지 않는다는 엄정한 현실을 떠올린다면, 가다랑어라 해도 아쉬워하지 않으며 통조림을 딸 수 있다.

통조림은 두루 살펴봐도 물에 재운 참치가 대세이긴 하다. 최대한 걷어내더라도 참칫살이 기름을 물보다 많이 머금기도 하거니와, 물에 재운 참치에 오메가-3가 더 많다는 게 핵심이다. 또한 기름에 재울 경우에 고기 질이 좀 더 잘 감춰지므로 질이 낮은 참치를 쓴다는 주장도 있다. 다만 대체로 '지방/열량=맛'이니, 물에 재운 참치의 맛은 확실히 떨어질 수밖에 없다. 게다가 한식의 식재료라는 차원에서는 참치 통조림과 거기에 딸려 오는 기름 — 채소나 조개 등으로 맛을 낸다 — 을 분리해서 생각하기 어렵다. 찌개 같은 국물 음식의 바탕으로 제 몫을 톡톡히 해왔기 때문이다.

또한 지방이 배제됐다는 이유로 물에 재운 제품이 기름에 재운 것보다 간이 더 센 경우도 있으니 꼼꼼히 비교해보고 골라야 한다. 높은 열량을 감수하고 맛을 좇겠다면 대안으로 식용유 아닌 올리브 기름에 재운 참치도 있으니 참고하자. 국내에서는 이탈리아 등에서 수입된 병조림을 찾아볼 수 있는데, 종종 '차라리 쇠고기를 먹는 게 낫지 않을까?'라는 생각이 들 정도로 가격대가 높은 제품도 있다. 낮은 서열의 참치가 미식의 영역에 속하는지 궁금하다면 맛볼 만하다.

1982년 처음 국내에 소개된 이후 약 40년에 걸쳐 참치 통조림은 너무나도 자연스레 한식에 녹아들었다. 이제 우리는 찌개도 미역국도 끓이고 전도 부친다. 다 즐겨 먹는 가운데, 나는 특히 참치전을 좋아한다. 학창 시절 도시락 반찬으로 꽤 많이 먹었는데, 사실 그것과 조금 결이 다른 참치전의 기억을 품고 산다. 기억이 정확할 자신은 없지만, 굳이 짜내 보자면 1986년인 것 같다. 할아버지 댁이 평생 삶의 터전이었던 충청도를 떠나 서울 북가좌동으로 이주했다.

아이들에게는 말해주지 않았으므로 아직도 이유를 정확히 모르는 가운데, 할아버지는 서울에 새롭게 적응하며 쭉 당신의 몫이었던 식재료 조달을 이어갔다. 할아버지는 장을 봐오고 할머니는 음식을 만든다. 내가 태어나기도 전부터 자리를 잡은 일종의 공평하지 않은 분업 체계였다. 왜 공평하지 않으냐고? 일단 할아버지는 당신 자신 외에는 아무도 믿지 않았으므로 직접 장을 보았다. 또한 음식은 거의 대부분 할아버지와 정체를 알 수 없는 지인들의 입으로 들어갔다. 따라서 그들을 먹일 필요가 없었더라면 그 많은 식재료를 살 필요도, 할머니와 어머니 단둘이 며칠 밤을 새우다시피 해가며 요리를 해야 할 이유가 없었다. 오늘날까지도 내가 안고 사는 불만의 가장 큰 줄기 가운데 하나다.

그것은 여러모로 절대 간단한 장보기가 될 수 없었다. 편육 만들 돼지머리는 독산동에서, 전을 부칠 흰살생선은 노량진에서 '떼어' 오는 수준의 대대적인 장보기였다. 한 해 두 해의 일이 아니었으므로 식재료부터 음식까지 모든 게 늘 낯익었다. 또 한바탕 난리를 치고 넘어가겠군. 그런 가운데 1986년의 추석에 새로운 식재료가 등장했다. 바로 참치 톱밥이었다. 사각사각. "공짜로 얻어왔지." 말 그대로 냉동 참치를 톱으로 썰어 해체하는 과정에서 나온 고운 부스러기였다. 상품 가치야 전혀 없을 테지만 이미 갈려져 있기까지 했으니 착실하게 준비된 전 감이었다. 그렇게 얻어온 부스러기로 만든 참치 동그랑땡은 돼지고기로 만든 것보다 더 맛있었고 더 고기 같았다.

과연 어떤 참치였을까? 오늘날까지도 가끔 이 톱밥 전을 떠올리면 참치의 정확한 품종이 궁금해지지만, 그때도 아무도 몰랐고 알고 있었더라도 이미 다들 세상을 떠나셔서 확인할 수가 없다. 다만 부쳐낸 동그랑땡의 색깔(육지 고기에 가까운 회색)이며 진한 맛을 헤아려 보면 새치는 확실히 아니고, 회로 먹는 서열 높은 다랑어였을 가능성이 높다. 하여간 너무 맛있어서 그해에는 참치 동그랑땡은 부동의 '투 톱'이었던 토란국과 돼지머리 편육 — 삶은 계란을 넣어 누른, 또 다른 차원의 음식이었다 — 을 제치고 명절 음식 1위를 차지했다. 하지만 영예도 정말 잠시 잠깐, 할아버지는 늘 같은 시장을 돌았건만 참치 톱밥은 다시 만날 수 없었다. 그렇게 고기보다 더 고기 같았던 참치 동그랑땡은 어느 전주 이씨 사람들의 명절에 '원 히트 원더'로 반짝 등장했다 사라졌다.

Chapter 14

# 『어두운 상점들의 거리』와 리예트 '소스'

2014년 노벨 문학상 수상자 파트릭 모디아노의 『어두운 상점들의 거리』를 읽으면 영화 〈메멘토〉를 떠올리지 않을 수 없다. 나만 그렇게 생각하나 싶어 인터넷을 검색해보니 둘을 연결해서 쓴 글들이 나온다. 그럼 그렇지. 주인공인 퇴역 탐정 기 롤랑은 십 년 치의 기억을 송두리째 잃어버린 채로 산다. 롤랑 그 자신은 의식하지 않을 수도 있지만 저자는 독자를 위해 큰 실마리 하나를 던져 놓고 시작한다. 이야기가 1965년에 시작되며, 작중에서 롤랑이 은퇴했다는 점, 또한 그가 프랑스인이라는 사실까지 감안하면 대략 짐작하게 된다. 남자의 기억상실은 2차 대전과 관련이 있지 않을까 하고. 나이를 감안할 때 그 시대를 살았던 프랑스인이 분명하니 말이다.

정작 기 롤랑 자신이 이런 사실을 도출하는 데는 꽤 많은 시간과 품이 든다. 그래야 소설이 성립하겠지만, 방황하는 그를 보고 있노라면 마음이 편하지 않다. 지금으로부터 약 육십 년 전의 세계이기에 그의 기억 찾기는 순조롭지 않다. 〈메멘토〉의 주인공 레너드 셸비는 30분마다 기억을 상실하는 증상을 겪고 있어서 보충 매체로 폴라로

이드 사진과 자신의 몸을 활용한다. 즉석 사진은 물론 자신의 몸에 메모를 남긴다. 그렇다, 문신을 새기는 것이다. 단기 기억 상실에 시달리는 것은 아니기에 기 롤랑이 문신까지 활용했을지는 모를 일이지만, 그는 셸비보다 더 열악하게도 귀 떨어진 사진이나 부고 등만을 활용해 기억을 좇고, 사람들을 만나 이야기를 나눈다. 혹시라도 이 사람이 나를 알아보지 않을까? 큰 기억의 실마리를 제공해주지는 않을까? 하지만 소설의 끝까지 그런 일은 벌어지지 않고 그저 단초들만이 조금씩 롤랑에게 던져질 뿐이다.

이처럼 희미한 실마리만을 따라 오래전의, 그것도 큰 뭉텅이의 기억을 되찾으려 하는 여정이기에 롤랑은 매우 바쁘다. 그래서인지 이리저리 다니며 이 사람 저 사람을 만나고 다니면서도 식사를 하는 장면은 거의 나오지 않는다. 잘 먹어야 기억도 잘 찾을 수 있을 것 같지만, 왠지 그에게는 그럴 마음의 여유가 없어 보인다. 어쩌다 먹는 장면이 나오더라도 주체는 그가 아니다. 그렇기에 『어두운 상점들의 거리』는 프랑스를 배경으로 하면서도 유달리 음식에 인색한 소설이다. 심지어 롤랑이 만나는 인물 가운데는 '식도락 비평가'도 있지만 그의 입에서 나오는 음식 이름도 송아지 흉선과 생선 아가미, 내장 요리가 전부다. 게다가 그가 실제로 소설 속에서 먹는 상황도 아니기 때문에 무심코 지나치게 된다.

그런 가운데 유난히 눈에 들어오는 음식이 하나 있으니 바로 '리예트 소스를 바른 샌드위치'다. 리예트 '소스'라……. 역자 해설에 의

하면 『어두운 상점들의 거리』는 프랑스 현지 출간 직후, 공쿠르상을 수상한 1978년에 처음 국내에 소개되었다가 2000년대에 개정 과정을 거친 작품이다. 말하자면 작업하는 동안 여러 번의 기회를 가졌을 텐데, 음식을 규정하는 정확성이 떨어진다고 느꼈다. 물론 역자는 고민했을 것이다. 프랑스 유학을 했으니 리예트가 무엇인지 분명히 알고는 있었을 것이다. 다만 낯설어 할 독자들에게 번역과 독서의 맥락에 방해가 되지 않는 선에서 설명하기가 쉽지 않겠다고 생각하지 않았을까.

그래서 리예트가 '소스'가 되었고 음식 평론가인 나에게 그것은 참으로 어색해 보인다. 무엇보다 소스만 발라서 샌드위치가 완성될 수는 없기 때문이다. 우리가 모두 잘 알 듯이 샌드위치는 빵 두 쪽 사이에 동물성 및 식물성 재료를 끼워 만든다. 하지만 재료만 끼워서는 맛도 완성되지 않고 빽빽하기에 소스가 중요한 역할을 한다. 매끄러움을 불어넣는 동시에 간을 맞춰 주니, 우리가 아는 마요네즈 등이 샌드위치의 소스다. 하지만 단맛 나는 잼이라면 모를까, 웬만해서는 마요네즈만 발라놓고 샌드위치를 만들었다고 하지는 않는다.

그렇다면 리예트는 어떤 연유로 '소스'로 번역되었을까? 음식의 성질을 감안하면 이해가 안 되는 것도 아니다. 리예트*rillette*는 콩피*confit*와 비슷한 가공육의 일종으로, 고기를 지방 — 조리하고자 하는 고기와 같은 동물의 지방 — 에 오랫동안 은근히 푹 끓여 만든다. 이렇게 익힌 고기는 많은 양의 지방과 어우러짐으로써 미생물 발생이 억제되어 오랫동안 두고 먹을 수 있다. 모든 가공육, 더 나아가 잼 같은 가공식품이 그렇듯 많은 양의 소금이나 설탕, 지방으로 부패를 방지하는 원리다. 그와 동시에 오래 끓인 덕에 고기가 잘게 부스러져서 빵 등에 발라 먹을 수 있는 제형이 된다. 굳이 비유하자면 플레이크 참치나 통조림 콘비프와 비슷하다. 그렇기에 '소스'로 규정해 버림으로써 자세한 설명을 건너뛸 수 있게 된 것 아닐까.

롤랑은 변변치도 않은 단서를 들고 이리저리 다니며 부지런히 기억을 찾아 나서지만, 만족스러운 성과를 얻지는 못한다. 그저 자신에게 일행이 있었으며, 그들이 독일에게 점령된 프랑스를 벗어나 스위스로 건너가려다가 산악 국경 지대에서 버려졌다는 정도만을 알아낸다. 그리고 마지막 단서가 남아 있는 곳으로 보이는 이탈리아 로마의 '어두운 상점들의 거리*La Via delle Botteghe Oscure*'로 향한다. 저자인 파트릭 모디아노 자신이 살았던 적이 있는 실존 거리이기도 하다.

이렇게 롤랑의 기억 찾기 여정은 미완성으로 끝나지만, 사실 그렇기에 더 흥미롭다. 애초에 저자는 결과, 즉 기억의 복구가 반드시 제시될 필요는 없다고 생각한 듯 보인다. 결과보다 과정, 즉 롤랑의 여정과 그 안에서 그가 느끼는 혼란과 불확실성, 그리고 찰나의 기대 등을 보여주고 싶어했기 때문이다. 그래서 다 읽고 나면 놀랍게도 〈메멘토〉의 대사가 떠오른다. '기억나지 않는다고 무의미한 건 아니야. 눈을 감아도 세상이 사라지지 않는 것처럼.' 비록 기억을 뭉텅이로 잃었다 해도, 롤랑의 세상은 사라지지 않았으니 무의미하지 않다. 깜짝 놀랄 반전 같은 건 〈메멘토〉의 감독 크리스토퍼 놀란의 몫으로 남겨두고, 『어두운 상점들의 거리』는 그렇게 열린 결말로 막을 내린다.

*Chapter 15*

# 어느 집사의 『남아 있는 나날』

1956년, 잉글랜드의 집사 스티븐스 — 그의 성이다 — 는 편지를 한 통 받는다. 이십여 년 전 함께 일했던 가정부 켄튼 양이 보낸 편지다. 편지의 행간에서 스티븐스는 켄튼의 결혼생활이 행복하지 않다고 파악한다. 그래서 주인인 패러데이 씨에게 연륜과 경험을 갖춘 가정부를 고용할 의향이 없는지 넌지시 물어본다. 그 이십여 년 전, 둘은 달링턴 경을 모셨었다. 스티븐스가 바깥일의 책임을 맡는 집사, 켄튼이 안일을 굽어보는 가정부로, 각각 최고 책임자였다.

패러데이 씨로부터 긍정적인 답을 들은 스티븐스는 여정에 나선다. 켄튼 양이 사는 콘월로 직접 찾아가 좋은 소식을 들려줄 참이었다. 그런 스티븐스에게 패러데이 씨는 자신의 고급 자동차까지 내주며 좋은 시간을 보내고 오라고 독려해 준다. 그러고 보니 스티븐스는 제대로 된 휴가 같은 걸 가져본 적이 없었다. 참으로 헌신적인 세월이었노라고, 스티븐스는 여정 속에서 회상한다. 그는 이야기를 통해 밝혀지는 것만으로도 최소한 2대에 걸쳐 집사로 종사하고 있었다. 늙은 아버지를 부집사로 거느리고 달링턴 경을 모셨었는데, 일에 몰두한답시고 점점 나빠지는 아버지의 건강조차 제대로 신경을 쓰지 못한다. 결국 아버지가 갑자기 쓰러져 세상을 떠나고 말지만 스티븐스는 임종조차 보지 못하고 만다.

어찌 보면 냉혹한 처사이지만 사정을 살피면 조금이나마 이해가 간다. 당시 달링턴 경의 성에서는 굉장히 많은 일이 벌어졌다. 스티븐스로서는 누군지 헤아리지도 못하는 높은 양반들이 모이는 일이 잦았는데 그 가운데는 독일인들도 끼어 있었다. 그렇다, 여기까지만 운을 떼어도 조금은 짐작이 갈 것이다. 스티븐스의 주인인 달링턴 경은 나치 동조자였다. 그는 진정 나치 독일이 좋은 의도를 가지고 있노라 믿고 물밑으로 영국과의 평화를 협상했다. 그래서 달링턴 저택에서 영국과 나치 독일 사이의 비공개 외교 회담까지 주최했다. 하지만 시도는 실패했고, 그 탓에 달링턴 경은 몰락했으며, 매국노로 낙인찍혀 비참한 말로를 맞았다. 그와 더불어 경의 저택을 운영했던 일꾼들도 모두 떠나가 버리고 이제 스티븐스는 홀로 새 주인인 미국인 패러데이 씨를 모신다.

켄튼 양은 그런 달링턴 경의 황금기였던 1930년대를 함께 보낸 가정부였다. 달링턴 경을 잘 모시는 데에만 지나칠 정도로 신경을 썼기 때문에 스티븐스는 그 외 다른 면에서 둔감했다. 특히 사람의 감정을 읽는 데는 거의 무능할 정도로 답답해, 켄튼 양과 자신 사이에 형성된 호감을 제대로 인식하지도 인정하지도 못한다. 오랜 세월 함께 일하며 둘은 남녀로서 가까워졌지만 우정 이상이라고 인정할 수 있을 만큼의 용기도 내지 못하고 만다. 그런 가운데 결국 켄튼 양은 결혼 자리를 찾아 달링턴 저택을 떠나서 벤 부인이 된다.

1956년을 배경으로 삼고 있으나 회상을 통해 1930년대, 특히 나치 독일이 급부상했던 시절의 긴박함을 그려내고 있어 책장을 휙휙 넘길 정도로 재미있게 읽었지만, 마음속으로는 크나큰 의문을 지울 수 없었다. 그러니까 지금 모두가 계급이 드러내 놓고 존재하고 있다고 가정하는 것이군? 그런가 보다 넘기면 또 넘어가겠지만, 왠지 그러기가 쉽지 않았다. 한 사람이 거대한 저택을 소유하고 있고, 이를 그보다 계급이 낮다고 명시적으로 인정하는 다수의 사람들이 그를 보살핀다는 사실을 이해할 수가 없었다. 그것도 1930년대라면 영국 같은 선진국 — 이자 사실은 약탈국 — 은 한국과 달리 충분히 현대 국가였을 텐데도 말이다. 하지만 뭐, 2020년대에 만들어지는 〈배트맨〉 같은 영화에서도 집사가 등장해 자신보다 젊고 어떻게 보면 싸가지 없는 이를 주인님이라 모시는 설정이 유지되고 있지 않은가. 그것도 배경이 미국인데!

명시적 계급 설정이 마음에 들든 안 들든 집사, 즉 버틀러*butler*라는 직함은 음식과 관련이 있다. 고대부터 중세까지 술은 주로 도기나 나무통에 담아 보관했다. 유리가 발명되기 전이었으니 당연한 일이었으며 술은 큰 예외 없이 와인이었으리라. 어쨌든, 도기와 나무통 모두 공기가 잘 통하는 탓에 와인은 1~2년이면 산화해 식초로 변하기 일쑤였다. 이처럼 술은 부피도 크고 변질되기 쉬운 자산이었기에 특별한 관리가 필요했다. 따라서 별도의 보직을 만들었을 뿐 아니라 당시에는 가장 믿을 만한 노예에게 맡겼으니 그게 바로 집사의 기원이다. 집사를 일컫는 영단어 버틀러는 고대 프랑스어 *bottllier*나 노르망디어 *butelier*, 즉 '병*bottle*을 책임지는 자'에서 비롯되었다.

『남아 있는 나날들』의 스티븐스와 같은 집사의 개념이 본격적으로 보편화되기 시작한 건 19세기, 특히 빅토리아 시대였다. 세계 각국에서 하인의 수가 점차 늘어나면서 이들을 총괄하는 집사의 중요성 또한 부각되기 시작했다. 이에 따라 보직의 책임이 확장되는 한편, 좀 더 구체적으로 자리를 잡았다. 유리병이 등장한 이후 좀 더 가볍고(소분이 가능해졌으므로) 저장성 또한 사뭇 나아진 와인은 물론, 집 안 식품의 전반적인 관리 또한 집사의 과업이 되었다. *Buttery* 또는 *Pantry*라고 일컫는 빵, 버터, 치즈, 각종 가공육 등의 보관실 관리가 전부 집사의 소관이었다. *Buttery*는 술통*cask*을 가리키는 단어 *butt*, *Pantry*는 빵을 가리키는 라틴어 *panis*에서 비롯된 단어다. 결국 집사는 먹을 것과 마실 것을 모두 관리하는 책임자였다.

또한 집사는 넓은 의미에서 본격적인 관리직이었다. 몸을 직접 움직여 처리하는 예외가 없지는 않았지만, 대부분의 경우 상태를 파악하고 해당 업무의 담당자에게 지시를 내리는 게 집사의 일이었다는 의미다. 예를 들어 저택에 공식적인 손님이 찾아왔다면, 문 앞으로 나가 도착을 알리고 맞이하는 것은 집사의 일이지만, 실제로 문은 하인*footman*이 여는 식이다. 이처럼 위계 및 분업 체계가 엄격하게 정착되어 있었으니, 2인자로서 수석 하인(*head* 혹은 *first footman*)이나 스티븐스의 아버지가 맡았었던 부집사(*deputy* 혹은 *underbutler*)의 자리가 따로 마련되어 있었다.

책에서 드러나지 않는 걸로 보아 달링턴 경은 독신이라 예외이지만, 대개 집사는 안주인에게 보고하고 지시받는 체계를 따랐다. 주거지에 상주하며 숙식과 의복을 제공 받았는데, 집사를 비롯한 하인들에게는 별도의 임금도 제공되었다. 1861년 영국에서 출간된 『비튼 부인의 가정 관리법(*Mrs. Beeton's Book of Household Management*)』에 의하면 집사의 연봉은 오늘날의 화폐 가치로 환산했을 때 1억 2천에서 2억 4천만 원 수준이었으며 별도의 팁도 받곤 했다.

영국에서 물 건너온 이들이 세운 나라인지라 미국에서도 집사 제도가 한참 흥했다. 그렇다, 검은 가면을 쓴 젊은 대부호 배트맨에게 괜히 집사가 딸린 게 아니었다. 노예 제도의 초기인 17세기 초반부터 아프리카계 미국인들이 집안의 운영을 도맡아 했고, 이들 가운데서 집사도 나왔다. 여러 영화가 이를 보여주는 가운데 백인에게 부역하는 〈장고 언체인드〉의 스티븐(새뮤얼 *L.* 잭슨 분)을 대표적인 예로 들 수 있겠다. 영국에 비튼 부인의 『가정 관리법』이 있었다면, 미국에는 로버트 로버츠가 쓴 『가정 하인의 지침서』(1827)가 있었다. 한편 흑인 외에도 빚을 져서 무노동 임금을 하게 된 유럽인, 즉 백인들로부터도 하인을 거쳐 집사가 배출되었다.

현대, 좀 더 정확하게는 1차 세계 대전 이후인 1920년대를 거쳐 집사의 수는 급격하게 줄어들었다. 유럽은 말할 것도 없거니와 특히 미국에서 극적인 감소를 겪었다. 말하자면 스티븐스가 한창 일했던 시기에 이랬다는 것이니, 매국노로 낙인찍히기 이전까지 달링턴 경의 입지는 대단히 탄탄했노라고 짐작할 수 있다. 2차 세계 대전 당시에만 해도 3만 명에 이르렀던 집사는 향후 오십 년 동안 불과 몇백 명으로 줄어든다. 아무래도 이는 명시적인 사회 계급의 차이가 점차 사라졌다는 방증일 것이다.

하지만 집사의 명맥이 이대로 끊기지는 않는다. 1980년대로 접어들면서 차츰 세계 부의 증가 및 재분배가 이루어짐에 따라 수요가 다시 늘기 시작했다. 특히 중국을 비롯한 아시아 국가들, 인도와 석유를 통해 부를 축적한 중동의 국가에서 집사를 찾기 시작했다. 스티븐스의 시대처럼 홀 보이*Hall Boy* 같은 맨 밑바닥 자리부터 시작해 도제식으로 교육받지도 않는다. 오늘날은 리츠칼튼 같은 호텔 프랜차이즈나 영국 집사 교육원 같은 사립 전문 기관이 집사를 양성한다. 한편, 발달한 기술 덕분에 집사의 입지와 업무 범위도 많이 달라졌다. 요즘은 많은 하인을 거느리고 관리하기보다는 직접 몸을 움직여 일처리를 하고, 컴퓨터라든가 기술적인 분야를 관리하는 경우도 흔해졌다. 이런 경향에 맞춰 종주국이라 할 수 있는 영국에서도 수가 다시 늘기 시작해 2007년 기준 오천 명, 2014년 기준 일만 명의 집사가 세계 각국으로 진출해 있다고 한다.

이처럼 집사의 역사를 좇다 보면 자연스레 의문을 품을 수 있다. 왜 집사는 남자일까? 대수롭지 않게 넘길 수도 있지만 곰곰이 생각해 보면 주방과 부엌에서 상존하는 모순을 역시 찾을 수 있다. 가정의 부엌에서 취사를 포함한 가사 노동은 여성의 일이지만, 업장의 주방에서는 남성의 일로 여겨진다. 우두머리인 셰프 또한 집사와 마찬가지로 남성이 맡는다. 이처럼 가사 노동은 여성의 몫이지만 이를 전문적으로 관리하는 직업이 생겨나면 거의 남성의 전유물이 되어 버리니 참으로 신기한 일이 아닐 수 없다.

오늘날도 이런 현실이 바뀌지는 않았다. 여성 집사의 비율이 점차적으로 느는 추세라고 하는데, 꼭 반가운 이유 때문만은 아니다. 이를테면 동남아시아에서는 종교적인 이유로 남성이 여성과 집안일을 함께 하는 것을 피하므로 집사의 성별이 역전되었다고 한다. 아니면 여성 부호나 유명인들이 같은 성별의 집사를 선호하는 경우도 있다고 한다. 현재 영국의 전문학교에서 여성 집사 교육생의 비율은 사십 퍼센트에 이르지만, 전반적으로 남성 집사를 선호하는 경향은 여전하다고 한다.

*

스티븐스의 여정은 즐거웠지만 뜻하는 바를 이루지는 못했다. 드디어 만난 자리에서 켄튼 양, 벤 부인은 곧 첫 손주를 볼 예정이며, 그동안 세월을 살아나가며 남편을 사랑하게 되었노라고 털어놓는다. 그제야 스티븐스는 자기가 일에 최선을 다한다는 구실로 얼마나 많은 것을 놓쳐 왔는지 절감한다. 켄튼 양은 이미 다른 사람의 부인이 되어 버렸고, 달링턴 경은 아버지의 임종을 놓쳐가며 섬길 만큼 훌륭한 인물이 아니었다. 하지만 지금 와서 후회해 봐야 무슨 소용이 있으랴, 이미 다 지나가 버린 일인 것을. 세계가 와르르 무너져 내리려는 것을 간신히 다잡은 스티븐스가 여정의 말미에서 마주친 동년배에게 이런 소회를 털어놓자, 그는 과거에 집착하지 말고 남은 나날을 잘 살아야 한다고 충고한다. 하루 가운데서도 저녁이 가장 중요한 시기인 것처럼, 인생에서는 말년을 잘 보내야 한다고 말이다. 스티븐스는 동년배의 충고를 마음에 새겨 남아 있는 나날 동안 새 주인인 패러데이 씨를 잘 모시며 살아가기로 다짐한다.

# 5



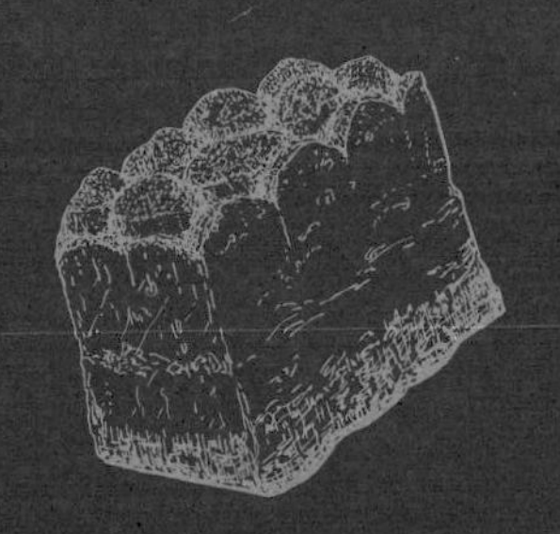

0.183𝒫

Chapter 16

# 『이세린가이드』, 가짜의 진짜 이야기

『이세린가이드』의 주인공 이세린은 음식 모형 전문가다. 음식점을 필두로 병원 등에서 주문을 받아 음식 모형을 제작해 납품한다. 와, 정말 좋은 아이디어인데! 일단 미쉐린(미슐랭) 가이드를 패러디한 제목과 디자인부터 보통이 아니라고 느꼈다. 게다가 『혼자를 기르는 법』을 웹툰으로 연재할 때부터 작가 김정연의 팬이었으며, 소재가 보통 음식도 아니고 모형이라는 점에서 흥미로웠다. 먹을 수 없는 음식을 소재로 풀어내는 이야기라니! 음식은 당연히 먹으라고 존재하는 것이지만 그렇기 때문에 음식 평론가로서 진저리 날 때가 있다. '먹어봐야 맛을 안다'는 격언처럼 눈으로 보고 코로 냄새를 맡는 정도로는 음식의 진가를 알 수 없다. 반드시 씹고 입에 넣고 삼켜야 한다.

맛이 좋을 수도 나쁠 수도 있지만, 이것 한 가지만은 너무도 확실하다. 먹은 만큼 배가 부르다. 그리고 그 포만감은 세상에서 가장 불쾌한 느낌일 때도 있다. 어떤 연유로 아직도 기억하고 있는지는 모르겠지만, 중학교 3학년 때 공업 담당 교사는 그런 말을 한 적이 있다.

'허기는 웬만큼 참을 수 있지만 포만감은 그렇지 않다. 음식을 너무 많이 먹으면 숨도 못 쉴 정도로 배가 부른데, 정말 끔찍한 고통이다.' 물론 네로 황제를 비롯한 고대 로마의 귀족들처럼 맛만 보고 뱉어 버리는 꼼수도 있기는 하다. 중학교 때, 음악 잡지에서 엘튼 존이 바로 그런 행위를 한 적이 있다는 단신을 읽은 기억이 있다. 파티에서 비닐봉지인지 그릇인지를 들고 다니며 음식을 씹은 뒤 뱉고 돌아다니는 탓에 빈축을 샀다는 내용이었다.

그 자체만으로 끔찍한 이야기이지만, 생리학적으로 따져도 먹고 뱉어내는 것은 음식의 맛을 제대로 볼 수 있는 행위가 아니기 때문에 음식 평론가의 선택지가 아니다. 우리가 생각하는 맛이라는 것은 사실 85퍼센트 정도가 냄새이며, 그 냄새는 코로만 맡는 게 아니다. 음식물을 입에 넣고 씹어 삼킬 때 비강을 통해서도 맡을 수 있는데, 이 과정이 우리가 인지하는 음식 맛을 상당 비율을 좌우한다. 따라서 맛을 확실히 알기 위해서는 포만감을 감수하면서 음식을 씹어 삼키기까지 해야 하는 것이다.

이런 일련의 과정이 단순히 끼니를 챙긴다거나 즐거움을 찾는 상황이라면 모르지만, 취재를 위한 것이라면 느낌이 사뭇 달라진다. 음식점 문을 들어서기 전부터 스트레스를 받고, 한 입 한 입 위장에 들어차는 느낌도 다르다. 그래서 때로 반드시 먹어야만 한다는 전제로 존재하는 음식 — 그러니까 거의 모든 — 이 음식 평론가로서는 부담스러울 수밖에 없는데, 애초에 먹을 수 없도록 설정된 음식의 이야기라면 책장을 넘기는 손이 사뭇 가벼워진다.

한편 어떤 식으로든 음식 모형의 이야기를 접할 수 있다는 점 또한 반가웠다. 이제 참으로 옛날 이야기긴 하지만 내가 어렸을 때인 1980년대에는 음식 모형의 존재가 일반적이었다. 많은 음식점에서 모형을 어렵지 않게 볼 수 있었다는 말이다. 진짜 음식과의 격차는 뭐랄까, 마치 기술력이 있는데도 일부러 가짜처럼 만들어 놓은 느낌이었다. 하지만 그런 완성도라도 음식을 너무나도 사랑하는 초등학생 어린이의 입에 군침이 고이게 하는 데는 모자람이 없었던 걸로 기억한다. '로스구이(양념하지 않은 고기구이의 통칭이었다)' 같은 한식도 좋았지만, 유리잔 안에서 알록달록한 켜가 빛나는 파르페가 가장 좋았다. 특히 백화점 꼭대기 층의 커피숍에서 볼 수 있었던 파르페의 모형에는 종이우산이 꽂혀야만 비로소 정체성이 완성되곤 했었다. 그 밖에도 달고 짠맛의 자작한 양념 때문에 일본 규동의 복제판이라고밖에 여길 수 없는 고기덮밥 같은 음식도 기억이 난다.

그러던 음식 모형이 사실 이제는 거의 자취를 감추고 없다. 음식점에서는 이미 오래전에 사진으로 대체 돼 버렸다. 내가 그토록 좋아했던 백화점 꼭대기의 파르페는 한술 더 떠 모형뿐 아니라 아예 실제 음식 자체가 거의 사라져 버려서, 먹으려면 인터넷을 뒤져 한참 발품을 팔아야만 한다.

음식 모형의 종주국인 일본의 현실은 다르다. 일본의 음식 모형 산업은 1930년대까지 거슬러 올라가는데, 거의 백 년의 역사를 자랑한다. 구조하치만(기후현 소재) 출신의 장인인 이와사키 다키조(1895~1965)가 아내의 오믈렛을 밀랍 모형으로 만들며 첫발을 내디었다.

일설에 의하면 일본의 음식 모형 산업은 2차 세계 대전 이후 급성장했다고 한다. 일본에 주둔하게 된 미군이 언어를 모르면서도 음식을 주문할 수 있도록 도움을 주기 위한 역할로 만들어졌다는 것이다. 그렇게 따지면 사진이 아주 보편화된 현재엔 수요가 많지 않은 편이 자연스럽다. 어쨌든, 다키조가 1932년 설립한 이와사키 제작소는 모형 제조 주식회사로, 오늘날 일본 음식 모형 산업의 70퍼센트를 점유하고 있다. 이런 현실인지라 일본에는 음식물 모형은 물론 실제 파르페마저 종이우산을 포함해 여전히 건재한다. 셈푸루(サンプル, 샘플)라 불리는 음식 모형 제작 산업은 9천만 달러(약 1천 3백억 원) 규모에 이를 정도다. 비단 음식점의 전시용뿐 아니라 '굿즈'와 같은 일반 소비자용 수요도 있다.

## 여성 서사로서 『이세린가이드』

『이세린가이드』는 여성 서사다. 위로 오빠가 둘인 삼남매의 막내딸인 이세린은 가짜를 내는 데 익숙한 집안 출신이다. 할아버지는 사형주조, 즉 모래틀에 녹인 쇳물을 부어 냄비 등을 만드는 주물 기술자였으며, 아버지는 의수족 제작자였으나 무허가 치기공에 손을 댔다가 감옥에 갔다 온 뒤 비자발적으로 은퇴했다. 삼 남매의 막내인 이세린은 음식 모형을, 위의 두 오빠는 각각 분양을 위한 아파트 모형 제작, 드라마와 영화를 위한 특수 분장 일에 종사한다. 이런 가운데 엄마는 짝퉁 명품 가방을 들어 가짜를 만드는 장인 가족의 보조를 맞춘다.

이세린은 막내라는 이유로 비교적 무던하게 자랐지만, 그렇다고 차별을 안 받지는 않았다. 자라며 겪은 무던함 자체가 사실은 무관심이니 결국 차별인 셈이다. 그래서 그는 자신을 에인 랜드의 건축에 관한 소설 『파운틴헤드』에 언급되는 '아무것도 받치고 있지 않은 기둥'에 비유한다. 아들들과 달리 '애초에 지탱할 기대가 없었던 탓'에 별 부담 없이 가족의 울타리에서 벗어나 독립할 수 있었다는 의미다. 이세린은 있어도 그만 없어도 그만인 무관심의 대상이었다.

그리고 이런 무관심의 배경에는 누구라도 짐작할 수 있는 남아 선호 사상이 있다. 이세린의 할머니는 증손자 — 이세린 큰오빠의 아들 — 를 보자 알지네이트로 의수족이나 치아의 금형을 뜰 줄 아는 이세린의 아버지를 데려다가 '고추' 모형을 제작시킨다. 그것도 두 점을 만들어 황금색으로 칠해서는 이세린의 큰오빠와 자신의 집에 한 점씩 걸어 놓는다. 여성인 할머니가 남아를 선호하는 현실, 너무나도 흔하지만 그렇다고 여성들에게 절대 대수롭게 여길 수 없는 고통이다. 너무 지나치게 많이 겪어서 자신을 보호하기 위해 무감각해지는 한편, 사무치게 내면화 돼 버리고 마는 고통이다. 한편으로는 또 다른 여자인 어머니와의 감정적 거리를 조절하는 데 어려움을 느낀다.

그래서일까. 이세린은 자신을 '두꺼운 튀김옷에 꽁꽁 숨겨 끓는 분노에 보글보글 검게 튀겨낸 그런 모습의 튀김'에 비유한다. 옷이 이미 까맣게 타버린 그 튀김 속에는 여자이기 때문에 살면서 상처받은 마음이 숨겨져 있을 것이다. 김포족(김장을 포기한 사람들)으로 가문의 연례 김장 행사 — 역시 할머니가 이끄는 — 에 참가하지 않고, 또한 극구 사양함에도 불구하고 어머니가 동의 없이 보낸 김치 상자를 보고는 '미움도 짜증도 아닌, 아직 이름 붙인 적 없는 감정'에 시달리며 밤새 눈물을 흘린다.

비록 여성은 아니지만 이게 어떤 감정인지 어렴풋이 헤아릴 수는 있다. 많은 어머니들이 음식을 자식에게 나눠 주는 걸로 자신의 존재감을 확인, 또는 더 나아가 정당화하는 경향이 있다. 따라서 어느 시점이 되어 음식의 차원에서 어머니로부터 완전히 독립했다 하더라도, 반찬이나 김치 등을 정말 웬만큼 모진 마음을 먹지 않고서는 안 가져가겠다고 할 수가 없다. 맞다, 이건 내 경험담이다. 어머니로부터 일종의 권리를 빼앗는 것 같은 이 기분은 정말 굉장히 착잡하고 슬프다. 특히 그런 상황이 어머니의 노화의 진행과 겹치는 경향이 있어 한층 더 사무친다. 이렇게 반찬이며 김치를 받아다 먹을 수 있는 날이 얼마 남지 않은 것만 같지만, 그렇다고 해서 계속 받아다 먹고 싶지는 않은 상반된 슬픔이 겹치며 공명한다.

### 가짜라서 진짜인 여성 서사

이세린이 음식 모형 제작자라는 설정도 여성 서사를 한층 더 강화하는 데 일조한다. 유명 점쟁이에 의하면 이세린은 '아주 산해진미에 둘러싸일, 팔도 여기저기서 성찬 차려놓고 모실 팔자'를 타고 태어났다. 그러나 그 음식이 먹을 수 없는 모형일 때, 점쟁이가 말해줬으나 사실은 불확실한 그 희망마저 확실하게 깨져 버린다. 음식은 음식이되 먹을 수 없는 음식이니까. 게다가 모형이라면 실제 음식보다 가벼우므로 상다리도 휘지 않는다. 게다가 받아먹는 입장도 아니고 생계를 위해 그것을 차려야 하는 팔자다.

하지만 음식은 모형이지만 정성은 가짜가 아니라는 말이 있다.* 비록 먹을 수 없는 모형을 만드는 데도 손과 품이 많이 든다는 의미다. 아니, 사실 모형 음식은 한두 술도 아니고 기본적으로 한 열 술 정도는 더 뜨는 수준으로 공이 든다. 국내 모형 제작 업체의 홈페이지(*http://miragereplica.com/*)를 찾아보았다. 소시지야채볶음 한 접시에 *88,000*원, 치즈를 얹어 맛있게 녹인 김치전은 *132,000*원이다. 일본의 음식 모형 산업을 소개하는 '비즈니스 인사이더'의 영상**에서도 모형이 실제 음식의 대략 열 배 정도 가격이라고 밝히고 있다. 물론 제작도 실제 음식처럼 뚝딱 되는 게 아니라서, 부대찌개 한 냄비를 만드는 데 *6*시간이 걸린다.

게다가 모형도 실제 음식을 바탕으로 만든다. 대상 음식에 실리콘

* 음식 모형 제작 공방 '미라지 모형', 《월간중앙》 2022년 4월 17일, https://jmagazine.joins.com/monthly/view/335904) 참조.

** (How hyper-realistic plastic food became a $90 million industry in Japan,https://www.businessinsider.com/how-fake-food-became-90-million-dollar-industry-japan-2019-1)

과 경화제를 부어 틀을 만들고 폴리염화비닐이나 합성수지를 부은 뒤 섭씨 340도 수준의 오븐에 구워 굳힌다. 틀에서 떼어낸 다음엔 모양을 다듬어 준 뒤 에어브러시로 물감을 쏘아 색을 입힌다. 글로 표현하니 아무래도 재미 없게 여겨진다면 유튜브에서 '음식 모형'으로 검색해 영상을 찾아보시라. 비빔밥을 위해 밥알에 접착제를 더해 버무리는 장면에서는 군침이 꿀꺽 넘어갈 정도로 현실적이다.

그런, 실제 음식이 빚어내는 것과는 결이 사뭇 다른 현실감을 바로 『이세린가이드』의 음식 모형이 자아낸다. 진짜 음식과 달리 먹을 수 없기 때문에 생명력이 길다. 부패를 걱정할 필요도 없으니 그만큼 각각의 음식이 품고 있는 편견과 차별의 사연이 소멸하지 않고 계속 살아남는다. 게다가 진짜 음식으로 일단 틀만 만들어 놓으면 언제고 새롭게 복제할 수 있으므로 존재를 지우려는 시도 또한 무의미하다. 각 음식이 대표하는 편견과 차별의 상처가 요즘의 표현을 빌리자면 '영구 박제'되는 셈이다. 그것도 비닐과 플라스틱 특유의 매끈거림과 반짝임을 품고서. 음식이 진짜가 아닌 덕분에 우리는 날름 삼키고 맛을 말하지 않고 계속 바라보며 상처에 대해서 곱씹고 또 말할 수 있게 된다. 진짜 음식이 사라지며 위로한다면 가짜 음식은 존재 자체로 기록한다. 아, 진짜가 못한 일을 가짜가 해내네요.

*Chapter 17*

## 초콜릿 성과 『초콜릿 전쟁』

일본의 소도시 S시에 모두에게 사랑받는 제과점 금천당이 있다. 한국으로 치자면 대전의 성심당쯤 될까? 혹자는 군산의 이성당이라 주장할 수도 있겠지만, 사실 둘의 급은 꽤 다르다. 성심당은 브랜드의 시간성을 유지하면서도 현대화에 성공했다면, 이성당은 화석처럼 구태의연한 옛날 빵을 고집한다. 2009년, 한국에 갓 들어와 이성당에 갔을 때의 충격이 아직도 선하다. 와, 이런 빵을 아직도 팔다니. 버터(사실은 마가린) 크림 케이크 좀 봐. 초등학교 때 빵집에서 팔던 것 그대로네. 이런 빵집이 지역의 보석 취급을 받아 줄을 서서 먹는다는 사실을 이해할 수 없었다. 묵으면 다인가? 그렇다고 뭐 백 년씩 된 것도 아닌데. 이런 곳을 접하면서 내 마음속에 서서히 불꽃이 피어오르기 시작했다. 한국 음식과 식문화에 대한 불만의 불꽃 말이다. 그렇게 나는 결국 음식 평론의 길을 걷게 되었다.

각설하고, 모두에게 사랑받는 금천당에서 사고가 벌어진다. 초등학생 고이치와 아키라가 슈크림을 사러 갔다가 전시된 초콜릿 성을 보고 있는데, 갑자기 쇼윈도의 유리창이 와장창 깨져 버린 것이다.

까마귀 날자 배 떨어진다고, 사장인 긴베 씨 이하 직원들은 두 학생을 의심한다. 학생들은 극구 결백을 주장하지만 하필 아키라가 장난감 권총을 가지고 있었다는 사실도 금천당 사람들의 선입견을 뒤집는 데 도움이 되지 않는다. 또한 하필 고이치가, 아파서 사흘째 잘 먹지 못하는 동생 이즈미를 위한 과자를 사러 갔다가 돈이 모자라 그냥 돌아 나왔던 길이라 더 안타깝다.

결국 아이들은 학교로 다시 끌려가고, 버찌(사쿠라) 선생님은 아이들의 결백을 믿어 준다. 하지만 사장인 긴베 씨는 아이들이 돈이 모자라 슈크림을 사지 못하자 쇼윈도를 깨려 했을 거라며 끝까지 믿어주지 않는다. 화가 난 버찌 선생님은 요즘의 표현을 빌리자면 금천당 불매운동을 선언하고, 급우들의 결백을 믿는 학교 신문부의 차장 미도리는 다른 학교의 신문과 연대해 사건의 전말을 전파하는 등 구명 운동에 나선다. 그리고 누명을 뒤집어쓴 고이치와 아키라, 친구 세 명은 몇몇 앙갚음을 계획한다.

금천당의 상징인 초콜릿 성을 훔치기로 한 것이다.

머릿속에 낱낱이 흩어져 있는 이야기 조각을 간신히 그러모아 어린 시절의 책을 찾았다. 그것도 사십 년도 족히 넘은 뒤에. 구글에 뭐라고 검색했더라? 심지어 그것마저 기억이 나지 않을 정도로 이 책에 대한 기억은 총체적으로 가물가물하다. 초등학교 입학 전, 그러니까 일곱 살 때쯤 읽었는데 단 두 가지만 기억났다. 갱지로 만든 전집 가운데 한 권이었는데, 이 전집에 역시 너무나도 재미있게 읽었던

『오즈의 마법사』가 포함되어 있었던 것. 그리고 아이들이 초콜릿 성을 훔쳤다는 내용. 이런지라 큰 기대를 하지 않았는데, 내가 인터넷의 집단지성을 과소평가했을 줄이야. 이런저런 검색어를 번갈아 입력했더니 『초콜렛 전쟁』이라는 제목으로 책이 나타났다. 안개 같았던 가물가물함이 단박에 싹 걷히고 머릿속에서 거대한 초콜릿 성이 위용을 드러냈다. 어린 시절의 기억 한 편을 온전히 되살렸을 때의 뿌듯함이라니.

아이들은 사전 답사까지 거쳐 계획을 세우고는 성을 훔쳐내는 데 성공한다. 그러나 그들이 모르는 사이 그 계획은 이미 노출되었고, 영악한 어른인 사장은 아이들의 계획을 제과점 홍보에 역이용한다. 초콜렛 성을 비닐 모형으로 미리 바꿔 치기 해 놓은 것이다. 아이들은 그런 영문도 모른 채 제과점에 잠입해 성을 들고 나와서 시내를 열심히 돌아다닌다. 와, 저것 좀 봐. 금천당에서 판촉 활동 중인가봐. 시에서 가장 유명한 제과점의 상징을 들고 나오는데 저항도 전혀 없었고 무엇보다 너무 가볍다. 이상한데. 시 변두리의 언덕까지 들고 가서야 아이들은 성이 비닐로 만든 가짜라는 걸 알아차리고는 절망에 빠진다. 에잇. 성을 걷어차자 터지며 선전 문구가 쓰인 빨간 풍선이 빠져나와 하늘로 둥실둥실 날아간다. '양과자는 금천당'.

그러게, 진짜 초콜릿으로 성을 만들었다면 과연 아이들 네 명이 들고 뛸 수 있었을까? 궁금한 나머지 약간의 전공 지식에 초등학교 고학년 수준의 산수를 곁들여 시뮬레이션을 해보았다. 사실 말이

시뮬레이션이지 꽤 간단한 계산이다. 다행스럽게도 책에는 삽화가 실려 있고 초콜릿 성도 여러 차례 등장한다. 높이가 1미터쯤 된다고 밝히고 있으니 가상의 성을 하나 설정했다. 우리에게는 대략의 수치만 필요하므로 최대한 단순하면서도 성의 분위기 정도만 풍기게끔 설정했다(하지만 그러는 사이 왠지 홈플러스가 떠올랐다). 그리고 같은 논리에서, 결과에 의미 있는 차이를 가져오지 않을 개구부도 전부 없는 것으로 간주했다.

마지막으로 삽화의 초콜릿 성을 두께 0.5센티미터짜리 초콜릿 패널로 짓는다고 가정했다. 이처럼 두께를 포함한 치수를 전부 알면 초콜릿 성을 짓는 데 필요한 초콜릿 패널의 총 부피를 알 수 있다. 여기에 초콜릿의 밀도(무게/부피)를 곱하면 무게가 나오는데, 계산 과정은 여러분의 정신 건강을 위해 생략하고, 성은 대략 65킬로그램이 나갈 것이다.

그리고 이 수치는 아이들에게 불리한 방향으로 정확하지 않다. 자재가 비록 초콜릿 패널이라 할지라도 최소한의 구조적 안정을 위해 보이지 않는 내부에 벽을 쌓아 보강해 줘야 하기 때문이다. 그러면 무게가 불어나고 아이들에게 더 부담이 된다. 신기하게도 책에서는 아이들이 몇 학년인지 밝히지 않는데, 성을 훔쳐낼 계획을 세운다거나 학급 신문으로 급우들의 구명 운동을 벌인다거나 하는 등의 성숙한 행동을 할 정도라면 5, 6학년임을 큰 부담 없이 짐작할 수 있다. 그리고 6학년은 초등학교 세계에서는 너무 어른이므로 5학년이어야 좀 더 자연스럽다. 2019년 교육부 발표 자료에 의하면 초등학교 5학년, 즉 한국 나이로 12살짜리 남자아이의 평균 몸무게는 42.9킬로그램이다.

결국 초등학교 5학년 남자아이들 다섯 명이 각자 13킬로그램 이상, 자기 몸무게의 30퍼센트 감당해야 한다는 결론인데 아무래도 쉽지 않다. 게다가 아이들의 몸무게는 2019년 한국의 통계이니 『초콜릿 전쟁』의 시대적 배경과 정확하게 맞지 않을 가능성이 매우 높다. 저자인 오이시 마코토는 1925년생이고 내가 초등학교 저학년 혹은 취학 전인 1980년대 초반에 책을 읽었으니, 적어도 40년 전 일본 아이들의 신체 조건을 적용해야 좀 더 정확하다. 40년은 참으로 긴 세월이고 당시 일본 아이들은 더 작고 몸무게도 덜 나갔을 테니 부담은 더 커진다.

이렇게 써놓고 아무래도 안심이 되지 않아 좀 더 찾아보았다. 2011년의 기사에서 20년 전, 즉 1991년과 비교해 초등학생의 몸무게가 10.54킬로그램 늘었다는 데이터를 찾았다. 1980년대 초반은 이보다 10년 전이니 아이들의 몸무게가 30킬로그램대 초중반이었다고 가정을 해도 무리가 없을 것이다. 그렇다면 아이 한 명당 자기 몸무게의 40퍼센트를 감당해야 한다. 이래저래 책에서 묘사하는 규모대로 초등학교 5학년 남자아이 다섯 명이 들고 움직일 수 있는 초콜릿 성을 만들기란 불가능하다고 보아야 한다.

이처럼 열심히 고민하며 시뮬레이션을 했지만 사실 초콜릿 성의 무게는 애초에 전혀 상관이 없는 문제이기도 하다. 어차피 아이들의 계획은 미리 유출되어 가짜가 기다리고 있었으니까. 그렇게 보면 한편 긴베 사장의 전략은 어른의 시각으로 볼 때 배려인 것 같기도 하다. 아이들이 진짜 초콜릿 성을 노렸다가는 무거워서 허리라도 다칠 수 있으니까.

하지만 애초에 결백한 아이들이 불량할 거라는 선입견을 가지고 사건에 접근했으므로 긴베 사장은 대가를 혹독하게 치러야만 했다. 미도리를 비롯한 학급 신문 부원들의 구명운동 덕분에 소식이 도시 전체로 알려져 사람들이 불매운동을 벌이기 시작한 것이다. 언제나 불티나게 팔려 왔던 슈크림이며 크루아상 등이 오래 진열대를 지키고 백, 이백, 삼백 개씩 남기 시작하니 사장의 속은 타들어간다. 뭔가 잘못되었나 싶어 계속 맛을 보지만 예전과 다른 게 없기에 더 답답하다. 책의 표현을 빌리자면 '얼굴은 핏기를 잃고 대머리는 윤기를 잃을' 정도로 애를 태운다. '대머리는 윤기를 잃을' 정도라니 원작자의 대머리 혐오가 지나치게 가혹하다.

한편 이런 소식이 진짜로 쇼윈도를 깨트린 장본인들의 귀에도 들어간다. 트럭을 운전하는 형제 요시하루와 가쿠이다. 사실은 고이치와 아키라가 초콜릿 성을 넋 놓고 바라보고 있을 때 형제의 트럭이 지나가며 도로의 돌멩이를 튕기는 바람에 쇼윈도가 깨져버렸다. 형제는 자신들의 과실을 알고 있었지만 사실대로 말하면 변상의 부담이 클 것이라 짐작해 여태껏 나서지 않았다. 하지만 그 탓에 어린 아이들이 누명을 쓰고 결국 초콜릿 성을 훔치기까지 했다는 소식에 가책을 느껴 결국 금천당을 찾아가 사실대로 털어놓는다. 사건의 전말을 속속들이 알게 된 사장은 깨진 유리의 비용을 받지 않는 한편, 사과의 뜻으로 전교생이 나눠 먹을 수 있도록 매달 한 번씩 특별 데코레이션 케이크를 보내기로 학교에 약속한다.

와, 그래서 학생들은 누명을 벗고, 트럭 운전수 형제는 유릿값을 변상하지 않아도 되고, 전교생은 한 달에 한 번씩 맛있는 케이크를 먹게 됐다. 물론 금천당도 다시 예전의 인기를 회복했다. 이래저래 해피엔딩이구나.

라고 생각하고 흥겨움에 취해서 글을 마무리하고 싶지만 그럴 수 없다. 왜? 지금까지 줄거리 말고 그다지 살펴본 게 없으니까. 어린 학생들이 들고 나르기는 힘들 거라 생각해서 초콜릿 성의 무게를 대강 산출해 보았지만 솔직히 별 영양가는 없다. 구축법 정도라도 살펴보면 모를까. 대체 어떻게 초콜릿으로 성을 지을 수 있는 걸까?

초콜릿은 열에 반응한다는 사실만 빼면 시멘트풀 혹은 콘크리트와 성질이 비슷하다. 본격적으로 굳기 시작하기 전까지는 원하는 형태를 잡을 수 있는 가소성을 지닌다는 말이다. 우리가 완제품으로 만나는 초콜릿은 이미 가공을 끝낸, 그 자체로 완성품인 커버처 *couverture*를 다시 녹여 틀에 부어 굳힌 것이다. 그러고 보면 사실 가장 평범한 초콜릿 바의 모양 자체가 건물의 벽과 상당히 닮았다. 두께를 가진 직사각형에 표현에 특유의 문양을 지니고 있으니, 그대로 적절히 배치하면 벽을 세울 수 있고 바로 공간이 만들어진다.

하지만 금천당이 이렇게 성의 없이 초콜릿 성을 짓지는 않았을 것이다. 대머리 사장은 어렵게 제과를 배운 사람이며 자신의 과자와 빵 등에 굉장한 자부심을 품고 있기 때문이다. 사실 터럭만큼이라도 장인 정신을 품고 있는 제과제빵사 혹은 쇼콜라티에라면 그렇게 접근하지 않을 것이다. 설계도를 그리고 그에 따라 커버처를 녹여 각 구성 요소의 모양을 새롭게 만든 뒤 붙이고 쌓아 올려 자신만의 성을 만들어야 맞다. 말하자면 각 벽을 따로 양생(굳히기)한 뒤 현장에서 조립하는 조립식 주택의 공정과 비슷한 과정을 거친다.

초콜릿은 단지 모양을 잡아주기 위해서만 녹이는 건 아니다. 특정 온도에서 커버처를 녹여서 또 특정 온도까지 식혔다가 다시 굳히면 초콜릿의 결정이 재배치되면서 표면이 매끄럽고 반짝이게 되며 손에서 잘 녹지 않게 된다. 템퍼링*tempering*이라 일컫는 초콜릿의 주요 가공 과정이다. 온도는 다크, 밀크, 화이트 초콜릿에 따라 조금씩 다르지만 대체로 50도에서 녹인 뒤 30도 초반까지 서서히 식히며 작업을 마친다. 보통 대리석판에 녹인 초콜릿을 부어 얇게 펴서 온도를 낮춘다.

실제로 초콜릿을 활용한 구축술은 디저트를 포함한 서양 요리의 종주국인 프랑스의 국가 장인*Meilleur Ouvrier de France, MOF* 선발 대회 등의 단골 경연 종목이다. 시간제한을 두고 초콜릿을 가공해 최대한 건물 같은 구조물 혹은 조형물을 만들게 하는 것이다. 두터운 필름지(아세테이트)를 활용하면 성의 첨탑 같은 원뿔이나 심지어 곡면까지도 초콜릿으로 성형이 가능하기 때문에 상당히 복잡하고 아름다운 결과물을 기대할 수 있다. 녹인 초콜릿 — 시멘트풀과 성질이 비슷하다고 했다 — 을 발라 각 요소를 결합 및 고정시킨다.

초콜릿이 고급 재료라서 재력까지 포함한 제과점 궁극의 능력을 보여줄 때 쓰는 구축 재료라면, 좀 더 흔히 그리고 편하게 쓸 수 있는 자재로 진저브레드(생강빵)이 있다. 진저'브레드'라 이름이 붙었지만 사실은 수분이 적은, 그래서 빽빽한 과자 반죽이다. 벽을 만들어 쌓는 원리는 초콜릿과 같지만 반죽을 원하는 두께로 얇게 민 다음 초벌구이를 한 뒤(그래야 반죽이 퍼지지 않는다) 도면을 따라 벽의 모양대로 자른 다음 한 번 더 구워낸다. 초콜릿보다도 조립식 주택의 구축 원리와 더 흡사하고, 설탕풀인 아이싱*icing*으로 각 요소를 붙여 건물을 만든다. 『헨젤과 그레텔』에 등장해 유명한 진저브레드는 기원전 2400년의 그리스까지 역사가 거슬러 올라간다. 이후 10세기에 중국에서 레시피가 개발되었고, 유럽에는 중세 말기에 자리를 잡았다. 오늘날까지 전해 내려오는, 장식 및 구축적인 진저브레드는 영국 엘리자베스 1세(1533~1603)가 처음 고안해냈다고 한다.

*Chapter 18*

# 『먹는 존재』, 또는 먹는 '존재'에서 '먹는' 존재로

우리는 왜 먹는가? 『먹는 존재』의 주인공 유 양이 다소 과격한 모범 답안을 제시한다. '하여간 배고픔이란 질 낮은 양아치 새끼 같은 거야. 웬만한 악질도 하루 3회 이상 수금하지 않는데 이 새낀 아주 거침이 없고 무엇보다 평생을 따라다니니.' 그렇다, 우리는 무엇보다 배가 고프기 때문에 먹는다. 배가 고프면 몸을 움직일 기운이 떨어지고 곧 기분도 침체된다. 저조한 기분를 떨치지 못해 어려움을 겪다가 음식을 먹으면 단박에 해소되는 경험은 누구나 일상적으로 겪지 않나. 배고픔이란 정신과 신체가 연결되는 갈등이며, 먹는 행위는 곧 이 갈등을 해소하는 수단이다.

하지만 음식은 단지 배고픔을 해소하기 위해서만 존재하지 않고, 우리도 그저 허기를 면하기 위해서만 먹지는 않는다. 물론 이런 음식도 엄연히 존재하는데, 영국의 철학자 줄리언 바지니는 실제로 이를 '연료*fuel*'라 규정한다. 연료와 음식을 효율적으로 구성했을 때 우리 삶의 만족도는 한결 더 높아진다. 연료가 필요할 끼니를 인식하고 나에게 맞는 연료를 찾음으로써, 유 양의 표현을 빌리자면 '하루

3회 수금하는' 배고픔으로부터 조금이나마 자유로워질 수 있다. 그렇게 연료로 갈음할 수 있는 끼니는 아무래도 아침이 가장 적합하다. 안 먹는 사람도 많지만, 먹더라도 바쁘고 정신없을 때 그야말로 때우는 끼니이기 때문이다. 이런 아침이야말로 최대한 쉽고 간편하며 계속 먹더라도 물리지 않는 음식이 좋다. 유 양과 절친한 친구가 되는 직장 동료 조예리가 출근 만원 지하철에서 간신히 입에 넣는 맥스봉 소시지가 좋은 예다. 나라면 삶은 계란 정도를 생각해보겠지만.

연료가 아닌 음식은, 정도의 차이는 있겠지만 배고픔의 해소와 더불어 다양한 사회 및 정서적 역할을 수행한다. 유 양이 사장 김광배의 부적절한 행동을 결국 참지 못하고 가래침을 뱉어 회사에서 쫓겨나게 된 회식 자리나, 남자친구인 박병과 술에 취해 밤을 함께 보내고 다음날 먹는 쌀국수를 예로 들 수 있다. 모두 배고픔을 면하는 기본 역할을 수행하는 동시에 먹는 존재 사이의 유대감이나 친밀감 등을 강화해 준다. 마음이 끌리는 두 사람이 커피 한 잔씩 놓고 이야기를 나누다가 밥을 함께 먹고, 관계가 진전되면 '(집에서) 라면 먹고 갈래?'가 되는 것처럼, 인간의 사회 및 정서적 관계의 발달은 음식이 있어야 훨씬 더 매끄럽고 부드럽게 이루어진다. 갈등을 빚는 관계가 있어 일대일 대면으로 시시비비를 가리는 자리에서도 적어도 물 한 잔씩은 따라 놔야 하는 것처럼 말이다. 숨을 고르고 다음 움직임을 고려할 때 물 한 모금이 엄청난 도움이 된다는 것을, 우리 대다수는

이미 적어도 한 번쯤은 겪지 않았을까? (물론 겪지 않는다면 더 좋겠지만)

물론 유 양도 그저 양아치 같은 배고픔을 달래기만 하기 위해 먹지는 않는다. 일이 풀리지 않을 때 스트레스를 풀기 위해 비빔밥을 해 먹거나, 밀가루를 한 보따리 사다가 다 먹지도 못할 칼국수를 밀어 만든다. 이렇듯 우리의 모두의 삶에는 음식의 사회 및 정서적 역할이 필요하다. 좀 더 그럴듯하게 말하자면, 사회 및 정서적 배고픔을 해소하기 위한 음식이다. 이러나저러나 우리는 먹어야 하기에 '먹는 존재'다. 비단 육체적인 배고픔만을 해소하기 위해서가 아니라, 정신과 신체가 연결되는 온갖 인간사의 국면에서 딸려 오는 또 다른 배고픔을 위해 먹는다. 말하자면 먹는 '존재'에 방점이 찍혀 왔다는 말인데, 요즘은 국면이 많이 달라 보인다. '먹는'에 방점이 찍힌 존재가 등장해 완전히 자리를 잡았다. 그저 허기를 면하기 위한다거나 어떤 사회 및 정서적 필요에 의해서 먹는 게 아닌, 순수하게 먹기 위해서 먹는 '먹방'의 수행자들 말이다.

이런 존재가 없었던 건 아니다. 한국에서는 낯설지만 미국과 캐나다, 일본에서는 흥하고 있는 스포츠로서의 먹기이다. '경쟁 식사*Competitive Eating*'라는 명칭처럼 선수*professional eater*들이 출전해 제한 시간 내에 특정 음식을 얼마나 많이 먹을 수 있는지 경쟁한다. 말하자면 달리기나 역도 등 여느 스포츠처럼 먹기로 경쟁한다는 의미인데, 다만 차이가 있다면 그 형국이 그다지 아름답지 않다는 점이다.

무조건 많이 먹는 게 목표이므로 우리가 보통 식사하는 요령으로 먹었다간 이길 수가 없다. 경쟁자들은 자신만의 방법으로 몸을 요동치며 좀 더 빨리, 더 많은 음식을 쑤셔 넣는다. 유튜브에 *competitive eating*으로 검색해 보시라. 치열하다 못해 숨이 막히는, 고통의 몸부림으로 점철된 경쟁의 현장을 생생히 간접 경험할 수 있다.

먹기 대회 가운데 가장 유명한, 미국에서 독립 기념일인 7월 4일에 벌어지는 핫도그 먹기 대회를 보자. 빵과 소시지를 각각 1개분씩 먹어야 하나를 온전히 먹은 것으로 쳐 준다. 따라서 소시지는 씹어 삼키지만 스펀지에 가까운 조직의 폭신폭신한 빵은 딸려 나오는 탄산음료에 적셔 욱여넣는다. 그래야 빨리 먹을 수 있기 때문인데, 그 모습에 있던 식욕도 사라질 만큼 괴기하고도 징그럽다. 이런 먹기 대회도 궁극적으로는 스포츠이므로 출전자들은 피눈물 나는 노력을 기울인다. 진짜 잘 먹는 이들은 웨이트 트레이닝 등을 통해 근력을 개발하는 동시에 위장을 늘려 준비하는 것이다. 2000년대 중후반에는 이 핫도그 먹기 대회 — 메카라고 할 수 있는 뉴욕 코니아일랜드에서 벌어진다 — 를 통해 일본의 고바야시와 미국의 조이 조스 체스트닛이 상당히 흥미로운 대결 구도를 보여주기도 했다. 고바야시가 2001년에 혜성처럼 등장해 2006년까지 6연패를 했으나 2007년 체스트닛에게 1위를 빼앗기고는 이후 이렇다 할 활약을 보여주지 못한 채 서서히 잊혔다.

이런 '먹기 위한 먹기'의 한 갈래가 아프리카 *TV*나 유튜브 등을 통해 완전히 자리 잡았다. 개인이 얼마든지 매체를 꾸려 갈 수 있는 환경이 조성되자 그에 맞춰 또 다른 엔터테인먼트화된 한국식 '먹방*mukbang*' 말이다. 개인 영상 매체의 정착 이전에 홈쇼핑 텔레비전이 그저 홍보를 위해 게장에서 살을 쭉 짜내던 시절을 생각하면, 먹방의 지평은 정말 상전벽해 같은 변화를 겪었다.

먹기 대회만큼 징그럽지는 않지만 먹방도 극단적이라는 점에서는 큰 차이가 없다. 양이든 가짓수이든 아니면 맛이든, 무엇 하나라도 극단적으로 설정해야 사람들이 관심을 가지기 때문이다. 이쪽 시장도 이제는 레드 오션이라서 경쟁은 갈수록 치열해져 간다. 고기 수십인 분을 쌓아 놓고 소주를 맥주잔에 따라 '원샷'부터 하거나, 라면도 기본으로 다섯 개는 끓여야 그야말로 '먹고' 들어간다. 이들도 전업으로 먹는 데다가 치열한 경쟁 속에서 살아남기 위해 애를 쓰니 '경쟁 식사'를 하는 거나 다름없다.

평론가로서 음식은 모름지기 맛을 위해 먹어야 한다는 지론을 품고 살기에, 이런 먹방을 보면 참으로 괴롭다. 무엇보다 누군가 먹는 모습을 공공연히 본다는 사실이 그다지 유쾌하지 않다. 인체의 내부, 즉 구강과 점막을 드러내기 때문에, 먹는 모습은 남에게 보여주지 않는 거라는 말이 있다. 실제로 최근 세상을 떠난 영국 여왕 엘리자베스 2세(1926~2022)는 공식적으로 먹는 모습을 공개하지 않는다고 했다. 같은 맥락에서 한식의 쌈이 격식을 차리는 자리에서는 부적절한 음식이라는 주장도 있다. 입을 한껏 벌려 점막을 노출하면서 크게 싼 쌈을 욱여넣고 볼이 터져라 씹는 모습이 매력적이지 않다는 이유에서다.

하지만 이렇게 말하는 나조차도 먹방으로부터 사실 전혀 자유롭지 않다. 가끔 출연하는 방송에서 소위 '리액션'을 보여야 하기 때문이다. 먹방 전문가들처럼 많은 양을 먹을 일은 없지만 그래도 출연료에 갈음하는 '퍼포먼스'를 보여야 한다는 생각에 나도 모르게 과장하게 된다. 실제 음식 평론을 할 때는 좋아하지 않는 '쫄깃하다' 같은 단어를 서슴지 않고 쓴다거나 '너무 달지 않아 맛있네요' 하고 소감을 밝힌다. 그러고는 집에 돌아와 한 일주일 동안 시름시름 앓는다. 먹방 포화 상태인 현실에 나쁜 영향을 하나 더 보탠 것 같아서 가책이 들고, 먹는 모습을 온 세상에 보였다는 데서 일종의 수치심을 느끼기도 한다. 아아, 먹고살기 힘들구나.

그래도 하나 위안을 삼자면, 그게 사실은 이제 우리 대다수의 모습일 수 있다는 점이다. 먹방은 이제 비단 먹는 모습을 실제로 보여주는 영상 매체를 통해서만 송출되지 않는다. 인스타그램처럼 최적화된 *SNS*를 통해 우리는 먹은 음식의 사진과 영상을 거의 실시간으로, 습관처럼 올린다. 우리들 대부분은 이제 *1*인 먹방 송출기가 되어, 볼 뿐 아니라 보여주기도 한다.

이런 보고 또 보여주기의 현실을 어떻게 이해할 수 있을까. 한마디로 음식은 가장 저렴한 과시의 수단이다. 원래도 그랬지만 *SNS* 시대에 우리의 소비는 훨씬 더 활발하고도 민첩하게 과시의 수단이 된다. 돈을 지불하고 얻은 재화라면 무엇이든 궁극적으로 사회적 계급 과시의 수단으로 활용할 수 있는 가운데, 음식은 가장 돈이 적게 먹히면서도 가장 물질적이고 또 육체적이다. 자동차를 과시하려면 억 단위의 돈을 들여야 하지만 음식이라면 십만 단위, 심지어는 만 단위로도 과시할 수 있다. 비슷한 돈을 들여 소비할 수 있는 문화 자본인 음악회라면 컨텐츠가 비시각적이고 비물질적이므로 과시의 난이도가 높지만(사진만으로는 쉽게 으스댈 수 없다!), 시각적이고 지극히 물질적인 음식은 사진 한 장이면 충분하다. 오늘, 지금 이 시간에도 많은 이들이 자신이 먹은 음식을 앞다투어 *SNS*에 올리고 있다. 누군가 자신의 존재와 이런 음식을 소비할 수 있는 사회 및 경제 여건이며 취향과 감식안에 대해 알아봐 주기를 바라면서.

그래서 바야흐로 먹방의 시대가 도래했다. 스마트폰의 보급 이후 먹방은 우리의 삶에 이미 연착륙 한 지 오래다. 우리는 모르는 사이에 경쟁하며 본격적으로 먹방을 하고 있다. 배가 고프지 않아도 크게 상관없다. 어쩌면 이제 배고픔도 그렇게 중요하지 않을 수 있다. 우리는 언제나 먹고 있는 상태이며 육체가 아닌 정서적 배고픔에 늘 주려 있기 때문이다. '먹기 위해 사는가, 살기 위해 먹는가?'라는 질문도 이제는 답이 너무 뻔하다. 우리는 먹기 위해 산다. 아니, 사실 음식이 우리를 먹고 있는 것일지도 모른다. 우리는 '먹는' 존재다.

Chapter 19

# 『이반 데니소비치, 수용소의 하루』의 눈물 젖은 흑빵

이반 데니소비치를 생각하면 미안한 마음뿐이다. 그때 나는 왜 그랬을까? 사실 알고 보면 정말 죽을 고생을 하는 이야기였음에도 나는 그의 하루를 읽으며 희열을 느꼈다. 뭔가 앞뒤가 딱딱 맞아떨어지는 상황이 왠지 나에겐 너무나도 즐거웠다. 이야기 속 데니소비치의 하루는 그나마 행복한 축에 속했다. 일도 힘들지 않았고, 밀반입물이 적발되지도 않았고, 끼니도 비교적 만족스럽게 해결했다. 그래서 나는 그가 행복하다고 이해했던 것 같다. 사실 그래봐야 혹한의 시베리아에 자리 잡은 굴라그(강제 수용소)의 삶인데 잘 맞아떨어진다 해도 얼마나 맞아떨어질 것이며 또 행복하면 얼마나 행복하겠는가. 그저 인간이라는 동물이 환경에 어떻게든 적응해서 살아가는 모습일 뿐일 텐데. 아무래도 어른의 세계를 모르는 아이였기 때문에 그랬던 것 같다.

좌충우돌하며 삶의 신산을 웬만큼 겪었다고 할 수 있는 지금, 이반 데니소비치를 생각하면 숙연해진다. 대체 그는 얼마나 억울하고 고통스러웠을까. 사실 그는 수용소에서 강제 노역형을 살 만큼 잘못하지 않았다(사실 당시 러시아에 그런 이가 얼마나 많았을까.). 징집돼 전선에 투입되었다가 독일군에게 붙잡혔다가 우여곡절 끝에 가까스로 탈출했건만, 조국은 그에게 되려 스파이 혐의를 뒤집어씌운다. 그의 고지식함도 도움은 못 됐다. 딱 둘만 남은 생존자였기에 '길을 잃고 헤맸을 뿐'이라 둘러대면 그만이었을 것을, 곧이곧대로 포로가 되었노라고 털어놔서 문제가 커져 십 년 노역형을 받았다. 『이반 데니소비치, 수용소의 하루』는 그 긴 세월 속 8년 차의 매서운 겨울날의 일상을 담았다. 정말 더도 덜도 아닌 수용소의 일상이고 사회와는 기준이 전혀 다를 수밖에 없으니, 슈호프, 그러니까 이반 데니소비치는 혹한과 열악한 생활 환경, 강제 노동이라는 삼중고에 시달리면서도 빵과 죽, 생선 스프와 살라(염장 비계)와 같은 최소한의 생계를 위한 음식으로 버티며 출소의 나날을 기다린다.

십 년, 우리에게는 강산도 바뀐다는 세월이니 그 무게만 생각해도 숙연해질 수밖에 없다. 그런데 이반 데니소비치의 이야기가 작가인 알렉산드르 솔제니친의 경험을 바탕으로 쓰였다는 사실까지 알면 마음이 한결 더 무거워진다. 그는 반정부 활동을 했다는 죄목으로 8년 동안 강제 수용소 생활을 했다. 이 경험을 바탕으로 1962년 『이반 데니소비치, 수용소의 하루』를 발표해 이름을 알렸다. 1970년 노벨 문학상 수상자로 선정되었지만 소련 정부의 방해로 시상식에 참석하지 못했으며, 1974년 스위스를 거쳐 1976년 미국으로 망명해 1994년까지 살다가 러시아로 돌아왔다.

빵, 그리고 또 빵. 어린 시절 『이반 데니소비치』를 읽고 가장 기억에 남았던 건 그저 빵이었다. 구두쇠 오리 스크루지 영감의 단추 수프나 헨젤과 그레텔의 과자집을 가볍게 제치고, 그의 빵은 나에게 문학 그리고 소설 속에서 가장 인상 깊은 음식으로 오늘날까지도 각인돼 있다. 아는 만큼 보인다고 했던가. 오늘날 『이반 데니소비치』를 읽으면 빵의 무게가 한층 더 크게 느껴진다. 어린 시절에는 슈호프가 빵을 향해 품은 집착이나 맛있게 먹는다는 표현만으로는 다 담아낼 수 없는 생의 의지에 감동했다면, 요즘은 여기에 빵의 상징적 의미를 한 켜 덧씌워 이해하게 되었다.

우리에게 밥이 있다면 서양 음식 세계에는 빵이 있다(물론 우리에게도 빵이 있기는 하지만……). 둘 다 생명의 근원인 곡식으로 만든 식사의 기본이므로 많은 상징성을 품고 있다. 그래서 영어엔 빵과 얽힌 관용구가 많은데, 역시 대표적인 것은 '빵을 쪼개다*break the bread*'라는 표현이다. 원래 기독교의 성찬식, 즉 무교병*인 성체를 나누는 의식에서 비롯된 이 표현은 일상에서도 자신의 먹을 것을 나눠 주고 종내에는 마음을 여는 상황을 묘사한다. 우리로 치자면 차린 상에 숟가락 하나 더 올리고 밥을 나눠 먹는 것과 흡사하다.

그런데 『이반 데니소비치』에 등장하는 빵은 정확하게 무엇일까? 많은 음식이 번역 과정에서 이름을 잃고 일반화되는 경우가 많다.

* 발효시키지 않아 납작한 전병.

특히 고전일수록 그런 경향이 심하므로 이반 데니소비치도 영역본은 물론 인터넷까지 뒤져보았다. 그래서 얻은 결과는 또렷한 이름이 없는 그냥 '빵'이었다. 하지만 그렇다고 해서 이 빵에 이름이 없다는 의미는 절대 아니다. 다만 각자의 식문화에서는 너무나도 일상적이고 당연해서 특정하지 않았을 가능성이 높다. 이를테면 프랑스에서 '빵'이라면 거의 자동적으로 바게트를 떠올리는 것처럼.

그래서 찾아본 결과, 이반 데니소비치가 수용소에서 먹은 건 보로딘스키(혹은 보로디노) 빵이었다. 보로딘스키 빵은 러시아의 국민빵으로, 현재 러시아 *GOST*[*] 인증을 통해 레시피가 표준화돼 있을 정도다. 그중에서 가장 중요한 건 곡물의 배합비로, 통 호밀가루가 85퍼센트 이상이 되어야만 보로딘스키 빵이라 칭할 수 있다. 그 밖에 밀가루가 15퍼센트, 백 호밀가루가 5퍼센트를 차지한다. 말하자면 밀가루와 호밀가루의 비율이 완전히 역전된 빵이다.

사실 호밀은 이름만 놓고 보면 밀의 일족 같지만, 사뭇 다른 곡식이다. 빵 반죽의 탄성을 책임지는, 그래서 발효에서 발산되는 이산화탄소에 견디며 반죽을 부풀려 주는 핵심 단백질인 글루텐이 없다. 그래서 끓는 물에 반죽하는 익반죽 — 우리의 떡에도 많이 쓰는 조리법이다 — 과 자연 발효종 등을 통해 최대한 원만한 발효를 이끌어낸다. 그래도 통호밀의 비율이 기본 85퍼센트인 데다가 당밀로 맛을 내므로 색이 거무튀튀해질 수밖에 없으므로, 보로딘스키 빵은

* ГОСТ, 러시아 연방 국가 표준 위원회.

'흑빵*black bread*'이라는 별명으로 불린다. 일반 밀가루를 쓴 빵처럼 잘 부풀지 않아 조직이 치밀하고 때론 끈끈해서 떡 같은 느낌마저 풍긴다.

많은 음식의 기원에 관한 설이 그렇듯, 이런 빵에 '보로딘스키'라는 이름이 붙은 연유는 여러 갈래로 전해 내려온다. 가장 설득력이 있는 이야기는 나폴레옹과 관련이 있다. 나폴레옹 전쟁에서 중요한 분기점 역할을 했던 보로디노 전투에서 러시아군의 알렉산드르 투치코프라는 장군이 전사를 했다. 아내인 마르가리타 투치코프는 남편을 기리기 위해 옛 전장에 수녀원을 설립하고 속세와 연을 끊은 뒤 슬퍼했다. 소속 수녀들이 이런 투치코프의 마음 — 시커멓게 썩은 속 — 과 같은 색의 빵을 만든 게 보로딘스키 빵으로 자리 잡았다는 이야기다. 이 이야기에서도 곁가지는 조금씩 달라서, 장군을 전사시킨 나폴레옹군의 산탄 총알과 흡사하게 생겨서 고수 씨앗을 빵에 넣게 되었다는 흐름도 있다.

이반 데니소비치에게 빵은 단순히 허기를 채우기 위한 수단 이상이다. 속살은 일단 먹지만 반원형 껍데기는 결정적인 순간에 죽을 깨끗이 닦아 먹는 데 쓰려고 고이 아껴 둔다. 왠지 수용소에서나 통할 것 같은, 삶을 위한 알뜰한 발버둥처럼 보이지만, 사실 이는 서양 식사의 일반 관습 중 하나다. 수프든 요리의 소스든, 숟가락으로 더 이상 떠먹기 애매한 양이 접시에 남으면 빵껍데기가 출동할 차례다. 남은 국물이나 소스를 알뜰하고 깨끗하게 먹을 수 있을 뿐 아니라

마이야르 반응으로 표정이 다채로운 빵껍데기와 어우러지는 맛이 그만이다. 괜히 체면을 차린다고 접시를 그냥 돌려보내지 말고 반드시 싹싹, 빵으로 깨끗하게 닦아 먹자.

밥에 국이 빠지면 뻑뻑하듯 빵에도 수프가 제 짝으로 필요하다. 사실 '수프'라는 단어조차 원래 라틴어의 '수파*suppa*'에서 비롯되었다. 이후 고대 프랑스어로 '빵 위에 부은 국물'이라는 의미의 '소프*sop*'를 거쳐 오늘날의 수프가 되었다. 오늘날의 프렌치어니언 수프처럼 빵에 부어 국물을 빨아들인 음식이 수프의 기원이었으며, 둘은 상호보완적인 존재다. 『이반 데니소비치』에 등장하는 수프는 빵과는 또 다른 의미로 지금까지 내 기억에 또렷하게 남아 있다. 어린 시절 생선국이 식탁에 자주 올랐기 때문이다.

슈호프의 생선 수프는 그의 수용소 생활만큼이나 암울하다. 썩은 재료로 만들었을뿐더러 생선은 물론 어떤 건더기도 가물에 콩 나듯 존재하는 뿌연 국물이다. 나의 생선국은 그와 정반대로 굉장히 맑았다. 대체로 조기로 끓였지만 종종 제철일 때는 '썩어도 준치'라는 바로 그 준치 국이 식탁에 오르곤 했다. 생선 한 토막이 담긴 맑은 국물 위에 올려진 쑥갓 한 줄기. 맑지만 의외로 꽤 기름진 국물에 양조식초를 딱 한 밥숟갈만 더하면 균형이 너무나도 절묘하게 맞았다. 거의 최초로 경험한, 감각으로서의 맛*taste*과 경험으로서의 맛*flavor*이 동시에 완성되는 순간이었다.

그렇게 극과 극으로 다른 생선국이 식탁에 올랐건만, 먹을 때는 나 역시 항상 슈호프처럼 먹어야만 했기에 지금까지 둘을 짝으로 묶어 생생히 기억하고 있다. 대가리까지 모든 뼈를 꼭꼭 씹어서, 마치 생의 마지막 생선국이라도 되는 것처럼 남은 살점이며 국물을 삼켜야 했다. 그나마 슈호프는 놀림을 사는 한이 있더라도 눈알은 안 먹었지만, 나에겐 예외가 없어서 망막까지도 죄다 빠짐없이 먹어야만 했다. 먹지 않으면 놀림보다 더 치명적인 꾸지람이 뒤따랐다. 이런 경험이 있기에 『이반 데니소비치』를 처음 읽었을 때, 슈호프가 생선 뼈를 꼭꼭 씹어 삼키는 장면에서 나는 일종의 전율을 느꼈다. 삶의 공명이랄까. 내가 경험했던 삶의 어떤 순간, 혹은 국면이 사실은 이미 존재하고 있었으며 누군가 그것을 글로 남기고 느꼈던 감정을 투사해 놓았다는 느낌을 받았다.

그리고 나는 그것을 읽으며 내가 느끼거나 기억하는지조차 깨닫지 못하고 있었던 감정이나 기억을 떠올리게 된다. 생선 뼈를 꼭꼭 씹을 때의 따가움, 올라오는 쓴물, 흐물거리는 망막, 가운데가 끝까지 씹히지 않아 종내에는 삼켜야 하는 눈알, 마지막으로 하나씩 뱉어내는 먹을 수 없는 잔해, 꼭 이렇게 먹어야만 하느냐는, 속으로만 품을 수밖에 없는 원망까지. 그 모든 경험과 기억과 감정이 바로 그 장면에서 또렷해지며 겹쳤다. 나는 그 순간 음식의 정서적 가치라는 게 존재함을 알아차렸고, 동시에 그것이 언제나 유쾌하거나 소중한 것은 아니라는 점 또한 인식했다.

이반 데니소비치는 10년, 정확하게는 윤달이 세 번 끼어 3,653일이나 수용소 생활을 했다. 그는 과연 출소 이후 수용소에서 먹었던 음식을 그리워했을까? 빵이나 소시지, 살라 같은 건 수용소 밖의 일상에서도 흔히 먹을 수 있으니 그렇다 쳐도, 생선 수프는 어땠을까? 썩은 것이었지만 수용소 생활에서 생존의 에너지원으로 작용했으므로 기억을 소중하게 간직하며 다시 먹기를 원했을까, 아니면 생각만 해도 끔찍해서 멀쩡한 맑은 수프도 먹지 않았을까?

한편 우리는 어떤가? 음식의 정서적인 가치를 '손맛'이나 '집밥'처럼 너무 긍정적으로만 다루는 건 아닐까. 어린 시절 먹지 않아서 부모님에게 혼이 났던 음식을 우리는 어떻게 기억하는가? 잘못 먹어 구토나 설사 같은 질환을 겪게 만든 음식을 이후로도 아무렇지도 않게 즐길 수 있는가? 음식의 정서적 가치라는 것이 과연 늘 긍정적일 수만 있을까?

*Chapter 20*

# 『모비 딕』과 고래 잡는 이야기

나를 이슈미얼로 불러달라.

이 담담하다면 담담하다 할 한 문장으로 격랑의 해양 대서사시가 펼쳐진다. 작중 화자인 이슈미얼은 몇 년 전, 돈도 없고 육지에는 딱히 흥미를 끄는 일도 없어서 배를 타고 나가 바다를 둘러보겠노라 결심한다. 항해가 처음은 아니지만 이번만은 좀 달랐다. 여느 배가 아닌 포경선에 탑승하기로 결심한 것이다. 그래서 12월, 맨해튼에서 뉴베드퍼드로 향해 어느 북적이는 여관에 짐을 푼다. 빈 방이 없는 탓에 이미 손님이 묵고 있는 방에 신세를 지게 되는데, 방의 주인은 폴리네시아 가상의 섬 로코보코의 왕자이자 야만인 — 백인의 시각에 의하면 — 퀴퀘그이다. 이슈미얼은 작살잡이는 퀴퀘그와 더불어 포경선 피쿼드에 몸을 싣고 추운 크리스마스날 출항한다.

그런데 여느 배도 아니고 포경선에서 가장 중요한 존재인 선장은 과연 누구인가? 배가 본격적으로 바다에 접어든 이후 에이해브 선장이 실체를 드러낸다. 기골이 장대하고 사악하며 신처럼 범접하기 어려워 보이지만 나름 인간미를 풍기는 그의 한 다리는 의족이었다.

몇 년 전 거대한 향유고래 모비 딕과 사투를 벌이다가 다리를 잃었고, 의족을 그 무엇도 아닌 고래 턱뼈를 깎아 만든 것이었다. 수족의 일부로 삼을 만큼 고래에 진심이라니, 에이해브 선장의 진정성이 느껴진다.

고래를 잡아서 당시로서는 중요한 자원이었던 기름을 챙기며 항해는 나름 순조롭게 이어졌지만 사실 에이해브 선장의 초점은 오로지 복수에만 맞춰져 있었다. 자신의 다리를 가져가 버린 향유고래를 잡아 끝장을 내겠다는 복수의 일념이 서서히 드러나고, 이를 알아챈 1등 항해사 스타벅 — 맞다, 세계에서 가장 유명한 프랜차이즈 커피숍의 상호다 — 과 갈등을 빚는다.

피쿼드호와 에이해브 선장을 비롯한 선원들의 운명은 항해 도중 조우하는 동료 포경선 아홉 척을 통해 조금씩 그 윤곽이 드러난다. 역시 모비 딕에게 오른쪽 팔을 잃은 선장이 이끄는 배(새뮤얼 엔더비), 일등 선원을 잃었을 뿐 아니라 선원들이 전염병에 시달리는 배(제로보암), 그리고 이미 모비 딕에게 공격당해 선장의 아들을 잃은 배(레이철), 모비 딕에게 공격당해 선원 다섯을 잃고 심각하게 파손을 당한 배(딜라이트) 등이다. 이렇게 항해가 펼쳐지는 동안 열병을 앓은 퀴퀘그는 일반 수장을 피하고자 배의 목수에게 관을 짜달라고 요청한다.

마지막으로 딜라이트호와 조우한 뒤, 적도 근방에서 피쿼드와 에이해브 선장은 드디어 모비 딕과 마주친다. 무려 사흘에 걸쳐 사투를 벌이지만 애초에 모비 딕은 인간이 대적할 수 있는 상대가 아니었다. 에이해브는 자신의 전부를 짜내어 모비 딕에게 대항하지만 밧줄에 목이 졸린 채로 모비 딕에게 이끌려 바다로 사라져 버린다. 결국 모비 딕이 피쿼드호를 전파시켜 버리는 가운데 오로지 이슈미얼만이 바다에 뜨도록 처리한 퀴퀘그의 관에 매달려 목숨을 건지고 아직도 잃은 선원들을 찾고 있던 레이철호에 구출된다.

『모비 딕』은 1851년 가을, 본격적으로 서부 개척시대가 열리면서 바다에 대한 전반적인 관심이 급속도로 줄어든 시기에 출간되었다. 그때 허먼 멜빌(1819~1891)은 고작 서른두 살이었다. 지금이야 고전 대접을 받지만, 『모비 딕』은 출간 당시 거의 주목을 받지 못했다. 1981년 멜빌이 사망할 당시 고작 3,200부가 팔렸을 뿐이다.

멜빌은 생전에 불우했다. 『모비 딕』의 영국판이 출간되는 시점에 우상인 내서니얼 호손에게 '제가 가장 원하는 글을 쓰는 일은 금지되어 있습니다, 돈이 안 될 테니까요'라고 썼다시피, 글로 원하는 만큼의 반응을 이끌어내지 못했다. 가까운 친구이자 영향력 있는 출판인 에버트 다이킹크는 『모비 딕』에 대해 '모험소설, 철학, 자연사, 미문, 선의, 나쁜 경구로 이루어진 지적인 차우더(*intellectual chowder*)'라는 혹평을 하며 멜빌의 마음에 깊은 상처를 남겼다.

이처럼 정당한 평가를 받지 못했던 『모비 딕』을 향한 관심은 멜빌의 탄생 100주년인 1919년에 다시 살아났다. 1921년에는 레이먼드 위버의 전기 『허먼 멜빌: 뱃사람 그리고 신비주의자』가 출간되면서 멜빌과 『모비 딕』을 향한 관심이 최고조에 올랐다. 전기를 통해 위버는 『모비 딕』을 '19세기 미국이 낳은 가장 뛰어난 소설적 상상력'이라고 극찬했다. 이후 멜빌은 단테나 셰익스피어, 밀턴이나 도스토옙스키와 비교되었으며, 『모비 딕』은 영국의 소설가 서머싯 몸이 선정한 세계 10대 소설 중 하나로 꼽혔다.

멜빌은 원래 유복한 집안의 자식이었다. 뉴욕에서 부유한 무역상의 셋째 아들로 태어나 부족한 것 없는 유년 시절을 겪었다. 그러다가 13세에 아버지가 파산 후 사망한 뒤 교육도 중단하고 은행이나 상점의 잔심부름, 농장의 허드렛일, 어린아이들을 가르치는 교사 일을 하며 전전했다. 20세에 상선 선원이 되어 영국의 리버풀까지 항해했고, 22세에는 포경선에 승선해 남태평양으로 나갔다가 1844년 군함 수병이 되어 귀국했다. 그리고 1840년 12월 30일 52개월 계약을 맺고 포경선 어쿠시넷*Acushnet*에 승선했다가 1846년 탈주했다. 이후 남태평양 마르키즈제도의 식인 마을에 살았던 경험을 그려낸 『타이피족(*Typee*)』을 발표하면서 작가로서 활동하기 시작했다.

『모비 딕』은 멜빌의 경험 외에도 그의 시대에 번영했던 포경업의 발자취를 담고 있다. 19세기 미국의 포경업계는 엄청난 번영을 누렸으니, 전 유럽의 개체를 합친 것보다 세 배나 많은 포경선 수를 뽐냈다. 이런 시절 멜빌은 『모비 딕』에 대한 영감을 두 가지의 원천에서 얻었다. 첫째, '모비 딕'이라는 고래의 이름은 당시 미국의 고래잡이들을 괴롭히기로 악명 높았던 실제 고래 모카 딕*Mocha Dick*에서 따왔다. 둘째, 거대하고 흉포한 고래의 활약상은 일등항해사 출신의 오언 체이스가 1820년 펴낸 『포경선 에식스호의 놀랍고도 비참한 침몰기』에서 착안했다. 당시 존재했던 배들과 소설의 묘사를 통해 짐작하면, 27미터에 이르는 엄청난 대형 고래였다. 이런 고래에게 1820년 11월 20일, 적도 바로 남쪽인 서경 119도에서 포경선 에식스호가 받혀 침몰했다. 소설 『모비 딕』과는 달리 21명이 고래의 공격에서 목숨을 건졌지만 살아남기 위해 죽은 동료 선원의 인육을 먹는 일이 벌어지는 등 끔찍하고 비참한 사건이었다.

이처럼 작가 개인의 경험에 시대상이 맞물려 『모비 딕』은 총 135장에 에필로그, 번역서 기준으로 원문만 900쪽에 이르는 대서사시로, 서사뿐 아니라 군데군데 고래학cetology 자료들이 정리되어 등장하는 지식 조합형 소설의 원조라고 할 수 있다. 워낙 방대하고 촘촘하기에 정말 여러 갈래로 초점을 달리 맞춰 읽을 수 있으나, 아무래도 인간 대 자연의 투쟁을 통해 멜빌은 서구 제국주의와 기독교 문명을 비판하고자 했다. 그렇기에 발표 당시에는 신성 모독으로 혹독한 비판을 받기도 했었다.

*

고백하건데 고래고기는 딱 한 번 먹어 보았다. 2012년 아이슬란드였다. '세 벌의 코트Þrír frakkar'라는 이름의 레스토랑이 고래고기 전문이라고 해서 일부러 찾아갔다. 아이슬란드의 명물인 퍼핀 새 훈제가 전채로, 고래고기 스테이크가 주요리로 나오는 고정 코스였는데, 둘 다 먹기 힘들었다. 전채는 기름기라고는 단 한 점도 찾을 수 없는, 그래서 다소 질긴 붉은 고기에 훈제향이 너무 짙었다. 많이 날아다니는 새들의 근육이 원래 이렇기에 이해는 할 수 있었지만 레스토랑의 식탁에 오르는 요리라기보다 생존 식량에 더 가까웠다. 그래도 양이 많지 않아 그것을 우물우물 대강 씹어 삼킨 뒤에 등장한 고래고기는 거의 손도 댈 수 없었다. 소금간이라고는 말할 수 없는, 좀 더 뭉근하면서도 분명한 짠맛이 도드라졌고 질감도 낯설었다. 포유류의 고기가 맞기는 한 것 같지만 육지의 것보다 더 물컹하달까. 게다가 무엇보다 이렇다 할 맛을 느낄 수가 없었다.

십 년이 지난 지금도 떠올리면 헛갈린다. 원래 그런 것이었을까? 아니면 그저 내가 고래고기라는 걸 너무 의식했기에 맛을 느끼지 못한 걸까? 하여간 나는 당황했다. 먹으러 왔는데 음식에 거의 손을 못 댄다면 레스토랑과 셰프에 대한 결례라고 생각했다. 도망칠까? 물론 계산은 할 요량이었지만 딱 한 입 먹은 접시를 두고 그대로 일어서고 싶었다. 고민 끝에 끝까지 버티고 앉아서 디저트를 챙겨 먹었다. 고래고기는 이런 식재료였구나. 결국 나는 호기심을 향한 욕구는 가득 채웠으되 배와 마음은 텅 빈 채로 일어섰다. 딱 한 번, 단 한 입이면 족했다. 다시는 먹지 말아야지. 이렇게 생각은 했지만 아직까지도 일말의 죄책감을 지고 산다. 이왕 먹을 것이었다면 남기지 말았어야 하는 건데, 그래야 고래의 죽음이 조금이라도 덜 헛됐을 텐데. 레스토랑과 셰프를 향한 미안함도 완전히 떨치지 못했다. 하지만 이런 마음으로도 도저히 먹을 수 없는 음식이 있기는 하다.

그나마 가책이 덜한 건 포경 선원들조차도 고래고기는 웬만해서 먹지 않았다는 사실이다. 어차피 손에 잡히는 대로 먹었을 수렵 및 채집 시대를 제외한다면 20세기 초까지 포경은 대체로 기름을 얻기 위한 수단이었다. 등불을 밝히는 기름 말이다. 딱히 그것을 즐겨 먹는 식문화권이 아니라면 『모비 딕』에서 보여주듯 선상에서 피하지방을 녹여내어 나오는 기름을 모으고 고기는 버려지곤 했다. 이런 맥락을 감안할 때, 선원들에게도 고래고기는 비상식량이었다. 가끔 먹을 뿐이었으며 그럴 때도 마지못해 입을 댔다. 미국의 포경 선원들은 고래고기가 질기고 누린내도 심해서 평소에 먹을 식재료는 아니라고 여겼다. 한편 고래고기들 가운데서도 호불호가 갈렸다. 큰 고래보다 돌고래나 쇠물돼지(작은 돌고래)의 고기가 더 맛있다고 여기는 선원들도 있었다. 항해 중 북극고래고기를 갈아 완자를 만들거나 지져 먹었는데 맛있었노라는 기록이 남아 있기는 하다.

고래고기를 먹지 않았다면 포경 선원들의 주식은 무엇이었을까? 한번 항해를 나가면 몇 달이고 육지에 발을 못 들일 수 있으므로 염장 또는 발효 등으로 저장성을 높인 식재료를 우선 생각할 수 있다. 말린 콩, 건빵, 염장 소와 돼지고기 및 생선, 건과류에 쌀과 감자 등이었다. 한편 돼지와 닭, 오리, 염소 등을 승선시켜 젖과 알, 고기 등을 조달하기도 했다. 이렇게 최대한 바리바리 싸 들고 출항을 하더라도 식재료가 떨어지는 경우는 다반사였으니, 포경선들은 기회가 닿을 때마다 정박해 재보급을 받았다. 특히 태평양 섬들은 기후 덕분에 훌륭한 식량 조달지 역할을 했다. 빵나무열매, 바나나, 플랜테인,* 코코넛, 오렌지, 파인애플, 파파야, 무화과 같은 식물성 식재료는 물론 돼지와 닭, 생선에 가끔은 새도 챙길 수 있었다.

배도 엄격한 계급 사회였으니 식사의 양태 또한 계급에 따라 갈렸다. 항해사는 되어야 원하는 음식을 자신의 그릇 — 때로 고급 식기 — 에 담아 식탁에서 개별적으로 먹을 수 있었다. 포경이 일반적이었던 19세기에 고급 식재료였던 설탕, 기름, 계피, 정향(클로브), 햄과 치즈, 버터와 양파, 절인 채소 등은 이들의 전유물이었으니, 일반 선원은 큰 솥에 담긴 음식을 놓고 갑판 바닥에 둘러앉아 먹곤 했다. 그리고 이런 식사 문화 속에서 『모비 딕』에도 등장하는 수프, 차우더 *Chowder*가 탄생했다. 선원 모두가 먹을 생선 수프를 끓이는 큰 솥 *Cauldron*을 가리키는 프랑스어 쇼드롱 *Chaudron*에서 왔다는 설이 이를 뒷받침한다. 많은 미국 문물이 프랑스와 영국을 비롯한 유럽에서 건너왔음을 감안하면, 이 설은 설득력이 굉장히 강하다. 물론 많은 음식의 기원이 그렇듯이 이게 전부라면 섭섭할 텐데, 차우더의 경우도 그렇다. 16세기 영국 콘월과 데번 지방에서 끓여 먹었던 생선 수프를 방언으로 차우더와 비슷한 조우터 *jowter*라 일컬었다는 설, 프랑스의 걸쭉한 수프 쇼드르 *chaudre*나 양동이를 의미하는 프랑스어의

*　바나나의 사촌으로 똑같이 생겼지만 단맛이 없다. 주로 썰어서 기름에 지져 먹는다.

퀘백 방언 쇼디르*chaudire*에서 비롯되었다는 설도 있다.

프랑스든 영국이든 기원을 애써 따지지 않아도 될 만큼 미국식 차우더의 역사도 상당히 깊다. 현존하는 가장 오래된 차우더 레시피는《보스턴 이브닝 포스트》에 실린 것으로, 1751년까지 거슬러 올라간다. 따라서 최소한 270년 이상의 역사가 있는 차우더는 당시의 레시피에 의하면 생선과 염장 돼지고기(주로 비계), 양파, 향신료, 후추, 물과 레드 와인, 그리고 마지막으로 건빵을 차곡차곡 담아 끓인 수프였다고 한다. 큰 솥에 재료를 차곡차곡 켜켜이 넣고 끓였다는 점에서 많은 이들이 한 번에 함께 나눠 먹는 선상 식사에서 비롯되었을 가능성이 매우 높다. 사실 이처럼 온갖 해산물을 되는 대로 잔뜩 넣고 끓이는 수프는 차우더 말고도 또 있다. 미국 서부, 특히 샌프란시스코에서 주로 먹는 생선 스튜 치피노*Chippino*다. 이탈리아의 분위기를 물씬 풍기는 이름이지만, 사실은 십시일반을 의미하는 영어 표현 '*chip in*'에서 비롯되었다. 어부나 생선 장수들이 팔 수 없는 생선을 조금씩 모아 끓였다고 해서 붙은 이름이다.

이처럼 차우더나 치피노가 손에 잡히는 재료를 되는 대로 끓여 나눠 먹는, 생존을 위한 해산물 국물 음식이라면, 정반대의 정황에서 태어난 요리도 있다. 바로 무라카미 류의『달콤한 악마가 내 안으로 들어왔다』에 등장하는 프랑스 수프 부야베스다.『달콤한 악마가 내 안으로 들어왔다』는 버블 시대의 한가운데인 1988년에 출간된, 돈 없이는 먹을 수 없는 음식에 대한 사연을 담은 엽편 소설집이다.

1985~1991년 사이, 일본의 자산 가치가 비정상적으로 부풀어 올랐다. 덕분에 잉여를 먹고 문화도 자랐다. 일본이 종주국이라 할 수 있는 애니메이션도 이 시기 비약적인 질적 성장을 이루었다. 음식도 마찬가지. 서양식으로 샴페인을 터뜨려 캐비어를 곁들이는 라이프 스타일을 마음껏 누릴 수 있게 되었다.

이것저것 다 푹 끓여서 국물도 건더기도 남김없이 먹는 차우더나 치피노와 정반대로, 부야베스는 여러 재료에서 맛만 끌어내어 겹친 뒤 버린다. 덕분에 결과물은 눈으로는 단순해 보이지만, 혀로는 그렇지 않다. 첩첩이 쌓아 올린 진한 해산물 맛의 켜가 입안에서 하나씩 풀릴 때의 쾌감이 있다. 주로 국물 또는 소스에 많이 쓰는 방법론이다. 『달콤한 악마가 내 안으로 들어왔다』의 맨 마지막 이야기에 등장하는 부야베스가 그런 음식이다. 주인공이 들르는 프랑스 남부, 프로방스 지방의 마르세유는 마침 부야베스의 고향이다. '세 종류의 생선을 1kg씩' 써서 만들었다는 수프를 먹고는, 그는 '바다의 향기와 용기를 얻었다'며 마음에 두고 있던 여성에게 전화를 건다. 부야베스가 그런 역할을 진짜 수행할 수 있는지는 잘 모르겠지만, 적어도 '진한 바다의 향기와 용기'를 품고 있는 것만은 확실하다.

일단 프로방스식 재료인 마늘, 양파, 토마토, 올리브기름, 회향과 사프란, 오렌지 껍질 등으로 국물의 바탕을 잡는다. 생선은 기름기 없지만 젤라틴을 풍성하게 내주는 흰살 생선 위주로, 살이 단단하고 무른 종류를 함께 쓴다. 연어, 고등어 등은 어울리지 않는다. 한국이라면 흔히 구할 수 있는 아귀를 중심으로 우럭 등을 쓸 수 있다.

포를 뜨고, 살은 다진 마늘과 소금, 올리브기름에 재워두고, 대가리와 등뼈로는 국물을 낸다. 팬에 올리브기름을 넉넉하게 둘러 기본 채소를 볶은 뒤 화이트 와인을 붓고 더해 푹 끓인다. 체로 걸러 재료는 버리고 국물을 다시 냄비에 담아 끓여, 사프란과 오렌지 껍질을 더해 10분간 우린다. 이 국물에, 재워 둔 생선과 단맛을 위한 조개나 새우 등 패류, 갑각류를 더해 살짝 끓여 마무리한다. 이야기 속에 '머스터드 마요네즈'를 빵에 발라 곁들이는 장면이 등장하는데, 정확하게는 루이*rouille* 소스다. 부야베스엔 바게트와 함께 반드시 이것이 등장하는데, 계란 노른자에 빨간 파프리카와 마늘을 더해 만든 마요네즈의 일종이다.

다시 차우더의 세계로 돌아와 보자. 마지막으로 늘어놓았듯이 건빵은 의외로 차우더에 중요한 식재료다. 앞서 살펴보았듯이 건빵은 상당히 중요한 해양 식량으로, 영국에서만도 그 역사가 리처드 1세의 제3차 십자군 전쟁(1189~1192년)까지 거슬러 올라간다. 물론 유서가 깊다고 좋거나 맛있는 음식은 아닌데, 건빵이 그 좋은 예다. 목이 멜 정도로 딱딱하고 뻑뻑해, 그것을 일컫는 단어가 *hardtack*(단단한 *hard*+'음식'의 영국 선원식 속어 *tack*)일 정도다. 수분이 빠질수록 미생물 발생이 억제돼 부패를 막을 수 있기 때문인데, 건빵의 수분 비율은 6퍼센트 이하다. 가장 뻑뻑하고 질긴 축에 속하는 빵인 베이글의 수분 비율이 55~65퍼센트이니 얼마나 뻑뻑한지 알 수 있다.

덕분에 건빵의 보존력은 정말 엄청나게 훌륭하다. 미국 플로리다

주 펜사콜라 소재의 역사 박물관에는 미 남북전쟁의 군량이었던 1862년의 건빵이 양호한 상태로 전시돼 있을 정도다. 잠시 샛길로 빠지자면, 오늘날 군용 건빵에 별사탕이 첨부되는 이유도 빡빡함에 목이 메는 탓이다. 같이 먹으면 침이 배어 나오게 하려는 조치로 일본에서 개발되었다. 특히 1920~30년대에 일본이 대만 식민지의 사탕수수 농사에 성공을 거두면서 본격적으로 첨부되었고, 한국으로 유입되면서 오늘날까지 표준처럼 자리 잡고 있다. 별사탕은 원래 흰색이었으나 눈밭에 떨어지면 찾을 수 없다는 이유로 곧 총천연색을 띠게 되었다.

이처럼 원래 쉽지 않은 음식인 건빵이 『모비 딕』의 시대에는 몇 갑절쯤 지독해서 치아가 빠질 정도로 단단했다는 이야기가 전해 내려온다. 수분 함유량도 그렇지만 아무래도 오늘날처럼 쇼트닝 같은 지방을 첨가하지 않은 탓일 가능성이 높다. 그래서 물에 불려 먹기가 일쑤였고, 이런 맥락에서 차우더가 걸쭉해지는 데 썼다고 봐야겠다. 단단한 건빵을 부드럽게 먹을 수 있을 뿐 아니라 수프의 양도 늘리는 일석이조의 효과가 있었기 때문이다.

오늘날의 차우더에는 건빵을 쓰지 않지만 걸쭉함의 전통만은 두 갈래로 나뉘어 남아 있다. 첫째, 대표라 할 수 있는 보스턴의 클램 차우더(그 지역 발음을 충실히 따르자면, 조금 드세게, 입에 힘을 주어 '차우다'라고 발음해야 한다)는 감자, 그 밖의 경우는 옥수수처럼 전분을 함유한 채소를 써서 걸쭉함을 자아낸다. 아니면 밀가루와 지방 — 이 경우 특히 버터 — 을 함께 볶은 프랑스식의 루*roux*를 쓰기도 하듯이, 차우더라는 수프의 정체성은 상당 부분 이 걸쭉함에 달려 있다고 해도 지나친 말이 아니다.

그리고 둘째, 이미 충분히 걸쭉한 차우더에 건빵과 크게 다르지 않은, 수분이 적고 뻑뻑한 크래커를 부숴 넣어 먹는다. 우리에게는 '참 크래커'로 잘 알려진 짭짤이 크래커*saltine cracker* 반죽을 10원 혹은 500원짜리 동전만 한 공갈빵 모양으로 구워낸 오이스터 크래커*oyster cracker*다. 처음 오이스터 크래커를 접했을 때는 굴맛이 나서 저런 이름을 붙였나 의아해했지만 그런 건 아니었다. 미국에서도 해산물로 유명한, 그래서 보스턴이 클램 차우더의 본고장으로 자리 잡는 데도 일조한 동해안 뉴잉글랜드 지방에서 굴 스튜나 클램 차우더에 넣어 먹기 때문에 붙은 이름이다. 참으로 별것 아닌 크래커의 일종이지만 역사가 적어도 1828년까지 거슬러 올라간다.

## 포경의 현실

고기로 소, 돼지, 양, 닭 정도만 먹어도 우리에겐 정말 충분하다고 생각하지만, 식용 고래고기의 수요는 아직도 남아 있다. 심지어 한때의 남획으로 고래는 대체로 종의 존립 자체가 여전히 위협받고 있다. 20세기 전반부에만 무려 1백 4십만 마리의 고래가 포획되었다고 하니 위협이 없다면 더 신기할 노릇이다. 포경이 금지된 지도 60년이 넘었지만 개체수는 쉽게 회복되지 않고 있다. 한때 2십 3만 9천 마리에 이르렀던 흰긴수염고래는 현재 4천 5백 마리 수준이다. 그밖에도 참고래, 보리고래 등이 여전히 멸종 위기종으로 분류되고 있다.

이처럼 여러모로 포경은 엄연히 금지돼 있는 현실인데 한국에서도 고래가 여전히 유통되고 있다. 불법 행위를 떠올릴 수도 있지만 합법 포획마저 있다는 게 충격이다. 일단 불법 포획의 경우, 2020년의 해양경찰청 자료에 의하면 5년 동안 전부 54마리(국내 해역)다. 한편 합법 포획은 어업 활동 중 고래가 우연히 잡힌 상황을 의미한다. 한국에서 상업 목적의 포경이 금지된 건 1986년인데, 오늘날까지도 우연히 잡힌, 즉 혼획된 고래의 위탁 판매는 여전히 허용되고 있다. 하지만 그것도 보호종이 아닌 낫돌고래와 밍크고래만 가능하다

그렇지만 한국 해안에서 이루어지는 고래의 혼획이 정녕 우연의 산물일까? 해양경찰청에 따르면 2016~2020년 5년 동안 국내 연안에서 혼획된 고래는 연 평균 1천 408마리로, 국제포경위원회(IWC) 가입국 평균의 몇십 배에 이른다. 수치가 이쯤 되면 그냥 혼획이 아닐 것 같다는 합리적 의심이 들 수밖에 없다. 고래가 다니는 길목에 그물을 쳐서 잡고는 혼획인 양 행세하는 가능성을 배제할 수 없다. 이처럼 혼획되는 고래가 많다 보니, 판매 금액의 규모도 커서 2018년부터 올해까지 매년 평균 30억 원 수준이다.

이렇게 유통된 고래는 대체 어떻게 소비되는 걸까? 놀랍게도 한국은 옆나라 일본과 더불어 고래고기를 먹는 대표 국가 가운데 하나다. 밍크고래와 참고래 등 수염고래류가 주로 소비되는데, 울산 장생포와 포항 죽도시장, 부산 자갈치시장 등에서 많이 취급한다. 조

리법은 솔직히 찾다 보니 끔찍해서 굳이 여기에 늘어놓고 싶지 않다. 왜냐고? 지금까지 살펴본 것처럼 포경의 현실은 빤한데, 고래고기를 미식 식재료인 양 소개하는 기사들 일색이기 때문이다. 쇠고기와 비슷하다고 말하고 실제로 그렇게 먹는 경우가 많이 소개되고 있으나, 나의 경험으로는 아니었다.

그래서 고래고기를 꼭 먹어야만 하는 걸까? 이런 상황에서는 늘 전통을 정당화의 도구로 동원한다. 심지어 한국에서도 고래고기가 전통 식문화라 주장하는 경우를 본다. 하지만 경기도 내륙에 살았던 나는 마흔이 거의 다 되어서나, 그것도 저 먼 남의 나라에서 고래고기를 접할 수 있었다. 물론 지역에 국한된 전통이라 주장할 수도 있지만, 그런 경우도 대체로 결핍이 수요를 낳았던 경우라 볼 수 있다. 과거엔 식량이 부족했기에 고래고기에도 손을 댄 것 아니냐는 말이다. 지금 동원할 수 있는 핑계는 아니다.

*Chapter 21*

# 『바늘 없는 시계』와 코카콜라

> 죽음이란 언제나 죽음일 뿐이다.
> 그렇지만 인간은 자기 특유의 방식으로 죽는다.
> *Death is always the same, but each man dies in his own way.*

『바늘 없는 시계』는 머뭇거리지 않는다. 위의 첫 문장으로 바로 사람의 마음을 파고 들어가기 시작한다. 숨이 턱, 막힌다. 그래, 죽음이 그렇겠지. 네가 뭘 알아? 사실 모른다. 죽어보지 않았으니 모르고, 죽으면 말할 수 없어진다. 죽음을 향한 인간의 딜레마다. 그렇지만 그럴 것 같다. 더 이상의 설명은 생략한다.

그렇게 죽음은 소설의 막을 올리고는 이야기 내내 서려 있다. 그 끈적함은 시공간적 배경인 1950년대 미국 남부의 날씨 같다. 정확히는 1953년, 약사인 *J. T.* 말런은 갑작스러운 무기력증에 시달린다. 중이 제 머리 깎으려는 격으로 강장제를 처방하지만 증세는 쉽사리 나아지지 않고 체중도 줄어들기 시작한다. 그제야 병원을 찾은 그는 시한부 선고를 받는다. 길어봐야 15개월, 진단은 백혈병이다. 여름은 무덥고 삶은 시들어간다. 그의 나이 고작 마흔이었다.

한편 시들어가는 말런의 삶 뒤로 더 큰 사회적 문제가 슬금슬금 고개를 들이민다. 가시지 않은 인종차별과 흑인 인권 문제다. 소설의 공간적 배경인 미국 최남부 지방 딥 사우스는 인종차별의 본거지였다. 노예 해방 이후에도 상황은 오랫동안 나아지지 않았다. 흑인과 백인은 따로 화장실을 썼으며 전자는 후자의 가정부나 운전기사 등으로 착취당했다. 이런 흑인들에게 제대로 된 교육 같은 건 기대하기 어려웠다.

지금이야 이렇게 첫 문장의 위력이며 작품의 시대 및 사회적 배경 등을 줄줄 읊지만 사실 처음 읽을 때는 전혀 몰랐다. 그도 그럴 것이 『바늘 없는 시계』를 처음 읽었을 때 나는 고작 열한 살이었다. 그러니까 1986년 여름방학, 부모님이 금성출판사의 주니어 문학세계전집을 사주셨다. 『주홍글씨』, 『죄와 벌』, 『이반 데니소비치, 수용소의 하루』 등 참으로 쟁쟁한 명작들로 가득찬 전집이었다.

덕분에 어린이의 독서가 순식간에 몇 차원 뛰어오를 수 있었던 가운데, 내게 전집의 '원 톱'은 예나 지금이나 『바늘 없는 시계』였다. 만남은 참으로 우연했다. 전집의 마지막이었던 61권이라 일단 눈에 잘 들어왔고, 제목 또한 초등학교 5학년생에게 왠지 심오해 보였다. 바늘이 없는 시계라니 대체 무슨 의미일까? 그렇게 냉큼 꺼내 읽었던 작품은 기대에 부합이라도 하듯 정말 재미있었다.

무엇이 그렇게 재미있었느냐고? 말했듯 나는 어렸으므로 많은 것을 이해하지 못했지만, 저자가 그려내는 인간들의 모습만으로도 충분히 흥미로웠다. 어느 한 사람도 멀쩡하지 않았으며 다들 보란 듯,

심지어 자랑스레 내보이는 결함이 흥미롭고 인상적이었다. 한편 그들을 한데 꿰어 엮는 역할을 하는, 서사의 등뼈 같은 주인공 말런에게 서린 죽음도 굉장히 가슴 시렸다. 인간이 언젠가는 죽고야 만다는 사실을 막 자각하기 시작할 때였다.

소설의 공간적 분위기 또한 야릇하게 인상적이었다. 묘사를 읽고 있노라면 무더울 것 같은데 그 밑자락으로 딱 꼬집어 설명할 수 없는 오싹함이 흐르는 느낌이었다. 이래저래 나는 『바늘 없는 시계』를 읽고 본격적으로 소설을 향한 일생의 흥미에 불을 붙였다. 이후 나는 무엇보다 소설을 즐겨 읽었고 결국 이런 책을 쓸 수 있는 힘까지 키우게 됐다. 그렇다, 이 책은 어떤 작품보다 『바늘 없는 시계』 이야기를 하기 위해 기획되었다고 해도 과장이 아니다.

1986년 이후에도 『바늘 없는 시계』는 주기적으로 내 삶에 다시 돌아왔다. 늘 염두에 두었다가 잊힐 때쯤 다시 읽었다는 말이다. 그러면서 삶의 경험을 통해 작품의 이해도 넓혔다. 나이를 먹고 성인이 되기도 했지만, 이야기의 공간적 배경인 딥 사우스 언저리에서 8년이나 살아서 지역의 정서를 조금이나마 더 잘 알게 되었다. 그리고 죽음을 선고받은 말런보다 근 십 년 가까이 더 산 지금, 『바늘 없는 시계』는 그 어느 때보다 더 여러 각도에서 명료하게 다가온다.

## 코카콜라로도 씻어낼 수 없는 남부 고딕의 끈적함

의사에게서 12~15개월의 시한부 선고를 받은 말런은 하고많은 것 가운데 코카콜라를 생각한다. 그의 약국에서도 팔기에 코카콜라는 그에게 익숙한 음료이다. 코카콜라를 왜 약국에서 파느냐고? 원래 약, 좀 더 정확하게는 강장제였기 때문이다.

코카콜라의 고향은 『바늘 없는 시계』의 공간적 배경인 밀란에서 *220km* 떨어진, 같은 조지아주의 소도시 콜럼버스다. 코카콜라를 발명한 존 펨버턴(*1831~1888*)은 남부군 대령으로 미 남북전쟁에 참전했다. 전쟁통의 부상으로 모르핀 중독에 빠지자 자신의 의학 학위를 활용해 모르핀의 대체제를 찾기 시작했다. 그 결과 *1885*년, 그의 약국인 '펨버턴의 이글 드럭 앤드 케미컬 하우스'에서 '프렌치 와인 코카 신경 강장제'가 탄생한다. 당시 엄청난 인기를 끌었던 코카(바로 마약 코카인의 재료) 와인인 뱅 마리아니를 참고하고 콜라넛으로 카페인을 첨가한 음료였다.

콜럼버스의 인접 대도시인 애틀랜타에서 금주령을 선포하자 펨버턴은 프렌치 와인 코카에서 알코올을 뺀 음료를 개발하고 '코카콜라'라 이름 붙인다. 그리고 *1886*년 *5*월 *8*일, 애틀랜타 소재 제이컵네 약국에서 처음으로 코카콜라의 판매가 이루어진다. 당시의 약국은 오늘날 우리가 '드럭'이라 줄여서 부르는, 화장품 중심의 잡화 매장과 흡사하다. 『바늘 없는 시계』의 시절까지만 하더라도 일반 약국 기능을 중심으로 음료수, 생필품 등을 파는 일종의 편의점에 동네 사랑방 역할까지 맡곤 했다.

초창기의 코카콜라는 의약품으로 특허를 출원해 탄산수전*soda*

*fountain*을 통해 판매되었다. 탄산수가 건강에 좋다는 당시의 믿음 때문이었다. 펨버턴은 코카콜라가 모르핀 중독, 소화 불량, 신경 불안, 두통, 발기 부전 등에 효능이 있다고 주장했다. 그리고 그해 5월 29일, 지역 신문인 《애틀랜타 저널》에 처음으로 코카콜라의 광고가 실린다. 요즘도 코카콜라의 광고에서 쓰이는 '상쾌한*refreshing*' 같은 단어로 특징을 설명한 코카콜라의 최초 가격은 한 잔에 5센트였다.

1892년, 에이사 캔들러에 의해 오늘날의 코카콜라사가 설립된다. 이때까지만 하더라도 코카콜라는 오늘날 패스트푸드 매장에서처럼 약국에서 시럽에 탄산수를 탄 형식으로만 마실 수 있었다. 현재의 형식이 본격적으로 자리 잡기 시작한 건 1894년으로, 미시시피주 빅스버그에서 최초로 코카콜라의 병입이 이루어졌다. 이후 독점 계약권이 단 1달러에서 팔려 1899년 테네시주 채터누가에 첫 전용 병입 공장이 설립되었다. 당시 계약 세부 사항이 불분명했던 탓에 1886년부터 1959년까지 코카콜라는 고정된 가격인 5센트에 팔렸다. 190밀리리터짜리 한 병을 니켈화貨 한 닢으로 사 마실 수 있었던 것이다. 병입에 힘입어 1886년 하루에 고작 6잔 팔리던 코카콜라는 1900년까지 미국 모든 주에서 팔리게 되었다.

이처럼 실질적으로 남부, 특히 조지아주의 음료인 코카콜라는 작품 속에서 상당한 지분을 차지하고 있다. 비단 주인공인 말런이 약국에서 코카콜라를 무시로 팔았기 때문만은 아니다. 시한부 선고를 받은 말런은 자신이 죽고 없는 미래에 대해 생각한다. 이미 상당한 세월을 함께한 아내 마사와는 데면데면한 사이이다. 그런 가운데 아내는 케이크를 팔아 돈을 상당히 벌었고, 당시에도 이미 우량주인 코카콜라 주식에 투자를 해 둔 상황이다. 말하자면 『바늘 없는 시계』에서 코카콜라는 단순한 음료를 넘어 주식의 형식으로 말런에게 끊임없이 죽음을 상기시키는 서사의 도구다.

딥 사우스를 포함한 미국 남부에 살다 보면 코카콜라가 왜 그 동네에서 발명되었는지 어렵지 않게 이해할 수 있다. 무엇보다 해가 쨍쨍하고 여름엔 무더우니 시원하게 싹 씻어내려줄 탄산음료를 떠올리지 않을 수 없다. 게다가 남북전쟁의 단초가 되었던 농업이 발달해 목화뿐 아니라 복숭아와 땅콩도 유명하다. 식재료가 풍성한 덕분에 『바늘 없는 시계』에서도 언뜻언뜻 드러나는 특유의 푸짐한 음식 문화가 발달했다. 그와 맞물려 남부 특유의 친절함 혹은 싹싹함을 표현하는 별도의 표현인 '남부식 환대*Southern Hospitality*'라는 말도 있을 정도다.

와, 그럼 좋은 동네 아닌가?

……사실은 늘 그렇지만은 않다. 어딘가 모르게 무턱대고 밝다고 받아들일 수 없는 분위기가 공기에 서려 있다. 쨍쨍하지만 습도가 높고 굉장히 무더운 가운데 수풀은 울창하고 늪지는 깊다. 말하자면 햇살은 쨍쨍하지만 그로 인해 울창하게 자란 수풀 탓에 빛이 닿지 않는 곳도 있다. 빛, 그리고 궁극적으로 빛이 드리우는 그늘과 음지 사이의 대조, 그 대조가 자아내는 오싹함. 그것이 바로 내가 초등학교 5학년 때에는 정확히 이해하지 못했었던 『바늘 없는 시계』의 정

서였다.

그런 이야기마저 있다. 미국 남부 사람들은 겉과 속이 다르다는 것이다. 낯선 이들에게도 인심 좋게 군다는 남부 특유의 친절함이 본심은 아니니, 앞에서는 친절한 척 가식을 떨지만 돌아서면 뒷말하기 바쁘다는 의미이기도 하다. 그런 분위기가 울창한 숲, 그리고 누구 하나 없어져도 알아차리기 어려울 만큼 광활한 땅덩어리와 맞물리면 그 오싹한 느낌이 만들어진다. 바로 카슨 매컬러스나 윌리엄 포크너로 인해 장르화 된 남부 고딕*Southern Gothic*이다.

바로 코카콜라의 고향인 조지아주 콜럼버스에서 태어난 매컬러스(*1917~1967*)는 원래 줄리어드 음악학교에서 피아노를 공부할 예정이었다. 그러나 뉴욕 지하철에서 등록금을 깡그리 잃어버리고는 낮에는 일용직에서 일하고 밤에는 수업을 들으며 글쓰기의 가능성을 타진한다. 그리고 『마음은 외로운 사냥꾼』(*1940*), 『바늘 없는 시계』(*1961*) 등의 소설로 딥 사우스의 분위기를 잘 그려냈다는 평가를 받는다.

만약 매컬러스나 포크너의 소설이 낯설다면(그럴 수 있다. 그래도 매컬러스는 낫지만 포크너는 난해해서 붙임성이 떨어진다), 〈프라이드 그린 토마토〉 같은 영화(*1991*년작, 패니 플래그의 소설이 원작이다)도 있다. 역시 딥 사우스인 앨라배마가 배경인 『프라이드 그린 토마토』는 이래저래 참으로 해사한 것 같지만 알리바이를 위해 인간을 바베큐로 만들어 버리는 오싹한 광경을 연출한다. 아무리 생각해도 딥 사우스가 아니면 어울리지 않는 설정이다.

이처럼 오싹할뿐더러 겉과 속이 다른 딥 사우스의 화신이 『바늘 없는 시계』의 판사다. 죽음을 등진 덕분에 말런이 주인공처럼 느껴지지만, 사실 이 판사가 작품의 실제 주인공이라고 하더라도 무리가 없어 보일 정도다. 그만큼 캐릭터도 잘 발달돼 있을 뿐 아니라 절정을 포함한 서사를 끌고 나가기도 한다.

그리고 그런 힘에 걸맞게 그는 지독한 인물이다. 노예제도를 신봉하고 흑인과 백인이 섞여서는 안 된다는 인종차별주의자다. 판사로서 판결도 이런 신념을 바탕으로 편파적으로 내려놓고도 일말의 가책조차 느끼지 않는 인간이다. 한 술 더 떠 남부 연합의 화폐를 잔뜩 다락에 쟁여두고 있다. 백 년 전의 화폐가 가치를 지닐 시대가 다시 올 것이라는 철석같은 믿음을 품고 사는 것이다. 심지어 자신의 배설물 냄새마저 생의 증거로서 구수하게 받아들일 정도로 자아도취도 심하다.

일견 친절하고 풍성한 듯 보이지만 오싹하고 끈적한 이면이 존재한다. 그래서 겪어본 입장에서 보면, 이곳엔 코카콜라도 쉽게 씻어 내릴 수 없는 분위기가 서려 있다. 사실 곰곰이 생각해 보면 코카콜라가 그것을 잘 씻어 내릴 수 있을 것 같지도 않다. 실제로 코카콜라 또한 엄청난 양의 설탕을 첨가한 탓에 상당히 끈적하기 때문이다. 그래서 '*refreshing*' 같은 단어로 상쾌함을 강조하는 경향이 잘 맞지 않는 것 같다가도, 또 실제 남부의 분위기를 떠올려 보면 다시 잘 맞는 것 같기도 하다.

어쨌든 코카콜라의 끈적함은 이제 옥수수로 만든 고과당 콘시럽의 힘을 입어 한층 더 강화되었다. 그래서 목구멍을 넘어갈 때는 상쾌한 것 같지만 곧 텁텁한 뒷맛과 함께 더 큰 갈증이 몰려온다. 아스파탐이나 아세설팜칼륨 같은 대체 감미료를 써야 끈적해지지 않지만 다이어트 코크는 1982년에야 처음 등장했다. 이는 1882년 코카콜라의 상표 등록 이후 근 백 년 만의 신제품이었다.

이처럼 끈적한 단맛은 사실 궁극적인 미국 남부의 분위기이자 맛이라고 할 수 있는데, 이런 느낌은 소설에서 종종 등장하는 아이스티에 의해 한층 강화된다. 소설 속 아이스티의 등장은 다분히 운명과도 같은 일이다. 딥 사우스의 한여름이 시간적 배경이고 등장인물들이 대화를 나눈다면 음료가 등장해야 한다. 그렇다면 아이스티일 수밖에 없다. 그만큼 특별하느냐 물으면 사실 딱히 할 말은 없다. 블랙 티를 오래 우린 뒤 따뜻할 때 설탕을 정말 왕창 넣어 말도 안 되게 단맛을 올린 다음 차게 식혀 마신다.

말하자면 탄산 안 든 탄산음료 수준으로 설탕을 많이 써서 만드는데 그 동네에서는 다들 그렇게 마셔대므로 대표성을 띤다. 1870년대부터 마셨고 금주법 시대(1919~1933)에 술 대신에 인기를 끌었으며 재료, 즉 차와 설탕이 싸지면서 가정식으로 자리를 잡았다. 그 동네에서 살던 초창기에는 나도 카페 같은 데서 '남부니까 아이스티!'라며 호기롭게 시켜 마셨지만 무지막지한 설탕의 양을 의식하게 되면서 차츰 멀리하게 되었다.

## '구운 알래스카 구이'와 풍성한 착취의 식탁

잠깐 살펴보았듯 판사는 좋은 구석이라고 단 하나도 없는 인물이다. 욕을 다 늘어놓기에 지면이 모자랄 지경이다. 자신의 인종차별적인 판결 탓에 변호사인 아들이 자살했지만 크게 의식하지 않고 살아간다. 과오가 많은 인물이지만 대부분을 자신의 일이 아닌 것처럼 회피함으로써 의식하지 않는다.

이런 인물이 심지어 잘 먹고 살기에 『바늘 없는 시계』를 읽다 보면 치가 떨린다. 판사는 늙고 시들어가는 인물이지만 그래도 백인 남성이라서 여전히 무시 못할 부와 권력을 누린다. 마을 사람들이 '흰 코끼리 집'이라 부르는, 빅토리아풍 저택에 살며 제대로 된 노동 계약도 맺지 않고 저임금으로 흑인 가정부를 부리며 호의호식한다.

덕분인지 소설의 전개 상당 부분이 식탁을 둘러싸고 벌어진다. 말런은 시한부 선고를 받자 그래도 어른이라고 판사를 찾아가 조언을 구한다. 그런 말런에게 판사는 자연 치유제랍시고 '바싹바싹 지진 송아지 혹은 쇠간에 양파 소스를 쳐서 먹으라'고 권한다. 심지어 의대에 몸담기도 했던 약사인 말런은 그 말을 좇아 역겨움을 무릅쓰고 간을 지져 먹는다. 의학 지식을 지닌 시한부 환자가 일개 노인이 제안한 민간 요법을 따르다니. 그게 바로 매컬러스가 그리는, 결함을 지닌 인간상이다.

한편 판사는 다른 이들과 가졌던 식사의 기억을 떠올리며 그 과정에서 자신의 편견을 한층 더 강화한다. '구운 알래스카 구이' 일화가 대표적이다. 식탁에서 며느리가 '구운 알래스카 구이를 사랑한다'고 말하자 '음식은 사랑의 대상이 아니고 그저 좋아할 수 있는 것일 뿐'이라며 나무란다. 인간만이 사랑의 대상이라고, 사실은 자기 자신 외에 아무도 사랑하지 않는 이가 강변하는 이 장면은 『바늘 없는 시계』가 보여주는 인간 모순의 극치로 꼽을 수 있다.

그런데 대체 "'구운' 알래스카 구이'가 무엇이기에 사랑하고 말고를 이야기하는 걸까? '구운 알래스카 구이'는 디저트다. 영어 이름은, 짐작할 수 있듯 '*Baked Alaska*'다. 케이크와 아이스크림을 접시에 담고 계란 흰자에 설탕을 더하고 거품기로 휘저어 공기를 불어 넣은 머랭*meringue*으로 감싼다. 그리고 잠깐 동안 아주 뜨거운 오븐에 넣어 머랭의 설탕을 캐러멜화 한다.

덕분에 속의 아이스크림이 녹지 않은 채로 머랭이 한 켜의 맛을 덧입혀 식탁에 등장한다. 경우에 따라서는 식탁에서 도수가 높은, 코냑이나 럼 같은 리큐어를 붓고 불을 붙여 캐러멜화 하는 경우도 있다. 이름은 알래스카와 직접적인 연관이 있을 것으로 추측된다. 미국이 러시아로부터 알래스카를 매입한 사실(1867년 10월 16일)을 기념해 뉴욕의 레스토랑 델모니코에서 같은 해에 고안해 메뉴에 올렸다는 이야기가 정설로 통하고 있다. '노르웨이식 오믈렛' 같은 이름으로도 불린다.

그렇다. 만들려면 아이스크림과 케이크를 상시 구비하고 있어야 하며 거품기로 머랭을 쳐 올려 표면을 둘러싸고 또 오븐에 넣어 굽기까지 해야 한다. 이래저래 품이 많이 드니 전담하는 인력이 없다면 일상에서 먹기가 쉽지 않은 디저트이다. 이 디저트의 등장 하나만으로도 당시의 분위기, 즉 여전한 백인의 흑인 착취를 여실하게 느낄 수 있다.

이처럼 '구운 알래스카 구이'는 사실 디저트이지만 '구이'이기 때문에 뭔가 짠맛 중심의 요리 같은 인상을 준다. 왠지 번역가도 그렇게 생각한 것 같다. 비단 '구운 알래스카 구이'만이 아니다. 현재 『바늘 없는 시계』가 절판이라서 1992년 번역판(정영목 역)을 샀는데 여러모로 흥미로웠다. 대화를 비롯해 전반적인 번역의 느낌이 시대적 배경인 1950년대와 더 가깝다는 느낌이 들었다.

한편 음식의 차원에서는 상당 부분 번역가가 실체를 잘 모르거나 알지만 모를 독자들을 위해서 번역했다는 인상을 강하게 풍기는데, 이게 나름 귀엽다. 대표적인 예가 남부의 양대 주식 빵인 '콘브레드'와 '비스킷'이다 사이좋게 '옥수수빵과 둥근 빵'으로 번역되어 있으니 귀엽다 하지 않을 수 없다.

말이 아예 안 되는 것도 아니다. 둘 다 발효를 거치지 않고 베이킹파우더와 소다를 써 부풀리는 즉석빵(퀵브레드)의 일종인데, 콘브레드는 이름처럼 옥수숫가루를 적당량 써서 특유의 맛과 질감을 낸다. 우리가 알고 있는 옥수수식빵과 아주 다르지 않아서 고소하고 달콤한 향이 특징이고 질감은 부슬부슬하다. 대체로 팬이나 틀에 반죽을 한꺼번에 담아 구운 뒤 쐐기 모양이나 사각형으로 잘라 먹는다. 말하자면 둥글지 않은 것이다.

반면 비스킷은 대체로 둥글다. 버터나 쇼트닝을 비벼 넣은 밀가루에 버터밀크(크림에서 버터를 분리해내고 남은 걸쭉한 액체, 시큼하다)를 더해 반죽한 뒤 넓게 편다. 그리고 틀이나 병주둥이 등으로 둥글게 따내 굽는다. 그래서 맛에 대한 실마리는 전혀 얻을 수 없기는 하지만 어쨌거나 둥글다. 둘을 모아 놓고 보면 하나는 재료, 하나는 모양에서 실마리를 얻어 번역한 형국이, 인터넷도 없었던 시절에 자료를 찾기가 얼마나 어려웠을까 생각하게 된다.

읽다 보면 맛있을 음식이 풍기는 이런 이율배반적 분위기에 짜증이 치밀어 오르지만, 너무 걱정할 필요는 없다. 구운 알래스카 구이를 비롯, 판사의 온갖 음식 수발을 든 흑인 가정부 베릴리는 소설의 막판에서 부당한 노동 조건에 대해 판사에게 항의하고 더 좋은 조건에 계약서까지 써주는 집으로 옮긴다. 시대와 인종이 자아내는 노동의 굴레를 벗어날 수 없다는 점은 아쉽지만 그래도 소설 내 등장인물 가운데서는 최선의 결과를 누린다.

그렇다, 비중이 그다지 크지 않은 흑인 가정부의 이직이 등장인물이 누릴 수 있는 최선의 결과다. 다른 인물들은 그만큼의 운도 못 누린다. 그나마 죽음이 처음부터 예고된 말런의 경우가 차라리 양반처럼 느껴질 지경이다. 『바늘 없는 시계』에서 궁극적으로 시대를 상징하는 인물인 셔먼 퓨*의 팔자는 비참하다.

그는 흑인이면서도 푸른 눈동자를 지닌 흑백 혼혈로, 변호사인 판사의 아들이 자살하게 만들었던 사건 속 인물들의 자식이다. 하지만 그 자신은 출생의 비밀을 모른 채 자라 흑인들과 동화하지 않으며 홀로 살아간다. 그 결과 흑인과 백인 모두를 적으로 돌려 세운 그가 백인 거주지역에 세를 얻어 들어오자 마을 분위기가 험악해진다. 그리고 마을의 백인 남성들 — 궁극적으로 *KKK*단의 일원 — 이 말런의 약국에 모이고, 결국 누구도 아닌 판사가 그를 죽이자고 선동한다. 결국 셔먼 퓨는 수류탄으로 암살된다.

이런 죽음이 바로 매컬러스가 첫 문장에서 이야기한 '각자의 방식'인 걸까? 셔먼 퓨만큼 극적이지는 않고 또 그럴 수도 없지만 말런도 나름의 방식으로 죽음에 다가선다. 잠시 나아지는 것도 같았지만 그는 의사의 예상대로 한정된 삶을 살다가 어느 날 자기 뼈를 무겁게 느낀다. 그리고 아내에게 '얼음같이 차지만 얼음을 넣지 않은 찬물'이 마시고 싶다고 말한다. 그런 물을 가져온 아내를 기다리고 있는 건 바로 '탄식처럼 느껴지는' 말런의 죽음이었다. 말런에게 이런 죽음을 선사하기 위해 매컬러스는 첫 문장부터 그렇게 분위기를 다잡았던 걸까.

* 교회의 긴 의자(pew)에 버려졌기에 성이 '퓨'이다,

# 6



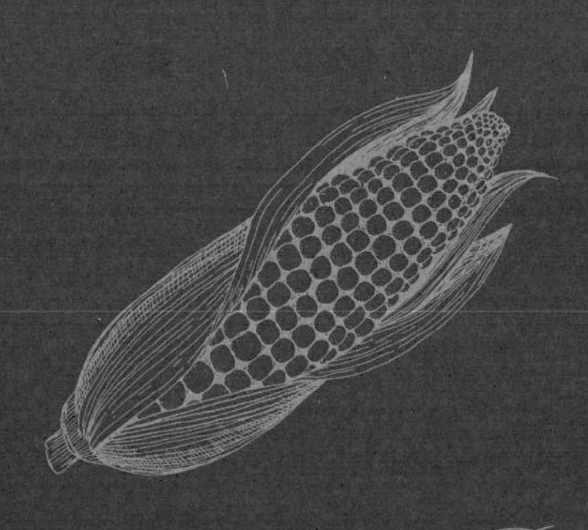

0.247𝒫

Chapter 22

# 『아이는 왜 폴렌타 속에서 끓는가』 -숨겨진 옥수수의 세계

어느 한여름 토요일 오후, 폴렌타를 끓인다. 폴렌타는 단순한 대신 귀찮은 음식이다. 재료가 몇 가지 안 되고 준비도 간단하지만, 눌어붙거나 타기 쉬우므로 불 앞에 서서 계속 저어주어야 한다. 얼마나? 적어도 45분, 현실적으로 1시간은 투자해야 한다. 그렇게 오래 불 앞에서 버티고 있어야 한다니 여름에 걸맞은 음식은 아무래도 아닌 것 같지만 나는 즐거웠다. 시원하게, 아니, 조금 춥다 싶게 냉방을 틀어 놓으니 되려 가스불이 따스하고 좋았다.

그런데 폴렌타가 어떤 음식이냐고? 폴렌타는 유럽, 특히 이탈리아 북부의 옥수수죽이다. 원래 라틴어로 '고운 밀가루'를 뜻하는 단어 폴렌*pollen*과 '흙'을 뜻하는 풀비스*pulvis*에서 따온 단어로, 곱게 간 곡식의 가루를 의미한다. 영어의 '빻아 가루로 만들다'라는 동사가 펄버라이즈*pulverize*라는 사실을 감안하면 이해가 쉽다. 사실 폴렌타는 옥수수가 남미에서 유럽으로 건너오기 전에 이미 유럽 지역의 주식이었다. 보리를 필두로 온갖 곡식과 콩류로 끓였으며, 역사도 로마제국 이전으로 거슬러 올라간다. 하지만 오늘날 폴렌타라면 약간의 예외로 보리를 지칭하는 것 외엔 대개 옥수수죽으로 통한다.

한편 미국 남부에서는 같은 옥수수죽이 '그릿*grits*'이라는 이름으로 불린다. 종종 이탈리아식 폴렌타에 비해 가루의 입자가 굵은 편이기도 하지만 늘 그런 건 아니다. 그런데 그릿이라니 왠지 익숙하게 들린다고? 맞는다, 소위 '*IQ*, 재능, 환경을 뛰어넘는 열정적 끈기의 힘'을 일컫는 어느 베스트셀러(국내에서도 *100*쇄 이상을 찍었다고 한다)의 제목이기도 하다.

폴렌타 이야기를 계속하자. 이탈리아라면 워낙 파스타와 리소토가 유명하지만 탄수화물로서 폴렌타의 입지도 만만치 않다. 앞에서 밝혔듯, 폴렌타의 재료는 매우 간단하다. 물을 불에 올리고 끓으면 거품기로 휘저으며 폴렌타 가루를 더한다. 그리고 도구를 나무 주걱이나 스패출러로 바꿔 눌어붙거나 타지 않도록 바닥까지 잘 저어가며 약불에서 끓인다. 중간중간 소금으로 간하고 폴렌타가 걸쭉해지면 버터나 올리브기름을 더해 풍성함을 북돋워 준다. 마지막으로 '치즈의 왕'이라는 파르미자노 레자노를 듬뿍 갈아 더한다. 그대로 죽처럼 먹어도 좋지만, 식혀서 전분으로 인해 굳은 것을 잘라 기름에 겉면을 노릇하게 지져도 색다른 맛이 난다.

나에게 폴렌타를 끓이는 기억은 대단히 낭만적이다. 차가운 공기를 등지고 따뜻한 공기를 얼굴로 맞닥뜨리며 젓고 또 젓는다. 요리 연습을 위해 선택한 메뉴였고, 꼭 먹어야 하는 주식도 아닌 별식이었다. 하지만 모든 이에게 폴렌타가 이런 음식일 수는 없다. 옥수수라면 당장 누군가에게는 구황작물, 빈곤의 식재료일 수도 있다. 북한만 보더라도 쌀이 없어서 옥수수를 절구로 빻아 쪼갠 옥수수쌀을 먹는다. 이런 상황이라면 폴렌타 끓이기란 번거롭다 못해 불쾌한 노동일 수도 있다. 불 앞에 계속 서 있기도 버겁지만 사실 폴렌타는 부글부글 잘 튀어 오른다. 뜨겁고 걸쭉한 액체가 자칫 잘못하면 손이나 팔뚝, 더 나아가 얼굴에 튀면 화상을 입을 수도 있다. 그렇다고 젓기를 조금만 게을리 했다가는 정말 금방 타버린다.

그게 바로 아글라야 페터라니가 『아이는 왜 폴렌타 속에서 끓는가』에서 그려내는 세계 속의 폴렌타다. 페터라니(1962~2002)는 본디 루마니아 사람으로 국립 서커스단의 곡예사인 어머니와 광대인 아버지 사이에서 태어났다. 1966년 스위스의 코끼리 조련사이자 크니 서커스 단장인 롤프 크니는 브라티슬라바(현 슬로바키아의 수도)에서 부부의 공연을 보고 가족을 스위스로 데려와 공연시키기로 결정한다. 가족은 그의 도움을 받아 서방으로 망명하지만 난민이 된다. 갓 출범한 차우셰스쿠 정권의 손아귀 — "독재자가 가시철조망으로 둘러싼 루마니아" — 에서 벗어난 건 좋았지만 대신 세계 곳곳을 떠돌면서 살아야만 했다. 좋지 않은 의미에서 "국제적"인 삶을 살게 된 것이다.

이런 삶의 궤적이 페터라니에게도 명백히 영향을 미쳤다. 부모를 따라 어릴 때부터 서커스에서 곡예를 했던 탓에 정식 교육을 받지 못하는 가운데 루마니어와 스페인어를 배웠다. 한편 부모의 이혼 후에는 스위스에 정착해 독학으로 독일어를 깨우쳤다. 말하자면 모국도, 모국어도 막연하고도 어렴풋하고도 추상적으로 개념이 형성된 상태에서 『폴렌타』는 독일어로 쓰여졌다.

그래서 『폴렌타』에는 무적無籍으로 떠도는 궁핍한 삶이 적나라하게 반영돼 있다. 소설보다 산문시에 가깝게 읽히는 작품은 한마디로 파편적이다. 툭툭 던져지는 날것의 짧은 말들이 그대로 가슴에 날아와 꽂힌다. 형식과 내용 양면에서 모두 그러하다. 어차피 따뜻하게 반겨주지도 못할 조국을 등지고 공연과 묘기를 펼치며 어렵게 살아가는 삶의 신산辛酸이 그대로 배어난다. 그런 삶 속에서 폴렌타는 지긋지긋한 궁핍과, 사실은 그가 실체를 알지 못하는 조국을 떠올려주는 양가적인 대상이다. 가난하니까 옥수수죽을 먹는다. 하지만 입으로 먹기 때문에 나의, 사실은 확실하지도 않은 정체성을 지켜주는 음식이기도 하다. 그래서 가장 좋아하는 음식으로도 꼽는다. 어떻게 보면 페터라니의 작품에서 옥수수, 그리고 폴렌타는 정신과 육체 양면에서 족쇄처럼 읽히기도 한다.

사실 우리도 생각보다 훨씬 옥수수와 가깝게 살고 있다. 주로 여름에만 먹는 데도 그럴까? 그렇다. 아는 옥수수보다 모르는 옥수수가 더 많기 때문이다. 전자는 우리가 존재를 알고 먹는 식재료이고, 후자는 직접 먹거나 원치 않아도 간접적으로 섭취하게 되는 사료나 첨가물이다. 꼽아보면 믿을 수 없을 정도로 많은 후자의 가장 대표적인 예가 바로 사료다. 소의 주식은 풀이지만, 생애 주기의 상당 부분, 특히 도살을 앞둔 막바지에 옥수수를 집중적으로 먹는다. 살찌우기, 즉 비육에 옥수수가 최고의 사료이기 때문이다. 단순한 지방 총량의 증가도 아니고 살코기, 즉 근섬유 조직의 사이사이에 끼는 '마블링'의 확산이라는 비육의 목표에 옥수수만큼 효율 좋은 사료가 없다.

하지만 단순히 비육만을 위해 소에게 옥수수를 먹이는 건 아니다. 비육용 옥수수는 정부 지원을 받는 미국 농가의 과잉 생산분이다. 생산은 계속하지만 소모가 제대로 되지 않다 보니 새로운 수요를 만들어 내게 됐고, 목축업도 이에 영향을 받았다. 소는 선택권도 없이 눈만 멀뚱히 뜨고 있다가 딱하게도 주식이 바뀐 셈인데, 그 대가는 인간도 치러야 한다. 옥수수 비육 소는 대장균 감염에 취약한 탓이다. 풀을 먹은 소의 대장균(이콜라이)은 대부분 위산으로 죽는데, 옥수수 비육을 시킨 소의 대장균은 내성이 강해 잘 죽지 않는다. 대장균의 내성이 눈에 띄게 약해지므로 도축 전 다만 닷새라도 풀을 먹이자는 이야기가 나오는 현실이니, 그만큼 옥수수의 영향력이 크다.

새로운 수요를 낳기 위한 옥수수의 발버둥은 우리에게도 영향을 미친다. 우리가 잘 모르는 옥수수의 또 다른 대표가 바로 고과당 콘시럽*High Fructose Corn Syrup*이다. 이름이 길고 복잡해 보이지만 우리가 멸치 볶음 등에 쓰는 물엿이 바로 콘시럽이다. 요리를 하다가 맛을 본 적이 있다면 알겠지만 물엿, 즉 콘시럽은 원체 달지 않다. 그래서 식품에 설탕보다 싼 대체제로 쓰고자 포도당을 과당으로 전환해 당도를 높인 게 고과당 콘시럽이다. 1970년대에 처음 소개돼 이제는 청량음료부터 케첩까지, 온갖 대량 생산 식품에 주 감미료로 자리를 굳게 잡았다.

고과당 콘시럽은 설탕보다 싸면서도 1.5배 달아서 식품 제조업자에게는 고마운 식재료이지만 논란으로부터 자유롭지 않다. 쟁점은 아무래도 건강에 미치는 악영향이다. 『잡식 동물의 딜레마』의 저자인 마이클 폴란 등 식문화 저자 및 과학계를 통해 일반 설탕(자당, 수크로스)과 달리 췌장에서 제대로 분해하기 어려워 신진대사에 영향을 미친다는 주장이 퍼졌다. 물론 반론도 있다. 오롯이 화학의 관점으로 봐서 분자 단위로 검토하면, 다른 당류와 인체에 미치는 영향에 차이가 없다는 것이다. 어쨌든 고과당 콘시럽이 대량 생산 식품의 필요악으로 확실하게 낙인이 찍힌 것만은 확실하다. 그래서 옥수수 정제 연합에서는 이미지 쇄신에 나서기도 했다. '자연에서 추출했다'며 대대적으로 광고하는 한편, 로비를 통해 '옥수수 설탕 *Corn Sugar*'이라고 개명도 시도했지만, 2012년 미국 식약청에 반려 당했다.

마지막으로 정말 눈에 안 띄면서도 존재감은 확실한 옥수수가 있으니 식품첨가물이다. 소를 비롯한 가축에게 먹이고 설탕을 대신하여 인간도 먹다가, 그걸로 모자라서 특정 성분을 추출해 식품에 쓴다. 대략 170종의 옥수수 바탕 식품 첨가물이 쓰이는 가운데 가장 대표적인 경우가 '덱스트린 *dextrine*' 계열이다. 덱스트린은 전분을 열이나 산으로 가수분해해 만드는 다당류로, 말토덱스트린*maltodextrine*의 경우 샐러드드레싱 등의 액체에 증점제로서 걸쭉함을 불어넣는 데 쓰인다. 그 밖에도 라면 면발이 붇지 않게 하는 변성 전분*modified starch*, 식품의 신맛을 조절하는 데 쓰는 구연산*citric acid*, 심지어 식품은 아니지만 오늘날의 필수품인 손 소독제 또한 옥수수에서 추출한 에탄올을 쓴다.

하지만 눈에 보이는 옥수수들은 요즘 다양성을 잃어가고 있다. 어느새 우리의 옥수수가 초당 옥수수와 찰옥수수의 세계로 양분되면서 평범한 노란 옥수수가 사라져 버렸다. 샐러드나 수프 등 요리에도 쓰기 좋아서 노란 옥수수의 부재를 영영 받아들일 수 없을 것만 같았던 중에, 어느 여름엔 상자로 들인 대학교 재배 찰옥수수가 웃자란 불량품이라 크게 좌절한 경험이 있다. 영화 〈테넷〉을 보고 나니, 그 설정을 따라 노란 옥수수를 없앤 과거의 우리를 탓하고 싶을 만큼.

그런데 대체 왜 아이는 폴렌타 속에서 끓는 걸까? 작품을 여러 번 읽고 나서도 제목이 주는 의문은 쉽게 해소되지 않는다. 언급되지 않기 때문이 아니라, 언급되지만 전체의 분위기와 걸맞게 추상적이다 보니 쉽게 '이런 것이군' 하고 짐작하기가 어렵다. 아이는 무서워서 옥수숫자루에 숨어 있다가 잠들어서, 폴렌타가 '너무 외로우니 같이 놀자'고 해서, 어머니 얼굴에 가위를 꽂아버려서 폴렌타 속에서 끓는다. 이걸 읽고 단박에 '이해했다!'라고 말한다면 당신은 거짓

말을 하는 것이다. 특히나 작품 전체의 맥락 속에서 이 문장들을 읽었다면 말이다.

*Chapter 23*

# 『달콤 씁싸름한 초콜릿』, 그 뜨거운 멕시코 요리

『달콤 씁싸름한 초콜릿』은 멕시코의 어느 가정 이야기이다. 음식 솜씨가 좋은 막내딸 티타는 가족 전통의 굴레에 옴짝달싹하지 못하는 신세다. 동네의 페드로를 사랑하지만 '막내딸은 죽을 때까지 어머니를 돌봐야 한다'는 굴레 탓에 결혼을 할 수가 없다. 이런 상황 속에서 페드로가 찾은 차선은 티타의 언니 로사우라다. 그와 결혼하면 티타의 곁을 지구의 달처럼 영영 맴돌 수 있으리라 계산한 것이다. 사랑 없는 결혼이라니. 그것도 동생 곁에 맴돌기 위해 언니와 결혼하다니. 정말 전혀 달콤하지도 씁싸름하지도 않은 상황이다.

엎친 데 덮친 격으로 어머니인 마마 엘레나는 티타를 구박하고 학대하는 등, 요즘의 표현을 빌리자면 그녀를 '감정 쓰레기통' 취급한다. 물론 마마 엘레나에게 사연이 없는 건 아니다. 젊었을 때 불같은 사랑에 빠져 아들을 낳았지만 혼혈이라는 이유로 지탄 받을까 봐 길고 긴 세월 동안 감춰 왔다. 그렇다고 막내딸에게 투사하는 분노와 좌절이 정당화될 수 있는 건 아니지만 말이다.

팔자는 뒤틀렸고 인연은 엇갈렸다. 사랑하는 사람과 결혼하기는 글렀고 평생 어머니의 곁을 떠날 수 없을지도 모른다. 이렇게 앞뒤 양옆 사방으로 꽉 막힌 팔자의 답답함을 티타는 요리로 승화한다. 일 년 열두 달 집안의 대소사를 위해 요리를 도맡아 하면서 레시피를 자신의 이야기와 함께 기록한다. 자신 주변의 사건 사고까지 기록했기에 일기라기보다 가족 서사에 더 가까운 일 년 열두 달의 레시피 모음, 그것이 바로 '달콤 쌉싸름한 초콜릿'이다.

그렇게 요리를 하고 기록을 남기며 인고의 세월을 견딘 끝에 티타는 드디어 페드로와 맺어진다. 언니 로사우라와 페드로 사이의 딸 에스페란사가 성인이 될 만큼의 긴 세월이었다. 그 사이 티타에게 모질었던 마마 헬레나와 언니 로사우라는 업보를 치렀대도 무리가 없을 만큼 끔찍한 죽음을 당하고, 티타는 자신에게 친절했던 미국인 의사 존과 결혼 직전까지 갔다가 단념한다.

그렇게도 오랜 세월 만에 맺어진 탓이었을까? 결실을 맺은 사랑은 순식간에 불타올랐다가 사그라든다. 이건 비유적인 표현이 아니다. 세상을 떠난 마마 헬레나의 방에서 촛불을 피우고 사랑을 나누던 두 사람은 그 자리에서 삶을 마감한다. 페드로는 격정적인 사랑에 심장이 멎고, 티타는 촛불이 번져 일어난 불길에 페드로의 시신과 함께 타죽는다. 화재로 티타의 이야기와 삶의 터전인 집이 홀랑 타버리고 남은 자리에 유일하게 남은 물건이 바로 레시피이자 일기인 '달콤 쌉싸름한 초콜릿'이다.

작품의 원제, 즉 '초콜릿을 위한 물*Como Agua Para Chocolate*'을 이해하

기 위해서는 약간의 사전 지식이 필요하다. 서양과 달리 멕시코를 비롯한 라틴 아메리카에서는 뜨거운 물에 초콜릿을 녹여서 핫초콜릿을 만든다. 충분히 뜨거워야 초콜릿이 녹으므로 끓기 직전까지 물의 온도를 올린다. 그래서 '초콜릿을 위한 물'이고 우리가 보통 '끓어서 넘친다'는 표현을 붙일 수 있는 감정, 즉 사랑에서 비롯된 욕망이나 절망, 분노 등에 쓸 수 있는 비유다. 바로 티타가 품고 사는, 구구절절 기록한 그 모든 좌절과 분노와 감정 말이다.

사실 멕시코 음식 세계에서 초콜릿은 달콤함을 초월한 맛의 원천으로 쓰인다. 어쩐지 에두르는 듯한 표현인 '쌉싸름'이 아닌, 바로 지르는 쓴맛의 원천이다. 멕시코를 비롯한 중앙아메리카에서는 초콜릿의 원료인 카카오콩을 3세기 혹은 496년부터 재배했는데, 애초에 걸쭉하고 쓴맛이 나는 약용이었다. 초콜릿이라는 이름도 지역 원주민 나와틀*Nahuatl*족의 말인 '쇼콜라틀'* 에서 왔다. 핵심이 코코아 버터, 즉 지방이므로 초콜릿은 멕시코 요리 세계의 대표 식재료인 고추와 아주 잘 어울린다. 캡사이신을 비롯한 고추의 맛과 향이 지용성이므로, 지방을 만나면 신이 나서 제 목소리를 내기 때문이다.

바로 이 초콜릿과 고추를 비롯한 향신료의 만남이 책에도 등장하는 멕시코의 대표 소스 '몰레*mole*'다. 책에 소개된 4월의 요리 '아몬드와 참깨를 넣은 칠면조 몰레'에서처럼 고기 요리의 소스로 주로

* xocolatl, '쓴 물'이라는 뜻.

쓰인다. 초콜릿의 쓴맛이 입맛을 돋우는 한편, 초콜릿과 각종 고추, 그리고 향신료가 지닌 여러 향들이 서로 짝을 찾아 어우러진다. 그 모든 맛의 경험이 코코아버터의 풍성하고 매끄러운 감촉 위에서 펼쳐진다.

몰레는 인도의 커리와 비슷해서 재료와 향신료의 배합이 지역마다, 집집마다 다르다. 안초, 파시야, 물라토, 치포틀레 같은 고추를 한 가지 이상 쓰고, 흑후추, 아치오테, 위아제, 커민, 클로브, 아니스, 토마토, 토마티요, 마늘, 참깨, 말린 과일, 허브 등을 더한다. 그래서 적어도 이십 가지에서 많게는 삼십 가지의 재료가 들어간다. 티타가 로사우라의 결혼을 위해 계란 170개를 깨어 케이크를 만들듯, 멕시코에서는 가정 요리의 유산을 굉장히 중요하게 여긴다. 그래서 몰레의 향신료도 전부 불에 볶아 향을 한껏 끌어낸 다음 손절구로 빻아 쓰는 게 전통이자 정석이다.

물론 그들도 초콜릿과 단맛을 따로, 또 같이 즐긴다. 책의 제목을 따온 핫초콜릿이 있고, 디저트의 세계에는 동물의 젖을 끈적하고 진해질 때까지 끓여 농축시킨 캐러멜이 있다. 우유를 농축하면 하겐다즈 아이스크림의 대표적인 맛 가운데 하나인 '둘체 데 레체*Dulce de Leche*'가, 염소젖을 농축하면 '카헤타*cajeta*'가 된다. 전자는 케이크에 흡수시켜서, 후자는 크레이프에 끼얹어 먹는다. 그리고 대표 디저트로는 푸딩 (혹은 크렘 캐러멜)인 플란이 있다. 한때 한국에서도 엄청나게 유행했다가 대부분 자취를 감춘, 커스터드를 물중탕으로 익힌

찰랑찰랑한 푸딩이다.

## 하나의 고추가 여러 이름을 얻는 세계, 멕시코

누가 멕시코의 소설이 아니랄까봐 『달콤 쌉싸름한 초콜릿』에는 다양한 고추가 등장한다. 그런데 책 전체에 걸쳐 등장하는 고추의 명명에는 고개가 갸웃거려진다. '*oo*(이름) 칠레(*Chile*, 영어로는 *chili*) 고추'라고 등장하니 책을 읽다 보면 궁금해질 수 있다. 칠레 고추는 무엇인가? 우리가 밥상에 올리는 고추와는 다른 것일까?

결론부터 말하면 그렇지 않다. 한국 음식의 핵심인 김치에 말린 것으로 꼭 넣으며 장도 담그고 날것으로도 먹는, 고추라면 나름 일가견이 있는 우리라면 사실 크게 신경 쓸 필요 없는 이름이다. 같은 가짓과 캅시쿰속의 식물이니 아삭이고추도 고추고, 안초*ancho* 고추도 고추다. 정도의 차이는 있지만 매운맛과 각자 특유의 향이 있다는 사실만 알면 충분하다.

이래저래 그냥 고추라 일컬어도 전혀 상관이 없는데 '칠레 고추'라 옮긴 결과 독자가 거리감을 느끼게 될 가능성이 높아졌다. 외국 문학 작품은 기본적으로 바다 건너 대부분의 사람들이 가보지 못한 먼 세계 이야기이고, 따라서 기본적으로도 거리감을 느낄 가능성이 높은데, 음식, 더 나아가 문화의 핵심 식재료를 더 낯설게 옮김으로써 거리감이 가중될 수 있다는 이야기다. 음식 전문 번역가인 내가 아무래도 외국 문학 작품을 한국어로 읽을 때 가장 신경 쓰는 사안이다. 외국 식재료 이름을 옮길 때도 최대한 한국에 존재하는 것과 접점을 찾아 독자가 느낄 낯섦을 줄여주려 한다. 맛을 짐작할 수 있는 실마리를 줄 수 있다면 더더욱 좋다.

『달콤 쌉싸름한 초콜릿』의 고추는 어쩌다가 '칠레 고추'라 옮겨지게 됐을까? 맥락을 최대한 추측하자면 칠레와 페퍼*pepper*의 혼용 때문인 것 같다. 우리에게는 '고추' 한 가지로 통하는 식물 혹은 식재료가 서양에서는 칠레와 페퍼 둘로 나뉘어 구분 없이 쓰인다. 한마디로 첫 단추를 잘못 꿰어 몇백 년 동안 잘못된 상황인데, 이건 콜럼버스 탓이다. 그렇다, *1492*년에 미대륙을 발견한 바로 그 콜럼버스 말이다.

알면 더 헷갈릴 것 같지만, 이왕 이야기가 나왔으니 살펴보자. 칠레는 가지과*solanaceae* 캅시쿰*capsicum*속이고 페퍼는 후추*piperaceae*과 파이퍼*piper*속이다. 칠리는 멕시코가 고향이고, 페퍼는 동남 인도 및 남아시아가 고향이다. 둘 다 맵지만 결이 확실히 다르다. 페퍼는 알싸함을 잠깐 폭발적으로 퍼트리고 금세 사라지는 반면, 칠레는 혀가 아린, 실제로 혓바닥이 갈라지는 통증을 제법 오래 끌고 간다.

잠깐, 그렇다면 칠레는 고추, 페퍼는 후추 아니야?라고 생각했다면 정답이다. 이 이상 간단명료할 수가 없는데, 콜럼버스는 미맹이었던 모양이다. 미대륙에서 고추를 맛본 그는 '매우니 후추 같구랴' 하고 멋대로 결론을 내려 '후추*pepper*'라고 불러 버렸다. 미대륙에 상륙했으나 인도라고 착각하고 원주민을 '인디언'이라 부른 것이나 마찬가지의 착오다. 요즘에서야 미 원주민*native american*이라는 표현이 인디언이라는 말을 상당 부분 대체해 가고 있지만 그나마 이것도 정치적 올바름의 영향력 덕분이다. 그런 원동력조차 없는 음식의 세계에서 칠리와 페퍼는 여전히 고통받고 있다. 서양, 특히 영어권에서는 헷갈릴 구석이 전혀 없음에도 칠리를 '칠리 페퍼'라 부르는 등 상황을 악화시키고 있다.

자, 그래서 『달콤 쌉싸름한 초콜릿』을 읽게 될 독자들에게 권한다. 책 전체에 등장하는 '칠레 고추'라는 표현에서 '칠레'를 고추 꼭지 따내듯 떼어내자. 그리고 우리의 밥상에 올라가는 평범한 고추 취급처럼 취급하자. 다만 문학 이야기에 맞춰 문학적인 비유를 쓰고 있음은 잊지 않았으면 좋겠다. 실제로 꼭지를 똑똑 따서 입에 넣고 와구와구 씹었다가는 매우 곤란해질 멕시코 고추들이 많다. 독하기까지 해서 우유 한 양동이, 아이스크림 한 상자로도 후폭풍을 가셔내지 못할 정도로.

이해를 도와 독자가 고통받는 불상사를 막고자 표를 하나 준비했다. 책에 등장하는 것들을 포함한 멕시코의 대표 고추를 매운맛의 척도인 스코빌 척도와 함께 정리했다. 비교를 위해 청양고추를 중간에 슬쩍 끼워 넣었으니까 매움의 정도를 가늠하기가 쉬울 것이다. 멕시코의 고추 세계에서 가장 흥미로운 점이라면, 생고추를 말리거나 훈제할 경우 이름이 바뀐다는 것이다. 우리의 홍고추처럼 말린 상태 그대로 파는 경우도 있지만, 파프리카. 소금, 마늘, 식초로 만든 아도

보*adobo* 국물에 재운 통조림으로도 살 수 있다. 후자로 요리할 경우 아도보 국물 또한 알뜰하게 다 쓴다.

| 이름(날것) | SHU | 이름(말린 것) | SHU |
|---|---|---|---|
| 할라페뇨 | 2,500~8,000 | 치폴레 | 2,500~8,000 |
| 포블라노 | 1,000~2,000 | 안초 | 1,000~1,500 |
| 치라카 | 1,500~2,500 | 파시야 | 1,000~2,500 |
| 아나하임 | 500~1,000 | 콜로라도 | 1,000~2,000 |
| 미라솔 | 2,500~5,000 | 구아히요 | 2,500~4,000 |
| 세라노 | 8,000~22,000 | 칠레 세코 | 10,000~30,000 |
| 볼라 | 1,500~2,500 | 카스카벨 | 1,000~3,000 |
| 하바네로 | 200,000~350,000 | | |
| 청양고추 | 4,000~12,000 | | |

원래 이름도 한국어가 아니다 보니 뭔가 있어 보이는데, 말리는 등 가공하면 또 이름이 바뀐다니 낭만적이라고 생각할 수 있다. 그런 생각이 든다면 비교를 위해 요즘 우리의 고추 품종 이름을 소개한다. 고추의 단골 병해인 '칼라병'과 '탄저병'에 잘 버틴다는 의미로 '칼'과 '탄'을 쓴 경우가 많다. '칼탄패스', '칼라스피드업' 등 식물 혹은 식재료라기보다 다국적군의 신개발 미사일 같은 느낌이다. 농업이 사실은 전혀 낭만적이지 않고, 오히려 자연과의 전투라는 사실을 상기시켜주는 작명법이랄까. 다만 생산자 위주의 작명이므로 소비

매운맛의 원천인 캡사이신은 지용성이므로 우유의 유지방이나 보드카의 알코올로 씻어낼 수 있다. 다만 입에 머금었다가 삼키면 말짱 도루묵이나 반드시 뱉어내야 한다. 한편 요즘 연구에 의하면 단맛도 매운맛의 고통을 속이는 데 효과가 있다고 한다. 말도 안 되게 폭력적인 매운맛을 자랑하는 음식을 파는 각종 음식점에서 선심 베풀듯 제공하는 쿨피스 같은 저가 과일 음료가 그야말로 먹히는 것이다. 다만 유지방과 단맛의 효과를 감안한다면 둘이 만난 최선의 음식인 아이스크림이 매운맛을 가시는 데는 최선 아닐까.

자에게 맛에 대한 실마리는 전해 주지 못한다는 단점은 있다. '칼탄패스 *10*개 *1,000*원'이라고 쓰인 채 마트에서 파는 상황을 상상해 보자. 그다지 식욕이 돋진 않는다.

그나마 이 정도는 양반이다. 생산자를 위한 작명이지만 한편으로 매우 직관적이고 목적에 부합하여 흥미로우니까. 하지만 '남자의 조건' 같은 품종명을 접하면 그야말로 할라페뇨와 청양고추를 아무런 사전 지식 없이 한꺼번에 베어문 것처럼 표정이 일그러지게 된다. 왜 이렇게들 자중하지 못하는 걸까.

*Chapter 24*

# 『바베트의 만찬』 생중계

당신의 '인생 식사'는 무엇입니까? 음식 평론가이다 보니 가끔 질문을 받는다. 맥락에 따라 답은 달라질 수 있는데, 파인 다이닝*fine dinning*이라면 미국 나파밸리의 '레스토랑 앳 메도우드'에서 먹었던 저녁을 꼽는다. 두말할 나위 없이 모든 음식이 훌륭했지만, 최고의 한 접시는 고기도 생선도 아닌, '텃밭 흙에 파묻어 구운 루타바가*' 였다. 특유의 흙내음이 매력인 채소를 바로 재배한 흙에 파묻어 구운 발상만큼 향도 빼어났으며, 풀냄새가 두드러지는 염소젖 치즈와도 정말 잘 어우러졌다. 그저 맛있다기보다, 삶의 시야를 넓혀주는 한 접시의 요리였다.

영화 〈바베트의 만찬〉(*1987*)은 이처럼 삶의 시야를 넓혀주는 인생 식사에 대한 이야기다. *1871*년 *9*월 비가 주룩주룩 내리는 밤, 덴마크 유틀란트의 외진 기독교 공동체에 한 프랑스 여인이 발을 들인다. 그의 이름은 바베트, 목사의 딸인 마르티네와 필리파 자매를 찾아왔

* 스웨덴 순무.

다. 자매는 아버지가 세상을 떠난 뒤에도 가르침을 이어 어려운 이들을 돕고 복음의 삶을 실천하는 데 매진하고 있었다. 따라서 청빈함을 지키느라 바베트를 선뜻 거두지 못한다. 바베트가 필리파의 옛 노래 스승인 오페라 가수 파팽의 추천서까지 받아왔지만 하나 더 늘어나는 입을 당장 감당하기 어려운 형편인 것이다. 하지만 바베트는 파리 코뮌 봉기를 피해 덴마크 멀리까지 찾아온 몸이라 갈 곳이 없다. 고민 끝에 자매는 요리를 잘한다는 바베트에게 부엌을 맡긴다.

작가인 이자크 디네센은 영화 〈아웃 오브 아프리카〉의 원작자로도 잘 알려져 있다. 1985년작으로 메릴 스트립의 여우 주연상을 비롯해 감독상(시드니 폴랙) 등을 비롯하여 아카데미상 일곱 부문을 석권한 명작이다. 덴마크 출신으로 '20세기 최고의 이야기꾼'이라 불렸던 그의 대표작이 바로 이 『바베트의 만찬』이다. 원래는 디네센의 소설집 『운명의 일화』에 수록되어 있지만, 한국에는 별권의 책으로 번역 및 출간되어 있다.

그렇게 부엌을 맡고 14년의 세월이 흐른 어느 날, 바베트는 프랑스로부터 편지를 한 통 받는다. 친지가 그동안 사뒀던 복권이 당첨돼 1만 프랑의 거금을 받게 됐다는 소식이었다. 1만 프랑이 대체 얼마만큼 큰돈이냐고? 정말 궁금해서 인터넷의 물가 반영 및 환전 사이트에게 도움을 청했지만 19세기 말의 정보는 없다는 답만 들었다. 일단 일확천금이라 생각하자.

바베트가 부자가 되었으니 프랑스로 돌아가리라고 자매가 예상하는 가운데, 세상을 떠난 아버지의 100세 생일이 다가온다. 14년의 세월 동안 단 한 번도 아쉬운 말을 입에 담지 않았던 바베트는 자매에게 부탁을 하나 한다. 공동체가 모이는 목사의 생일 식탁을 본인이 직접, 그것도 프랑스 요리로 차리게 해달라는 것이었다. 평생 지켜온 청빈함이 호화로운 식사에 위협받는 것은 물론, 성원들의 불화가 눈에 띌 정도로 심해진 공동체에 나쁜 영향을 미칠까 봐 두려워 자매는 망설인다. 하지만 오랜 세월 동안 헌신해 온 바베트의 의사를 존중해 마지못해 승낙한다.

자매만큼이나 가치관이 흔들릴까, 아니, 음식에 홀려 버려 정신줄을 놓게 될까 두려워하던 공동체 사람들이 한자리에 모이고, 바베트는 프랑스에 가서 직접 공수해 온 식재료로 최고급 요리를 선보인다. 거북 수프를 비롯해 캐비아에 빈티지 샴페인, 뱃속에 푸아그라를 채우고 바삭한 페이스트리 반죽에 올려 구운 메추라기에 최고급 피노누아 와인, 온갖 치즈와 과일까지 등장하는 풀코스다. 마음을 빼앗기지 않겠노라고 작정하고 잔뜩 긴장한 채 식사를 시작했던 자매와 공동체 사람들은 어느새 음식에 감화되어 서로를 용서하고 한결 더 가까워진다.

대체 어떤 음식이었기에. 열심히 맛을 상상하며 감정 이입하고 싶지만 책만으로는 20퍼센트쯤 부족하다(이나마도 후하게 쳐준 것이다). 80쪽을 간신히 넘길 정도로 짧은 이야기인 데다가 음식을 이해하게 해줄 어떤 실마리도 없기 때문이다. 따지고 보면 문학 작품에서 가장 공감하기 어려운 게 음식과 맛이다. 영화처럼 시각적인 실마리가 제공되지 않아서, 이름조차 들어본 적 없는 낯선 음식이라면 등장인물이 왜 기쁨과 행복을 위시한 감정의 변화를 겪는지 헤아리기 어렵다. 각주도 대체로 모호하게 달려서 도움이 안 된다. 이를테면 어떤 소설에서 주인공이 어떤 사정으로 사흘 동안 아무것도 못 먹고 꼬박 굶었다가 짜장면을 먹는 장면이 등장한다고 가정해 보자. 짜장면은 우리 모두에게 익숙한 음식이므로 단박에 그가 누릴 희열, 더 나아가 오래도록 굶었다가 음식이 뱃속에 들어갈 때의 고통에 대해 감정 이입할 수 있다.

하지만 거북 수프라고? 블리니 데미도프는 또 뭔가. 전자는 거북 고기를 먹는 문화가 아니기에 맛을 떠올리기가 어렵고, 후자는 이름조차 낯설어서 어떤 형식의 음식인지 연상도 안 된다. 따라서 등장인물들이 아무리 희열을 느끼며 난리 법석을 떨어도 우리에겐 감정적인 그림의 떡 같은 느낌밖에 들지 않는다. 결국 『바베트의 만찬』, 더 나아가 이자크 디네센의 빼어남에 대해서도 속속들이 체감하기 어렵다. 등장인물, 특히 언니인 필리파와 젊은 시절 잠시 인연을 맺을 뻔했던 로벤히엘름 장군의 거듭된 감탄(이건 틀림없는 거북 수프야. 맛도 기가 막힌걸!)도 공허해 보인다. 그림의 떡이라면 적어도 그게 떡이라는 사실이라도 알지만, 1880년대의 프랑스 요리라면 대책이 없다. 게다가 소설의 각주도 정말 체면치레하는 수준으로만 달려서 음식의 실물을 연상하기가 거의 불가능하다.

그렇다고 '바베트의 만찬'이 덴마크 외딴 동네에서 벌어지는 남의 잔치로나 끝날 일일까? 다행히 영화가 있으니 그럴 일은 없다. 덴마크 감독 가브리엘 악셀은 15년 동안 꿈의 프로젝트로 마음에 품어 오다가 만든 이 1987년작 동명 영화로 60회 아카데미상에서 최고 외국어 영화상도 차지했다. 책 이야기를 하겠다고 자리를 펴놓고는 영화를 끌어들이는 게 못마땅해 보일 수 있고 사실 나도 마음에 좀 걸리지만, 〈바베트의 만찬〉만은 예외로 하고 싶다. 책만으로는 핵심인 음식을 제대로 파악하기 어려우니, 이야기의 힘에 마음이 제대로 열리지 않을 가능성이 크다.

하지만 모든 이들이 꼭 영화를 찾아 봐야만 하는 건 아니고 절충안이 필요하다. 그래서 스포츠 중계처럼 『바베트의 만찬』에 등장한 음식의 해설을 최대한 자세하게 준비해 보았다. 영화는커녕 삽화조차 없더라도 최대한 맛을 상상할 수 있을 실마리들이다.

일단 만찬 메뉴부터 살펴보자.

1. 거북 수프와 아몬티야도 셰리(*Potage la Tortue, Amontillado sherry*)

2. 블리니 데미도프(메밀 전병)와 뵈브 클리코 샴페인(*Blinis Demidoff, Veuve Cliquot Champagne*)

3. 카유 앙 사코르파주(퍼프 페이스트리에 푸아그라와 함께 말아 구운 메추리)와 송로버섯 소스, 클로 드 부조 피노 누아르(*Cailles en Sarcophage, Clos de Vougeot Pinot Noir*)

4. 엔다이브 샐러드(*Endive salad*)

5. 무화과와 설탕 입힌 과일을 곁들인 사바랭 오 럼(발효 스펀

지케이크)와 샴페인(*Savarin au Rhum avec des Figues et Fruit Glace, Champagne*)

6. 모둠 치즈와 과일, 그리고 소테른 디저트 와인(*Assorted cheeses and fruits served with Sauternes*)

7. 커피와 그랑 샹파뉴 지역의 코냑(*Coffee with vieux marc Grande Champagne cognac*)

본격적으로 메뉴의 해설에 들어가기에 앞서 식사의 구성에 대해 가볍게 짚고 넘어가자. 메뉴로 보면, '바베트의 만찬'은 전부 7가지의 요리에 술을 짝지은 코스로 이루어져 있다. 독립된 요리가 시간 차를 두고 식탁에 등장하는 이런 코스를 학술 용어로는 '시간적 전개'라고 한다. 프랑스에서 본격적으로 자리를 잡아 세계로 퍼져서 프랑스 식문화라 여기기 쉽지만, 사실 러시아에서 도입되었다. 근현대 프랑스에서는 몇 차례 불세출의 셰프가 나타나 요리 세계를 재정립했는데, 그 첫 시도가 18세기 프랑스 혁명에 이루어졌다. 원래 페이스트리 셰프인 앙토넹 카렘(1783/1784~1833)이 러시아식 코스 서비스를 도입해 정착시킨 것이다.

코스, 즉, 시간 전개형 식사도 소설이나 연극, 영화와 흡사한 개념 및 얼개에 기대어 벌어진다. 소설이나 영화에서는 시간 축 위에서 사건이 연속적으로 펼쳐진다면, 식사에선 음식이 사건의 자리를 차지한다. 따라서 음식의 흐름 또한 소설이나 영화의 사건 전개와 흡사한 방식으로 이루어진다. 식사의 시작과 더불어 서서히 입맛을 돋우고, 이어 펼쳐질 식사에 대한 호기심을 조금씩 자극하며 분위기가 고조되다가, 주요리에 이르러 최고조에 이르고 조금씩 내려간다.

이제 본격적으로 만찬의 메뉴를 살펴보자.

### 1. 거북 수프와 아만티야도 셰리

로빈슨 크루소도 아니고 굳이 거북을 먹어야 할까? 요즘 시각으로는 이해가 잘 안 되긴 하지만, 만찬의 시간적 배경인 19세기 말에 거북은 나름 보편적인 식재료이며 별미 대접을 받았다. 유럽은 물론 미국에서도 인기를 끌었고 27대 대통령인 윌리엄 태프트(1857~1930)는 거북 수프만 끓이는 전담 셰프를 백악관에 기용할 정도였다. 하루키의 소설 『양을 쫓는 모험』(1982)에서도 주인공이 프렌치 레스토랑에서 거북 수프를 주문하는 장면이 나오니, 불과 사십 년 전의 옆 나라에서도 먹었던 요리임을 알 수 있다.

다만 인간들이 이렇게나 먹어대면 가뜩이나 느린 거북들이 배겨낼 재간이 없다. 양식이 가능한 동물도 아니잖은가. 영국의 경우 1750년경부터 거북 수프가 인기를 끌었고, 150년 동안 남획을 한 끝에 거북은 멸종 위기에 처했다. 어찌 보면 150년이나 버텨 준 거북이 대견스러울 정도다. 이미 다큐멘터리를 통해 잘 아는 바대로, 어미 거북이 해변 모래사장에 수많은 알을 낳아도, 태어나 바닷물에 들어가 살아남은 새끼는 지극히 소수다. 일단 버텨내면 평균 80년을 사는 동물이 거북인데 그걸 잡아먹다니! 그런 가운데서도 무려 150년이나 버텨 왔다니! 우리 인간은 깊이 반성해야 한다.

어쨌든 당시 사람들에게 거북은 못 먹어도 거북 수프 비슷한 건 먹어야겠다는 집념이 있었는지, 가짜 거북 수프*Mock Turtle Soup* 또한 진짜와 대등하게 150년의 역사를 자랑한다. 소 대가리와 내장을 활용해 거북 고기의 맛과 질감을 모사한다. 오늘날에는, 가짜 거북 수프와는 딱히 관계가 없으나, 거북을 보호하기 위한 진정성 있는 노력이 세계 각지에서 벌어지고 있다. 여러 나라에서 종을 보호하고자 바다거북의 포획이나 학대를 법으로 금하고 있는데, 안심할 만한 상황은 아니다. 여전히 알이나 고기가 식재료로 소비되고 있으며 그물에 걸리는 등 남획해 희생되기도 하고, 환경 오염과 부동산 개발 등으로 보금자리를 잃는 불상사도 여전히 벌어진다.

사실 책만 읽었을 때는 잘 이해가 가지 않았다. 식사의 시작에 맛도 농도도 진한 이런 수프를 먹다니. 이 정도면 전채로 입맛을 돋우는 정도가 아니라 식사를 시작과 동시에 끝낼 수도 있는데. 요즘 전해 내려오는 거북 수프의 레시피는 토마토 스튜에 가까운 걸쭉한 음식이다. 일단 밀가루와 버터를 풀처럼 걸쭉하게 볶은 루*roux*로 바탕을 잡고, 토마토로 맛의 표정을 잡는다. 게다가 삶은 계란을 더하는 경우도 많아 묽은 수프라기보단 진한 스튜에 가깝다. 인터넷을 검색해보면, 거북 수프는 자라로 지리를 끓이는 중국 외엔 대체로 이렇게 끓인다. 루를 쓴다는 데서 알 수 있듯, 뿌리가 프랑스 요리인지라 바베트의 배경과도 들어맞아서 일단은 의심하지 않았다.

하지만 영화에 등장하는 콩소메를 보고 감을 잡았다. 콩소메는 주로 찻잔에 담겨 나오는, 맑고 깨끗함이 핵심 정체성인 수프다. 원래는 탁한 국물에 간 고기와 반죽한 달걀 흰자를 풀고 국물을 떠서 끼얹으면 불순물이 달라붙는데, 그 결과로 맑고 깨끗해지는 원리를 이용한다. 맑게 정제하는 기술 자체가 핵심이기에, 굳이 거북을 쓰지 않더라도 고난도의 고급 요리다. 우리가 일상에서 비교적 쉽게 먹을 수 있는 음식 가운데서는 베트남 쌀국수인 포의 국물이 콩소메와 가장 닮았다. 기원이 아주 분명하게 밝혀져 있지는 않으나, 베트남의 전통 음식, 프랑스 식민 지배로 인해 늘어난 쇠고기 수요, 중국 노동자들이 소뼈를 사다가 만들어 먹었던 '응우우뉵편'이 오늘날의 포에 영향을 미쳤다고 한다.

일반적으로 셰리라면 단맛을 띠고 있어 디저트 와인이라는 인식이 강하다. 하지만 셰리 가운데서도 달지 않아서 짠맛 위주의 식사에 곁들일 수 있는 종류가 있다. 바로 '바베트의 만찬'에 등장하는 아몬티야도다. 셰리는 12~16도인 일반 와인보다 도수가 높은 15~21도이고, 달지 않더라도 강한 견과류의 향을 풍긴다. 숙성 정도 및 방식에 따라 피노*Fino*, 아몬티야도, 올로로소*Oloroso* 등으로 분류하는데, 아몬티야도는 특히 에드가 앨런 포의 엽편 「아몬티야도 술통」으로도 유명하다. 주인공이 포르투나토라는 인물에게 상처를 받다가 더 이상 참을 수 없어지자, 그가 자랑하는 와인 감식안을 활용해 잘 숙성된 아몬티야도 셰리를 주겠다고 꼬여 와인 숙성고에 매장시킨다는 줄거리다. 견과류 향이 두드러지고 하몽이나 프로슈토 같은 생햄과 잘 어울린다.

## 2. 블리니 데미도프와 뵈브 클리코 샴페인

블리니는 러시아에서 흔히 먹는 음식으로, 밀가루와 메밀가루를 섞은 반죽을 부쳐서 만드는 팬케이크, 혹은 전병이다. 다만 일반적인 팬케이크와 달리 베이킹소다와 파우더 대신 빵처럼 효모로 발효 반죽을 부풀린다. 블리니는 탄수화물로, 다른 식재료나 음식의 맛을 돋워주고 얼개와 부피를 확보해주는 매개체 역할을 맡는데, 역시 귀족의 식재료라 할 수 있는 캐비아와 사워크림을 얹으면 '블리니 데미도프'가 된다.

블리니 데미도프라는 이름은 러시아 사업가이자 부호인 아나톨리 니콜라예비치 데미도프 백작*에게서 따왔다. 데미도프 가문은 18세기부터 광산업과 철강 산업으로 부를 축적한 뒤, 자선사업을 벌이는 한편 예술과 과학을 후원했다. 데미도프 백작은 어린 시절부터 프랑스에 살았으며 나폴레옹의 엄청난 숭배자로, 그의 조카인 마틸드 공주와 결혼도 했었다. 귀족에다가 소문난 친불파였으니 예술과 미식 등에 관심이 많은 건 당연한 일, 블리니 데미도프뿐 아니라 두

* Anatoly Nikolaievich Demidov, 1817~1870

종류의 닭고기 요리와 리솔,* 적도미 요리에도 이름을 남겼다. 비록 귀족은 아니지만, 내가 만일 새로운 불고기를 고안해 낸다면 '이용재 불고기'라고 이름이 붙는 형국이랄까.

이처럼 서양에서는 음식에 사람 이름을 붙이는 경우가 꽤 흔하다. 이를테면 영국 왕실 피로연에는 결혼 당사자의 이름을 붙인 요리가 메뉴에 오른다. '세기의 결혼식'으로 불린 찰스 왕세자와 다이애나 스펜서의 결혼 피로연에는 '왕세자의 치킨 수프림'** 이라는 요리가 등장했다. 음식 이름을 프랑스어로 일컫는 것 또한 영국 왕실 피로연의 전통 가운데 하나다.

한편 샴페인은 잘 알려진 것처럼 프랑스 샹파뉴 지방의 발포 와인이다. 워낙 유명하다 보니 발포 와인 자체를 '샴페인'이라 일컫는 경우도 있을 정도다. 하지만 샴페인이라는 말은 샹파뉴 지역에서 규제를 준수해서 빚은 발포 와인에만 붙일 수 있고, 발포 와인을 의미하는 단어로 크레망*crement*이라는 말이 따로 있다. 샴페인은 구세계, 그러니까 유럽의 와인에 가장 흔히 사용되는 원산지 보호 명칭*AOP*의 대표적인 경우이다. 말하자면 포천 이동 지역에서 정해진 방식으로만 빚은 막걸리만 '포천 이동 막걸리'라고 부를 수 있게 법으로 보호하는 격이다. 물론 혼동을 막기 위해 첨언하자면, 아직 한국에서는

* rissole, 패티를 페이스트리 반죽에 싸거나 빵가루를 입혀 굽거나 튀긴 것.

** Supreme de Volaille Princess de Galles, 양고기 무스를 채운 닭가슴살.

원산지 보호 명칭이 법으로 강제되고 있지는 않다.

샴페인은 기포가 굉장히 작은 편으로, 잘 구운 빵과 효모의 향이 두드러져 입에 남아 있는 음식의 잡맛을 씻어 주고 입맛을 돋우는 데 탁월하다. 다만 샴페인이 늘 오늘날처럼 자잘한 기포를 품었던 건 아니다. 상파뉴 지역은 서기 498년부터 와인을 빚어왔지만, 18세기까지만 하더라도 와인 기포가 맥주처럼 크고 맛도 깔끔하지 않았다. 이런 경향을 바꾼 게 바로 『바베트의 만찬』에 등장하는 뵈브 클리코의 주인인 바르브니콜 클리코 퐁사르댕*Barbe-Nicole Clicquot Ponsardin*, 즉, 마담 클리코다. 그는 27살에 남편과 사별한 뒤, 망해가던 뵈브 클리코 브랜드를 오늘날까지도 이어져 내려오는 샴페인의 명가로 발돋움하게 했다.

이런 특징 덕분에 샴페인은 코스 맨 앞에 식전주로 주로 등장하는데, 여느 와인과 달리 포도를 생산 혹은 수확한 해, 즉 '빈티지*vintage*'를 특정하지 않는다. 샴페인을 위한 포도 재배가 굉장히 예민한 일이다 보니, 기후 등으로 작황이 영향을 받는 경우엔 이전 해의 포도를 섞어 일관성을 보장한다. 최대 20년까지 시차가 생기는 경우도 있지만, 대부분은 3~5년 전 이전의 포도를 쓴다. 그런 가운데, 특정 해의 작황이 정말 좋아서 이전 해 포도의 손을 빌리지 않고도 샴페인을 빚을 수 있는 경우 양조장은 빈티지를 선언한다. 다른 와인처럼 포도 수확 연도가 쓰인 딱지를 붙여 내놓는 것이다.

그렇게 해당 연도의 숫자가 딱지에 붙는 샴페인은 대접도 달라서, 더 길게 숙성시켜 맛을 들인다. 영화로 드러나는 만찬의 시간적 배경이 1891년이니, 1860년 빈티지라면 31년이나 묵은 샴페인인 셈이다. 그야말로 로또, 즉 복권이나 당첨돼야 마실 수 있을 만한 게 틀림없다. 그래서 1860년 뵈브 클리코는 어떤 와인이었느냐고? 안타깝게도 1900년 이전의 빈티지에 관한 자료는 남아 있지 않아서 알 수 없다.

### 3. 카유 앙 사코르파주와 송로버섯 소스, 클로 드 부조 피노 누아르

카유는 프랑스어로 '메추리', 사코르파주는 '관'이다. 따라서 '카유 앙 사코르파주'는 '관에 넣은 메추리'인데, 다행스럽게도 만찬에 어울리는 맛있는 관이다. 밀가루 반죽과 버터를 직사각형으로 얇게 편 뒤에 하나로 다른 하나를 감싼다. 모로 가도 서울로 가기만 하면 된다는 말처럼 켜를 만들어 줄 수만 있다면 순서는 상관없지만, 이해를 돕기 위해 밀가루 반죽으로 버터를 감싼다고 생각해보자. 이럴 경우에도 얇은 반죽을 편지지처럼 삼등분으로 접은 뒤에 다시 처음의 두께가 되도록 밀대로 얇게 민다.

이 과정을 서너 차례 되풀이하면 밀가루와 버터의 켜가 기하급수적으로 수십 개로 늘어나니, 오븐에 구우면 버터가 녹고 수분이 증발하면서 바삭한 밀가루의 반죽만 부풀어 오르며 구워진다. 그래서 퍼프*puff*, 즉, 펑 부풀어 오른 페이스트리라 일컬으며, 짜거나 달거나 맛 구분 없이 서양 요리의 바탕으로 많이 쓰인다. 바베트의 메추리는 바로 이런 관에 담긴 채로 구워지는 것인데, 생김새나 쓰임새를 두루 감안하면 사실 '둥지'가 더 적절한 표현일 수도 있다. 관이든 둥지든, 메추리 또한 몸통의 뼈를 전부 발라내고 뱃속에 거대한 푸아그라를 채워 품격을 높인다.

### 4. 엔다이브 샐러드

샐러드는 본 식사를 마치고 디저트를 먹기 전의 입가심 역할로 등장한다. 엔다이브는 알배기 배추를 절반에서 3분의 1 크기로 줄인 듯한 배추의 일족으로, 고소하고 쌉쌀하며 잎의 두께도 얇다. 한식에서는 육회와 잘 어울린다.

### 5. 무화과와 설탕 입힌 과일을 곁들인 사바랭 오 럼과 샴페인

지금껏 만찬에 등장한 요리에 비하면 디저트는 다소 소박해 보일 수 있지만, 맛의 차원에서는 기죽지 않고 어깨를 나란히 한다. '사바랭*Savarin*'은 효모로 부풀린 반죽을 구운 케이크인 '바바*Baba*'의 일종이다. 원래 케이크는 거품기로 공기를 불어 넣은 계란과 설탕의 힘만으로 부풀리는 게 정석이고, 베이킹소다나 파우더 같은 즉석 팽창제는 보험처럼 약간만 더한다. 따라서 빵처럼 (그리고 블리니처럼) 효모를 쓴 바바는 홀로 특별한 자리를 차지한다.

팽창 방식 덕분에 케이크보다 빵의 질감에 가까운 바바에는 럼을 비롯한 리큐어가 든 설탕 시럽을 끼얹어 흡수시켜 특유의 촉촉함을 이끌어낸다. 따라서 '바바/사바랭'만으로는 미완성이고, 반드시 럼주, 즉 '오 럼*au Rhum*'이라는 꼬리표가 붙어야 제대로 된 디저트다. 기본적으로 바바는 작은 반구형 틀에, 사바랭은 커다란 원형, 또는 영화에서 보듯이 골이 진 번트 케이크*Bundt Cake* 틀에 반죽을 담아 큼직하게 구워낸다. 참고로 '사바랭'은 최초의 음식 평론가인 프랑스의 장 앙텔므 브리야사바랭의 이름에서 따왔다고도 한다. 블리니 데미도프와도 비슷한 작명법을 따른 음식이다.

### 6. 모둠 치즈와 과일, 그리고 소테른 디저트 와인

영화 속에서는 과일 가운데서도 청포도 알이 유난히 빛난다. 배경 환경부터 시작해, 자매를 비롯한 인물들의 옷이며 표정까지 칙칙함 일색인 가운데, 청포도의 연두색이 남달리 영롱하다. 로벤히엘름 장군이 송이를 손에 들고 감탄한다. '이런 탐스러운 포도를 본 적 있습니까?' 치즈가 지방脂肪으로 멍석을 깔고 풍성한 짠맛을 흩뿌리면, 과일의 단맛이 가세해 줄다리기를 벌이는 한편, 신맛이 균형을 잡아준다. 그리고 마지막으로 디저트 와인이 전체를 씻어 내리면서 달콤함과 향긋함만 남긴다. 치즈와 과일, 디저트 와인이 식사의 마무리에서 그리는 맛의 삼각형이다.

당의 함유량이 높아진 포도로 담그므로 디저트 와인은 보통 와인보다 훨씬 달고 끈적하다. 따라서 들이키기보다는 위스키 같은 독주처럼 조금씩 음미하며 마신다. 수분이 빠지면 포도가 더 달아지게 마련인데, 여기엔 몇 가지 경로가 있다. 보통 와인의 경우보다 더 늦게 수확하거나(프랑스 알사스, 독일), 거적에 올려 말리거나(이탈리아, 그리스), 포도 덩굴이 얼어 붙어(캐나다 아이스와인, 포도가 녹기 전에 즙을 짜 와인을 담근다) 나온 결과물이다.

그리고 만찬에 등장한 프랑스의 소테른처럼 귀부*Noble rot*, 즉 '귀한 부패'가 일어난 포도로 디저트 와인을 담그는 경우가 있다. 포도가 보트리티스 시네레아*Botrytis Cinerea*균에 감염되었는데 기후가 건조할 경우, 건포도와 비슷해지면서 단맛도 올라간다(기후가 습해지면 포도를 쓸 수 없을 만큼 부패가 심각해진다). 프랑스의 소테른은 귀부를 넘어, 디저트 와인의 대표격으로 꼽히는데, 특히 샤토 디켐*Chateau D'Yqeum*이 세계 최고 와인 중 하나로 대접받을 만큼 유명하다. 처음 출시되었을 때는 짚의 연한 노란색을 띠지만, 오래 숙성될수록 꿀의 진한 갈색을 띤다.

### 7. 커피와 그랑 샹파뉴 지역의 코냑

커피야 딱히 설명이 필요 없을 테고, 코냑은 증류주로, 포도송이를 압착해 즙을 짜내고 남은 찌꺼기, 즉 껍데기부터 씨, 가지에 이르는 잔여물을 발효 및 증류시켜 빚은 술이다. 원래 이런 술(증류시켜 맑은 술을 오드비*eau-de-vie*, '생명수'라 일컫는다)을 프랑스에서는 마르*marc*라 일컫는데, 코냑 지방에서 빚었으니 코냑이 된 것이다. 마지막으로 비외*vieux*는 오래됐다는 의미이고 그랑 샹파뉴는 지역의 이름이니, 한데 아우르면 '그랑 샹파뉴 지방의 고숙성 코냑'이 된다. 거북 수프와 등장했던 아몬티야도 셰리가 식전주, 즉 아페리티프*aperitif*였다면 코냑은 디저트까지 먹고 난 식후에 소화를 돕는 디제스티프*digestif*이다. 말하자면 만찬이 술로 인해 수미쌍관으로 마무리되는 것이다.

*

로벤히엘름 장군의 연설과 더불어 만찬은 더 이상 성공적일 수 없을 정도로 훌륭하게 막을 내리고, 자매는 바베트가 이제 고향에 돌아가리라 기대한다. 하지만 놀랍게도 바베트는 다시 돌아가지 않을 것이며, 복권의 당첨금인 1만 프랑은 만찬의 식재료 비용으로 다 썼다고 말한다. 그는 덴마크로 피신 오기 전, 프랑스 최고 레스토랑의 수석 셰프였으며, 로벤히엘름 장군이 예전에 먹었던 바로 그 메추리 요리(카이유 앙 사코파주)를 요리했다고 밝힌다. 자신이 일했던 레스토랑에서 만찬에 초대한 바로 12명 분의 식사 비용이 1만 프랑이었다고 말하자, 자매는 평생 가난하게 살아야 할 텐데 거금을 다 써버렸다고 아쉬워한다. 그러자 바베트는 '나를 위해 이 돈을 썼고, 나는 예술가이므로 가난하지 않다'고 선언한다.

요리사가 예술가라면, 요리가 예술이어야 한다. 영국 철학자 줄리언 바지니는 저서 『철학이 있는 식탁』에서 특히 고급 음식의 예술 편

입 및 승화에 대해 살폈다. 레스토랑 셰프들 사이에서도 의견이 엇갈리는데, 일부는 허기가 원동력이 되는 식사의 속성, 먹으면 사라져 버리는 순간적인 특성 등을 고려하면 음식은 예술에 가깝지만, 정확하게 그에 속하지는 않는다고 규정한다. 한편 다른 셰프들은 모든 감각이 동원되는 식사의 속성이나 요즘 흔해진 열린 주방에서 벌어지는 요리사의 움직임이 퍼포먼스와 같다는 이유로 요리 또한 예술*culinary art*로 승화될 수 있다고 주장한다.

줄리언 바지니는 이런 셰프들의 의견을 종합하는 한편, 철학을 참고해 음식의 예술화 가능성에 긍정적으로 답한다. 무엇보다 요리 또한 인간 창조력의 산물이며, 인간이 처한 조건에 굴하지 않고 가능성을 확장해 스스로를 능가하는 방법을 보여주기 때문이다. 또한 빼어난 음식은 그저 괜찮은 음식에 비하면 인류가 자기 자신을 능가하는 모습을 보여주는 한편, 놀라운 삶의 가능성에 대한 가슴 저미는 감정을 선사한다. '인간이 과연 어디까지 갈 수 있을까?'라는 물음을 품는 변화를 이끌어낸다는 의미다. 그렇다면 공동체 사람들이 지닌, 삶을 향한 시각을 바꿀 만큼의 감동을 전달한 바베트의 음식은 예술이며, 바베트는 예술가다. 같은 이치로 내가 먹었던 루타바가 구이 또한 예술이었다고 볼 수 있다.

『노인과 바다』의 어니스트 헤밍웨이는 1954년 노벨 문학상 시상 당시, 이 상은 이자크 디네센이 받아야 한다고 말했다. 그만큼 이자크 디네센과 바베트의 이야기가 많은 이들에게 감동을 준 것이다.

그렇다면 우리는 헤밍웨이의 말을 좀 더 확대 해석해서 다음과 같이 생각해볼 수도 있겠다. 주방의 영예는 더 많은 여성들에게 돌아가야만 한다고 말이다. 가정에서 많은 여성이 부엌에 얽매여 왔음에도, 직업 요리 세계의 주방에서는 여성의 자리를 본격적으로 마련하는 데 많은 시간이 걸렸다. 실은 유명한 레스토랑의 셰프였던 바베트가 음식으로 자매와 공동체 사람들의 마음을 녹였듯이, 더 많은 여성이 직업의 세계로, 레스토랑의 주방으로 진출해야 한다. '이모'나 '아주머니'가 아닌, '요리사'와 '셰프'로 말이다.

# 끝맺는 말

『맛있는 소설』은 새옹지마와 전화위복의 결과물이다. 2019년 여름께, 한 방송국으로부터 교양 프로그램 출연 제안을 받았다. 주제를 정해 일련의 강연 영상을 제작하고 책도 출간하는 기획이었다. 좋은 기회라 생각했으므로 선뜻 응했고, 소설 속의 음식을 탐구하는 기획을 제안했다. 당시 이미 일간지에 영화 속 음식을 살펴보는 격주 연재('필름 위의 만찬')를 시작한 상황이었다. 말하자면 비슷한 접근으로 만들어 나갈 수 있는 콘텐츠였다.

프로젝트는 제안하는 단계까지만 매끄럽게 진행되었다. 소통이 매끄럽지 못했고 대우도 나빠서, 나는 결국 녹화 직전에 출연 결정을 철회했다. 그렇게 방송의 기회는 물 건너 갔지만 책의 가능성은 사라지지 않았다. 출판 기획안을 만들어 돌렸는데, 마침 『외식의 품격』(2013)을 함께 만든 편집자 P가 관심을 가져 다시 뭉치게 되었다. 이게 새옹지마와 전화위복이 아니라면 무엇이겠는가.

그런데 왜 하필 소설 속 음식인가? 전업 필자가 된 지 내년이면

15년, 글쓰기의 뿌리를 되짚어 보고 싶었다. 나는 아주 어린 시절부터 정말 죽어라 책을 읽었는데 대부분이 동화였다. 이야기를 좋아했고 그 관심이 초등학교 5학년 때 읽은 세계 문학 전집을 통해 소설로 고스란히 옮겨졌다. 이후에도 나는 소설을 열심히 읽었고, 이는 전업 작자가 되는 데도 직간접적으로 많은 영향을 미쳤다. 게다가 나는 음식 평론가이니 소설 속 음식을 탐구하는 작업은 매우 자연스러웠다.

사정이 이렇기에 그 어린 시절 문학 전집의 작품들부터 골랐다. 『바늘 없는 시계』 『작은 아씨들』 『이반 데니소비치, 수용소의 하루』 『노인과 바다』 등 몇 번이고 되풀이해 읽었던 명작들이다. 여기에 단순히 재미있다고 생각하는 이상으로 좋아한 작품들을 시대에 크게 구애받지 않고 끌어안았다. 그 결과 미취학 아동 시절에 읽었던 『초콜릿 전쟁』과 동시대 소설인 『아메리카나』의 이야기가 한 울타리에 모인 책이 되었다.

식사를 준비한다는 마음으로 소설 속 음식을 탐구했다. 각 작품이라는 중심 식재료, 혹은 요리를 중심으로, 식사라는 총체적 경험이 충만해지는 걸 염두에 두었다. 소설이 재료라면, 그에 잘 어울리는 조리법이나 요리 양식을 찾았다. 이미 요리된 상태라면 맞는 집기 등을 준비해 식탁을 아름답게 차린다는 느낌으로 접근했다. 메뉴 해설(『바베트의 만찬』), 식문화 조망(『먹는 존재』 『채식주의자』), 2차 창작(『82년생 김지영』)까지 다양한 결의 글을 담았다.

그리고 하루키가 있다. 소설 속 음식을 탐구한다면 하루키를 절대 빼놓을 수 없다. 많은 작품 속에서 음식이 각자 나름의 방식으로 빛나는 가운데 하루키만의 특별함이 분명히 있다. 따라서 좋든 싫든 그의 음식을 다루지 않는다면 작업의 정당성이 살지 않는다고 보았다. 그렇기에 절대 선불리 접근할 수 없다. 인생의 어느 기간, 하루키를 열렬히 읽었던 독자로서 늘 주지해 왔던 바다. 그렇기에 하루키는 이 책 작업 중 가장 큰 부담이 되었지만, '책 속의 책'이라는 개념으로 그의 음식 세계 또한 정리해 보았다.

그렇게 『맛있는 소설』을 차려 낸다. 완성하고 나니, 모든 메뉴가 충실한 뷔페 같은 느낌이 든다. 독자 여러분들께서도 마음껏 맛보고 즐기셨으면 하는 마음이다. 2022년 내내 원고를 썼는데, 예상보다 훨씬 힘들고 버거웠다. 그래서 매일 밤마다 소파에서 새우잠을 자며 글을 썼다. 이제는 침대에서 발 뻗고 편히 잘 수 있을 것 같다.

2023년 12월

이용재

# 참고한 책들

1부

『작은 아씨들』 루이자 메이 올콧, 유수아 옮김, 펭귄클래식코리아

『채식주의자』 한강, 창비

『컬러 퍼플』 앨리스 워커, 고정아 옮김, 문학동네

『나를 운디드니에 묻어주오-미국 인디언 멸망사』 디 브라운, 최준석 옮김, 도서출판 길

2부

『영원한 이방인』 이창래, 정영목 옮김, 알에이치코리아

『아메리카나』(1, 2) 치마만다 응고지 아디치에, 황가한 옮김, 민음사

『카스테라』 김민규, 문학동네

「약」 『루쉰 소설 전집』 루쉰, 김시준 옮김, 을유문화사

「칼자국」 『침이 고인다』 김애란, 문학과 지성사

3부

무라카미 하루키

소설

『바람의 노래를 들어라』 윤성원 옮김, 문학사상사

『1973년의 핀볼』 윤성원 옮김, 문학사상사

『양을 쫓는 모험』 상, 하 신태영 옮김, 문학사상사

『중국행 슬로보트』 양윤옥 옮김, 문학동네

『반딧불이』 권남희 옮김, 문학동네

『회전목마의 데드히트』 권남희 옮김, 문학동네

『세계의 끝과 하드보일드 원더랜드』 김난주 옮김, 민음사

『빵가게 재습격』 권남희 옮김, 문학동네

『노르웨이의 숲』 양억관 옮김, 민음사

『댄스 댄스 댄스』 유유정 옮김, 문학사상사

『국경의 남쪽, 태양의 서쪽』 임홍빈 옮김, 문학사상

『태엽 감는 새 연대기』 김난주 옮김, 민음사

『밤의 거미 원숭이』 안자이 미즈마루 그림, 김춘미 옮김, 문학사상사

『렉싱턴의 유령』 임홍빈 옮김, 문학사상사

『스푸트니크의 연인』 임홍빈 옮김, 문학사상사

『신의 아이들은 모두 춤춘다』 김유곤 옮김, 문학사상사

비소설

『먼 북소리』 윤성원 옮김, 문학사상사

『밸런타인데이의 무말랭이』 김난주 옮김, 문학동네

『코끼리 공장의 해피엔드』 안자이 미즈마루 그림, 김난주 옮김, 문학동네

『만약 우리의 언어가 위스키라고 한다면』 무라카미 요오코 사진, 이윤정 옮김, 문학사상사

그 외

『하루키를 읽다가 술집으로』 조승원 지음, 싱긋

『아무튼 하루키』 이지수 지음, 제철소

4부

『82년생 김지영』 조남주, 민음사
『노인과 바다』 어네스트 헤밍웨이, 이인규 옮김, 문학동네
『어두운 상점들의 거리』 파트릭 모디아노, 김화영 옮김, 문학동네
『남아 있는 나날』 가즈오 이시구로, 송은경 옮김, 민음사
『이세린가이드』 김정연, 코난북스

5부

『초콜릿 전쟁』 오이시 마코토, 햇살과나무꾼 옮김, 책내음
『먹는 존재』(1~7) 들개이빨, 문학동네
『이반 데니소비치, 수용소의 하루』 알렉산드르 솔제니친, 이영의 옮김, 민음사
『모비 딕』 『일러스트 모비딕』 허먼 멜빌, 록웰 켄트 그림, 황유원 옮김, 문학동네
『바늘 없는 시계』 카슨 매컬러스, 정영목 옮김, 깊이와넓이

6부

『아이는 왜 폴렌타 속에서 끓는가』 아글라야 페터라니, 배수아 옮김, 워크룸 프레스
『달콤 쌉싸름한 초콜릿』 라우라 에스키벨, 권미선 옮김, 민음사
『바베트의 만찬』 이자크 디네센, 노에이 비야무사 그림, 추미옥 옮김, 문학동네

맛있는 소설

1판 1쇄 찍음 2023년 12월 7일
1판 1쇄 펴냄 2023년 12월 15일

지은이 이용재
발행인 박근섭·박상준
펴낸곳 (주)민음사

출판등록 1966. 5. 19. 제16-490호
서울시 강남구 도산대로 1길 62(신사동)
강남출판문화센터 5층(06027)
대표전화 02-515-2000 | 팩시밀리 02-515-2007
홈페이지 www.minumsa.com



ISBN 978-89-374-5480-6 (03810)